KB267798

바람이 많이 불던 날

바람이
많이 불던 날

초판 인쇄 2013년 12월 20일
초판 발행 2013년 12월 24일
초판 2쇄 2014년 4월 10일

저   자 | 박주병
펴 낸 이 | 하운근
펴 낸 곳 | 學古房
표   지 | 김지학
편   집 | 박은주, 조연순

주   소 | 서울시 은평구 대조동 213-5 우편번호 122-843
전   화 | (02)353-9907   편집부(02)353-9908
팩   스 | (02)386-8308
홈페이지 | http://hakgobang.co.kr
전자우편 | hakgobang@naver.com,   hakgobang@chol.com
등록번호 | 제311 - 1994 - 000001호

ISBN   978-89-6071-354-3   03800

정가 : 22,000원
* 인지가 붙지 않았거나 파본은 교환해 드립니다.

바람이 많이 불던 날

박주병 수필개관

學古房

스승의 편지

스승의 이름 풀이

2002년에 은사 小皐 李恒寧 박사님께 졸저『周易反正』과『까치밥』을 보내드렸더니 편지와 함께 휘호 한 폭을 보내 주셨다. 편지는 보존하고 있으나 휘호는 잃어 버렸다. '朴質한' '籌備가' '주역' '수필' '丙夜' 같은 단어들만 떠오를 뿐 휘호의 내용은 생각나지 않는다. 그러나 선생님의 그때의 시상을 더듬어서 내가 지어 본다.

朴淳한 선비들과 伏羲 文王 강론하고

籌馬를 달려달려 투호살을 던져 볼까

丙夜에 天文을 보며 우두커니 섰노라 —— 八十七老 小皐 李恒寧

내가 뭐라고 화답했지만 이 또한 생각이 나지 않는다. 지금 같으면 이렇게 화답하리라.

李花꽃 그늘 아래 徐市(서불) 盧生 벗을 하고

恒德은 介于石에 萬夫之望 君子이니

寧用코 終日이리오 斷可識을 하리라

이로부터 6년 뒤 선생님은 2008년에 향수 93세로 타계하셨다. 보내드린 내 책을 보신 후 한 번 만나 보자는 선생님을 차일피일하다가 찾아뵙지 못했는데, 나중에는 귀가 어둡다며 전화를 받지 못하셨는데, 정릉 뒷산을 오르시는 선생님 모습을 텔레비전에서 보고 텔레비전에 대고 늘 절을 올리곤 했었는데, 선생님의 혜서만 간직하고 있을 뿐 휘호는 잃어 버려서 늘 마음이 짠했었는데…….

꿈속에서라도 선생님의 강의를 다시 한 번 듣고 싶다. 그 장쾌한 법철학 강의.

6

머리말

"책은 만권을 독파하였으며, 붓을 대면 신운이 있는 듯합니다."(讀書破萬卷下筆如有神:「贈韋左丞」) "말이 사람을 놀라게 하지 못하면 죽어서도 그치지 않으리라."(語不驚人死不休:「江上值水如海勢聊短述」) 두보의 말이다.

두보의 말투는, 그의 시를 짓는 재주가 그러하듯 그의 조부를 빼닮았다.

"굴원(屈原)과 송옥(宋玉)은 내 문장의 제자들이요, 왕희지(王羲之)는 내 붓글씨의 하인이다."라고 한 사람은 바로 두보의 조부 두심언(杜審言)이었다. 농담이 아니었다.

두심언이 하루는 어느 친구에게 정색하고 말하길, 당시의 명사였던 소미도(蘇味道)를 두고 곧 죽을 거라고 했다. 왜냐고 물으니, "내 글이 며칠 안에 그에게 돌아갈 건데 그 글을 보면 놀라 죽는단 말일세."라고 했다.

사람들은 내 글에 놀라 죽기는커녕 내가 흔히 그랬듯이 나의 글을 보자마자 다짜고짜 쓰레기통으로 휙 집어던질지도 모를 일이다.

글을 처음 쓰기 시작했을 때 내 글이 장차 낙양의 지가를 올리게 되리라는 기대는 하지 않았지만, 하늘이 천하의 이 주유(周瑜)를 내고 왜 다시 공명(孔明)을 내었느냐고 앙천태식을 하는 사람이 한둘쯤은 생기게 하리라 벼르고 또 별렀었다.

이 야망은 끝내 이루어지지 못했는가. 그렇다면 붓을 잡은 지 사십 년이 넘은 그 세월, 그 열정이 짧은 인생에서 무슨 의미가 있느냐고 할지 모른다. 하지만 글을 쓰는 목적은 독자를 찾는 데 있지 않고 자신을 찾는 데 있다. 자신을 찾는 것은 철학하는 것이다. 철학한다는 것은 우주적 번뇌다. 고독이다. 고인은 이를 우환(憂患)이라 했다. 이 우주적 번뇌가 수렴하여서는 문학 작품이 되기도 하고 펴서는 그림이며 저술이 되기도 한다. 그러므로 문학은 철학의 연장이요, 꽃이다.

나는 문학이라 할 만한 글을 쓴 적이 있는가.

나는 내가 발표한 수필이 정확히 몇 편인지는 모른다. 다만 다섯 권의 책을 내었는데, 첫째 수필집『까치밥』이 85편, 둘째 수필집『매화』가 58편, 셋째 수필집『겁탈』이 45편, 넷째 수필집『다산의 여자』가 17편, 다섯째 수필집『퇴계의 여자』가 47편, 모두 합쳐서 252편이 되는 셈이다. 그러나 더러 중복된 글이 있어서 240편이 채 안 될 것 같다. 글을 쓴 연조에 비춰보면 과작이다. 그러나 독자의 입장에서 본다면 적은 글이 아니다. 한 권으로 개관할 수 있도록 반을 버리고 또 반을 버린 뒤 남은 걸로 이 책을 엮는다. 오랜 세월을 두고 여러 번 다듬었지만 와이셔츠에 넥타이를 골라 맨다고 해서 하급 노무자 같은 나의 글들이 때를 벗었을까 모르겠다.

2013년 가을

一卉 朴簫丙

목 차

아름다운 밤

　사람이 늙어지면 옛날 생각을 자꾸 하게 되는 모양이다. 젊은 시절이 그리워서일까. 사십년이 훨씬 넘은 대학시절이 꿈속에서도 가끔 나타난다. 간밤의 꿈에 은사 이항녕(李恒寧) 교수를 뵙게 되었다. 그분의 강의가 천하에 명강의인 것은 당시의 대학가에서 모르는 사람이 없었다.

　강의도 강의지만, 강의 도중에 푸념인 양 내뱉던 한마디가 요즘 들어 자꾸 생각난다.

　"나는 대학은 모교가 없어."

　지금의 서울대가 비록 경성제대 자리에서 경성제대를 사실상 인수한 학교이긴 해도, 법적 동일성은 없다는 뜻일 게다. '그런가 보다.'라고만 흘려들었을 뿐이었다.

　딸아이 하나가 서른이 가까워서야 대학을 하나 더 다니겠다는 바람에, 나 또한 한 번 더 학부모 처지가 되었다. 학교에서 오는 편지는 별로 반갑지 않은 법인데, 어느 날 학교에서 편지 한 통이 왔다. 교명을 바꾼 모양인데 그게 문제가 되어서 그 해명을 하느라 총장이 진땀을 빼고 있는 사연이었다. 진땀을 빼든 말든 나와는 상관없는 일이긴 하나 딸아이가 며칠째 학교에 가지 않고 방안에만 틀어박혀 용쓰는 까닭을 알 수가 있게 되었다.

　이 학교는 본디 우리 고장의 유일한 여자대학이었는데, 근년에 와서 다른 대학과 합쳐 남녀공학이 되면서, 두 대학의 고유성을 나타내는 글자 하나씩을 떼어다가 '연세대학'처럼 용케도 교명을 잘 지었던 것인데, 이번에 어떤 연유로 해서 또다시 교명을 바꾸는 과정에서 합쳤던 두 대학 가운데 어느 한 대학의 고유성을 갖는 글자가 빠져 버렸다. 그래서 이 고유성을 갖는 글자에 각별한 긍지며 애착을 갖는 사람들은 재학생이든 졸업한 동문이든 매우 불쾌하게 생각하는 데서 여론이 들끓게 된 모양이다.

흔히 영화에 나오는 중세 서양의 농촌의 집을 닮았다고 할까. 물매가 절벽처럼 가파르고 처마가 땅에 닿을 듯한, 뱃집지붕으로 된 단칸 초가집이 두 채였던가 싶다. 그 안에서 백 명이 넘는 선머슴 애들이 한반을 이루고 퉁탕거렸다는 걸 말하기란 자존심을 상하게 하던 시절이 내게 있었는데, 언제부터인가 그런 집이 도리어 자랑거리가 되었고, 똥통을 메고 농장에 들락거렸던 것도 차라리 향기로운 추억으로 변해진 지 오래 되었었는데, 어느 날 그 고등학교가 없어지고 그 자리에 난데없이 웬 대학이 들어섰다. 일제 때, 그러니까 '농업보습하교' 시절에 잠실로 지었다는 그 가파른 이국풍의 초가지붕은 사라지고 말았다. "나는 고등학교는 모교가 없습니다." 나 또한 이항녕 선생처럼 강의시간에 학생들에게 가끔 이런 말을 하게 되었다.

고향 마을에 들어가자면 나지막한 고개 하나를 넘어서 들어가는 길이 있다. 여기까지 오면 거의 다 온 거다. 한숨 돌리면서 가만히 북쪽으로 시선을 주게 된다. 한 오리쯤 떨어진 산자락 끝에 조는 듯 엎드러 있는 고만고만한 집들이 연하(煙霞)에 잠겨 있고, 맨 입구에는 작은 학교 하나가 손바닥만 한 운동장을 살며시 내밀고 있는 모습이란 언제나 나에겐 아득한 그리움으로 남는다.

이 학교의 교명이 한번 바뀐 적이 있었다. 동일성이라곤 '국민학교'라는 단어밖에 한 글자도 찾아볼 수 없는 이름으로 교명이 바뀐 것인데, 오십 년이 넘은 그 시절에도 우리들의 여론은 한참 동안 시끄러웠다.

늘그막에 어느 수필 전문지에 '신인추천'을 받았는데 그 잡지의 이름이 바뀌었다. 같은 글자라곤 한 자도 없는 전혀 생소한 이름으로 싹 갈아 치운 것이다. 그러나 나는, 방안에서 용쓴 적도 없거니와 해명서 같은 건 보내줄 사람도 없지만 기다려지지도 않았다. 꼬부랑말이 들어가서 시속을 타고 난 같은데 뭘. 다만 병든 한 마리 백학이 거친 들녘에 누웠다고나 할, 조금 해쓱해 보이고 어딘가 슬픈 과거를 가진 소녀 같아 보이기도 한 이 잡지의 초기의 자태에 나는 눈이 멀었던 것인데, 이제 와서 갑자기 활개치고 일어난 독수리를 쳐다보는 내 가슴 한 구석이 왜 이리 텅 비는지…….

이렇듯, 올라가고 내려감이 덧없고 드러나고 사라짐이 서로 바뀌어 일정한 법식(法式)이 될 수 없는가 보다. 꽃이 낙화가 되듯이 세계는 다만 변화하는 데로 좇는가? 그러나 꽃이 낙화가 되기에 꽃이, 꽃이 아닌가?

적막한 이 한밤, 마당가에 달빛 머금은 배꽃이 하르르 내려앉을 것만 같다. 아름다운 꽃, 아름다운 밤이다.

나무꾼한테 길을 묻다

3·15부정선거가 자행되던 날, 닭이 홰를 칠 때 나는 책상을 탁 치고 길을 떠났다. 불로장생의 연단(煉丹)을 만든다는 도사나 한번 만나 볼 작정을 한 거다.

한점심을 엿 한 가래로 에우고 지친 걸음으로 다다른 곳이, 뒷산이 등에 업히고 앞산이 턱을 괴는 첩첩산중. 구름은 짙고 인적은 드물었다. 산길로 접어들어 한 나무꾼한테 길을 물었다.

산 중턱을 돌아 오르막 나뭇길을 한참 올라가니 골짜기 하나가 온통 만개를 앞둔 복사꽃으로 메워져 있었다. 줄잡아도 백 구루는 되지 싶었다. 그 한가운데 청태 낀 자그마한 띳집 한 채가 엎드려 있었다. 울도 담도 없는 집. 댓돌이며 봉당을 살펴보아도 보이는 거라곤 새카만 남자 고무신 한 켤레뿐이었다. 몇 번 기침을 해도 아무 기척이 없더니 봉두난발에 장비 수염을 한 장년의 사나이가 방문을 반쯤 열고 앉은 채 멀거니 내다보았다.

서너 발자국 다가서서 공손히 인사를 해도 아무런 말이 없었다. 더 다가서서 큰소리로 말을 해보아도 여전히 말이 없었다.

조금 망설이다가 그냥 밀고 들어갔다. 화로에서 주전자 하나가 김을 뿜고 있을 뿐 텅 빈 방이었다. 주전자를 건드려도 역시 아무 말이 없었다. 주전자든 사람이든 너 따위야 안중에도 없다는 듯 반안(半眼)을 뜨고 묵연히 앉아 있는 이 바위 같은 사람은 대체 누구란 말인가.

벙어리 호적(胡狄)을 만난 격. 말없이 대좌했다. 그래도 도끼 자루는 썩었던지 밖으로 나오니 해는 서산에 뉘엿거렸다.

산모퉁이를 막 돌아갈 때였다. 갑자기 대금 소리가 들렸다. 저만치 바위 위에 하얀 한복 차림의 내 또래 젊은이가 보였다. 청송에 둘러싸인 흰옷이 반쯤 속세를 떠났고 긴 대금을 한 쪽 어깨 위로 비스듬히 고이 잡고 고개를 누인 모습이라니, 갑자기 활개를 치고 표연히 몸을 날릴 듯 영락없는 백두루미의 웅크린 모습이었다.

가까이 다가갔다. 긴가민가했더니 아까 그 나무꾼이었다. 그 벙어리 도사가 정말 축지도 하고 둔갑도 하느냐고 물어 보았으나 답은 않고 웃기만 했다. 여관도 없는 산골이라 한뎃잠을 자게 생겼다 했더니 내 소매를 잡고 놓지 않았다.

부부가 살고 있는 초가삼간. 그는 나보다 나이가 조금 더 들어 보였는데 나무꾼이라기엔 너무 유식했다. 주안상을 가운데 놓고 두 사람은 잔을 기울였다. 시국을 한탄했다. 종신 집권을 노리는 이승만 정권을 질타하고 비분강개하여, 유례없는 부정선거를 매도했는가 하면 동족상잔, 절대빈곤을 자조했던 것 같다.

술이 거나해지자 차차 두 사람은 보다 근원적 본질적인 것으로 화제가 바뀌어 갔다. 그는 주로 황로학을, 나는 설익은 역학을 횡설수설 떠벌렸던 같은데 별안간 그는 술주정인 듯, 귀신이라도 썬 듯이 어깨춤을 췄다. 풍물패의 놀이에 엉덩이가 들썩거리듯 나 또한 신명이 났다. 자연스레 그를 따라, "……하촉미성 소멸질고 영보장생 비제선계."(下燭微誠 消滅疾苦 永保長生 仰躋仙界 至誠發願)라는 짧은 주문을 외웠다. 날이 번히 샐 무렵이었다. 내 입에서 갑자기 악 하는 소리가 나왔다. 감전이 된 듯 짜릿한 느낌이 스치는 순간 내 몸이 기계가 작동하듯 했다. 내 몸을 내가 문지르기도 하고 두드리기도 하고 두 사람이 어우러져 덩실덩실 춤을 추기도 했다. 이런 동작들이 저절로 그리 되었다.

무슨 도술이냐고 물어 보았더니, 중국 팔선(八仙)의 하나인 여동빈(呂洞賓〈名:嵒〉)의 연년술(延年術)이라고만 했다.

성도 이름도 묻지 말라던 그 나무꾼을 한 달포 뒤 그러니까 4·19가 터진 뒤에 다시 찾아갔으나 행방이 묘연했다.

이백과 두보가 함께 화개군(華蓋君)이라는 도사를 찾아간 적이 있었다 한다. 이때 이백은 마흔네 살, 두보는 서른세 살이었다.(천보 3년, 서기 744년) 이백이 수도 장안에서 일 년 가까이 한림학사를 지내다가 자유분방한 행동으로 조정에서 쫓겨난 것은 그해 봄이었다. 이때 두보는 낙양에 있었는데 그해 여름에 낙양을 지나던 이백과 두보가 처음으로 만나게 됐다. 두 사람은 금방 친해졌다. 이백이 장안에서 쫓겨나는 걸 본 두보는 벼슬길에 나아가려는 뜻이 한동안 사라져 버렸던 것 같다. 당시 양귀비를 둘러싼 음란하고 추잡한 궁정의 작태와 썩을 대로 썩어 가는 조정의 꼬락서니를 두보는 이백을 통해 소상히 알게 된 거다. 마침내 두보와 이백은 옛 양나라 송나라 지역을 유람하며 선도를 익히고 연단을 구하러 했다. 두 사람은 그해 가을에 일엽편주로 황하를 건너 고생고생하면서 왕옥산(王屋山)으로 갔으나 화개군이라는 그 도사는 이미 오래 전에 죽고 없었다. 그 뒤에 이백은 제구(齊州:지금의 산동성 제남)로 고천사(高天師)를 찾아가 도가의 비록을 얻고 연단의 길로 들어섰지만 두보는 그때 화개군이 죽은 걸 알고는 뜨거운 눈물을 쏟았다. 불로장생이며 이백이 그토록 만들려는 연단에 대해 크게 낙담했다. 두보는 그때의 허망한 심정을 뒷날 시로 썼는데 두어 마디만 옮겨 본다.

弟子誰依白茅屋 盧老獨啓青銅鎖 巾拂香餘搗藥塵 階除灰死燒丹火 ―

「憶昔行」抄

제자는 누가 남아 띳집에 의지했나 / 노씨라는 늙은이 홀로 청동 자물쇠를 여는구나 // 헝겊에 향기 떨치니 약 빻던 먼지 남았고 / 섬돌에는 재가 식었으니 연단 불이 탔겠네

세속에의 뜻을 꺾고 신선 공부나 하려고 도사를 찾아갔다가 도사는 죽고 없고 도사가 빻던 약의 먼지며 약 달일 때 생긴 식은 재만 멍하니 바라보는 두보의 허탈한 모습이 눈에 잡힐 듯하다.

나는 해마다 3월 15일 무렵이 되면 그 옛날 산속에서 해후했던 그 나무꾼 생각에 밤잠을 설친다. 그가 살아 있다면 팔순이 넘었을 것이다. 이 밤도 두드리고 춤을 추고 있을까. 신선이 되려 했던 이백과 두보가 신선은커녕 이백은 진갑 년에 두보는 쉰여덟 살에 죽고 말았듯이, 우화등선(羽化登仙)을 발원하며 두드리고 춤추는 그 나무꾼의 수련 또한 허망한 일이겠지.

나는 더러 주문을 외우긴 했지만 신선 같은 건 발원하지도 않았다. 무심히 두드리고 춤춘다. 두드리면 가슴속에 우레가 울고 춤을 추면 겨드랑이에 돌개바람이 인다. 일만 근심이 사라지는 듯. 하지만 아무리 뇌풍(雷風)이 섞여 쳐도 속절없는 근심거리가 내게 딱 하나 남아 있다. 처음 가는 이역의 땅 그 종착역이 가까워지면 괜히 술렁이는 나그네의 불안 같은, 시름 같은.

종착역! 거기에는 길을 물어 볼 나무꾼인들 있겠나.

탈출구(脫出口)

서재에서 책을 읽다가 잠시 눈을 감고 가만히 있자니 어디서 치르르, 치르르 하는 가냘픈 소리가 났다. 살펴보아도 아무것도 없었다. 바람 소리였나 싶었다. 다시 눈을 감고 있는데 그 소리가 또 들렸다.

메밀잠자리 한 마리가 유리창에 붙어 있었다. 11월도 다 가려 하는데 잠자리라니, 아마도 방안에 들어온 지가 꽤 된 것 같았다.

잡아도 가만있었다. 곧 죽을 것 같았다. 막 허물을 벗고 나왔을 때처럼 힘 하나 없어 보였다. 제자리에 놓아 줘도 날아갈 줄 모르고 여전히 그 자리에 가만히 있었다. '다른 것들은 계절에 맞춰 변화를 이루었을 텐데 이놈은 왜 이러고 있담!'

창문을 열었다. 바람이 선득했다. 잠자리는 문이 열린 곳을 못 찾는 건지, 바람이 싫어서 다가가지 않는 것인지 그 자리에 가만히 있었다. 아마도 잠자리는 심한 길치인 모양이다. 들어온 문도 기억하지 못하는데 그까짓 날개가 무슨 소용인가. 밖으로 내보내면 얼어죽을지도 모르고 그렇다고 이 방안에서 언제까지나 살아갈 수도 없는 노릇이다. 일단, 어찌하나 보려고 잠자리를 창밖으로 집어던졌다. 순간, 잠자리는 허공으로 화살처럼 비상했다. 순식간에 한 점 점으로 사라졌다. 나는 넋을 잃었다. 앙큼하게 어디에다 그런 힘을 숨기고 있었을까. 아니, 잠자리는 오랫동안 감금되어 있었지 않았나. 몰골이 그 지경이 되도록 아무것도 못 먹고 홀로 감옥살이를 한 것이니, 생각하면 할수록 기막힌 일이 아닌가.

창문을 닫고 의자에 앉았다. 다시 책을 폈으나 생각은 자꾸 잠자리를 좇고 있었다. 책을 덮고 눈을 감았다. 유리창에 붙어서 치르르 치르르 하던 그 소리가 내 귓속에서 영 떠나질 않았다. 화살처럼 비상하던 그 모습이 눈에 삼삼했다.

잠자리는 탈출구(脫出口)를 찾지 못했다. 그런 잠자리를 내가 바라보았듯 누가 나를 그렇게 바라보고 있을지도 모른다. 탈출구! 이것이야말로 이미 초월하여 학문이나 지식 따위가 필요 없게 된 경지일 것이다. 내 눈길이 한평생 책장 종이에만 부딪친다고 해서 종이가 뚫리겠는가?

문득 한 친구가 생각난다. 오십 년도 넘은 옛날, 나는 건강이 좋지 않아 봄 한철을 어느 절에서 휴양을 하게 되었는데 내가 들어 있는 요사채에서 먼 뒷간 가기만한 거리에 오막살이 한 채가 조는 듯 엎드려 있었다. 울도 담도 없는 이 집을 사람들은 초막(草幕)이라 했다. 눈치 없이 중뿔나게 뻗대고 다가앉은 바위 하나, 그 곁에는 흰 매화 한 그루가, 나무도 늙어서 그런지, 청아한 개울물 소리에 잠깐 정신이 팔려서 그런지 겨우 여남은 개의 꽃을 피우다 말다 하고 있었고, 그 가지에는 웬 커다란 바랑 하나가 자주 걸려 있었다. 약초 바랑이라 했다. 이 초막에는 식구래야 고작 홀아비 영감과 곁방살이하는 나그네 하나뿐이었다. 영감은 약초 캐러 구름처럼 떠다니고 건넛방에 사람이 산다 하나, 고등 고시 공부를 하는 한 청년이 굴속에서 겨울잠을 자는 곰처럼 틀어박혀 있을 뿐, 숲속의 이 초막은 대낮에도 괴괴하기 짝이 없었다.

그 곰 같은 청년과 나는 금방 친해졌다. 그는 키만 클 뿐 공부 때문인지 수숫대처럼 마르고 얼굴은 창백했다. 아픈 나보다도 더 아픈 사람 같았다.

영감은 빙그레 웃으며 우리에게 약초로 빚은 누런 술을 곡차라면서 내밀 때도 있었다. 쩍쩍 들러붙는 전내기 술이었다. 영감이 외출하고 없는 어느 날 밤이었다. 어디서 퍼 왔는지 그 독한 술을 그 청년은 물을 마시듯 했다. 지난날을 떠듬떠듬 털어놓았다. ― 한 시절 장안이 뜨르르 하는 한다한 양반가의 후손으로 태어나 이 나라 최고의 명문 경기중학에 들어갔다. 1·4 후퇴 때, 그때는 이미 한강 인도교가 끊어졌었기 때문에 결빙된 마포 강을 건너 피난길에 올랐다. 난리 통에 부모를 잃고 고아가 되었다. 부산에서 껌팔이며 구두닦이 같은 걸로 목숨을 부지하다가 같은 처지로 만나 대여섯 해를 함께한 고 계집애가 돈을 몽땅 털어서 야반도주를 해 버렸다. 고학으로 야간 고등학교를 나왔지만 대학은 엄두도 못 내고 고등고시 응시 자격시험인 '고등고시 예비시험'에 합격했다고 했다. ― 여기서 더는 말을 잇지 못했다. 달막대는 그의 어깨 위로 흐르는 달빛이 슬펐다.

그와 나는 가끔 사찰 경내를 산책하기도 했다. 더러 일주문까지 내려가기도 했었는데 한번은 일주문에 걸려 있는 "入此門來 莫存知解……"(입차문래 막존지해……)라는 주련(柱聯)을 본 그가 나더러 해석해보라고 했다. 양재기 물처럼 얕아 빠지기도 하지 그 사이에 벌써, 내가 한문을 조금 읽었다는 티를 드러냈던 모양이다. 하지만 겨우 『명심보감』 정도를 배운 주제에 한문의 문리를 어떻게 알겠으며, 하물며 불학의 깊은 뜻이 담겨 있을 법한 일주문의 이 글귀를 어찌 제대로 알 수가 있었겠는가? "이 문안으로 들어오거든 아는 것으로써 풀려고 하지 말라."라고만 얼버무리고 말았다. 그러나 이 글귀가 그의 심금을 울리기라도 했는지 그 후 그는 자주 나의 소매를 일주문으로 끌었다. 그리고 이상하게도 차차 말수가 줄고 창백한 얼굴에는 좋아하는 기색이 없어져가는 것 같았다.

헤어진 지 네 해째였지 싶다. 어느 날 발신자의 이름도 주소도 없는 편지 한 통이 날아왔다. 그의 편지란 걸 나는 직감으로 알았지만 겉봉을 앞뒤로 뒤치며 얼른 뜯지 못했다. 사연은 이러했다.

우리는 매화 가지에 약초 바랑이 걸려 있던 초막에서 노야(老爺)가 주는 걸쭉한 조당수 같은 금빛 곡차를 거나하게 마시곤 했었죠? 그 노야가 약초 캐러 가고 없는 날에는 제가 앞장서서 그 반야탕(般若湯)을 축내기도 했고요? 아, 알고도 눈감아 주던 그.…….

저는 마흔이 가깝도록 여러 번 낙방했습니다. 어릴 적부터 병골이어서 공부를 제대로 할 수가 없었습니다. 초막에서 형을 만났던 그때도 시름시름 앓기는 했으나 공부 때문인 것으로만 여겼지요. 심한 폐결핵이었습니다. 사랑하는 여자가 있었는데 그녀는 문득 사소한 일로도 툭하면 까탈을 부리더니 종적을 숨기더군요. 저의 병을 알게 된 모양이에요. 그녀를 원망하지 않습니다. 두 여자를 실망하게 만든 저 자신이 죄 많은 사람이라고 생각합니다.

한동안 저는 절체절명의 상태에서 어디로 가야 빠져나갈 구멍을 찾을지 몰랐습니다. 육법전서에는 그런 지혜가 없었습니다. 옛날 일주문 생각을 참 많이 했답니다. 지식을 쌓는 것이 공부가 아니란 걸 깨달았습니다.

삼년을 피를 토하다가 부처님의 가피로…… 삭발하고 중이 되었습니다.

그리고는 지금까지 서로 소식을 모르고 살아왔다. 그는 일주문이 가르치는 대로 앎을 내려놓았을까? 앎을 내려놓는다는 것은 결국 모두를 내려놓는 것이 된다. 모두를 내려놓으면 무아(無我)다. 무아는 공(空)이다. 공(空)은 삼계육도(三界六道)의 윤회에서 벗어나는 탈출구라고나 할까.

나는 누렇게 빛바랜 이 편지 위에 손가락으로 동그라미를 그려 본다. 구멍이 뚫릴 리가 없다. 다만 손가락이 조금 아픈 것 같다.

수련(睡蓮)

큰절을 지나쳐 꼬불꼬불 더 높이 산을 탔다. 산수 경색이 점입가경이었다. 계곡을 가르고 저만치 줄달음쳐가는 물줄기, 멍청한 바위들, 은은한 녹향, 삽상한 송운, 조잘대는 새소리, 천공에 떠 있는 흰 구름……. 첩첩산중 깊숙이 사람의 종적이 끊어졌는데 빠끔히 뚫린 오솔길 따라 얼마를 걸었을까. 산모롱이를 돌아드니 기와집 서너 채가 옆옆이 늘어앉아 졸고 있었다. 간간이 이어지는 풍경 소리는 저 홀로 풍정에 겨웠고 자그마한 연못엔 사람도 풍경 소리도 모르는 척 하얀 수련(睡蓮)이 피어 있었다.

보아하니 그 난야(蘭若)는 비구니의 도량인 듯했다. 내가 들어서자마자 열려 있던 방문이 일제히 닫혔다. 세속으로 본다면 축객이 아닌가. 나는 잠시 무르춤했다.

이 나그네가 기웃거리게 된 것은 주련(柱聯)이 눈길을 끌었기 때문이다. 그 시를 베끼고 싶었지만 필기구가 없었다.

필기구를 빌릴까 하였으나 사람이라곤 먼눈에 스님 한 분이 보였을 뿐이었다. 조금 망설이다가 조용조용 다가갔더니 스님은 저쪽으로 휘적휘적 가버렸다. 나는 연못 가로 슬그머니 물러났다.

하얀 수련이 하도 아름다워 얼마간 하염없이 바라보고 있었을 뿐인데 그 수련만큼이나 얼굴이 흰 한 여승이 다소곳한 자태로 내 곁을 막 스치고 있었다. 그 여승을 급히 불러 세우다시피 했다. 스무 살은 넘었을까, 아리따운 자태에 정신이 아뜩했다. 젖은 듯한 크고 깊은 눈은 어쩐지 슬픈 과거를 가진 여자 같아 보였고, 조금 야윈 얼굴은 청순가련했다. 얼굴과는 달리 승복에 갇힌 몸매는 터질 듯 부풀었고 확 드러난 허연 목덜미께로 한낮의 햇볕이 어떤 열정처럼 마구 부서지고 있었다.

시가 하도 아름다워 베끼려 하나 필기구가 없다는 내 말에 스님은 필기구를 내밀며 뜻밖에도 이렇게 응수했다.

"꽃을 보시나요?"

꽃의 본분사(本分事)를 물었던 걸까. 처염상정(處染常淨), 독탈자재(獨脫自在)를 물었던 걸까. 나는 어쩐지 말이 나오지 않아 고개만 끄덕여 보였다.

山堂靜夜坐無言
寂寂寥寥本自然
何事西風動林野
一聲寒雁唳長天

이 시를 봉사 무장 떠먹듯이 해독해 보다가 좀더 말을 걸어 볼 요량으로 필기구를 돌려주면서 이 시를 우리말로 번역해 주기를 스님에게 청해 보았다. 수줍은 듯 망설이더니 이윽고 나직이 읊어 주었다. 천만 뜻밖에도, 감정을 넣어서 리드미컬하게 읊는 것이 아닌가.

산사 고요한 밤 앉아서 말없고
적적하고 요요하니 본디 저절로 그러해
어인 일일까 서풍은 수풀을 흔들고
한 소리 겨울 기러기 먼 하늘에 울고 간다.

이 시는, 『금강경』의 「장엄정토분」(莊嚴淨土分)에 나오는 "마땅히 머무는 바 없이 마음이 생겨야 한다."(應無所住 而生其心)라는 구절에 부친 야보도천(冶父道川) 선사의 시(冶父頌)인 줄을 나는 알지 못했다. 다만, "마땅히 머무는 바 없이 마음이 생겨야 한다."는 이 말을 듣고 선종의 육조(六祖) 혜능(慧能)이 처음의 깨달음을 얻었다고 하는 소리를 들은 적이 있을 뿐이었다.

이 시의 뜻을 물어 보고 싶었지만 문외한인 주제에 섣불리 묻다간 무식만 드러내 보일 것 같아서 다만, 스님의 낭송을 듣자니 너무 애틋해진다고만 말했다. 내 말에 스님은 반기는 기색이 역력했다. 새치름해 보이던 첫 인상과는 달리 스님은 차차 오랜 친구 같아졌다. "한 번 더요." "한 번 더요." 이렇게 나는 스님을 자꾸 졸랐다. 나중엔 듀엣이 되어 노래를 부르듯 같이 읊기도 하고, 하나는 원시를 하나는 번역시를 서로 번갈아가며 읊기도 했다. 문득 마주 보며 미소를 짓기도 했다. 그런 웃음이 우스워 킬킬거리기도 했지만 스님의 애절한 목소리는 사람의 가슴을 파고들었다.

많은 세월이 흘러갔다. 옛날 그 스님은 크게 깨쳤을까? 그 난야의 수련은 어찌 되었을까?

우리집 돌확에 하얀 수련 한 송이가 피었다. 졸수자(睡) 그 이름처럼 조는 것 같기도 하다. 내 늙은 아내가 그 많은 꽃잎을 세어보다가 만 것은 그윽한 향기에 홀려 손가락 꼽기를 놓치고 만 걸까? 아니면 석가의 염화미소(拈華微笑)를 떠올리고 잠시 무아(無我)에 든 걸까?

수련은 미시(未時)에 핀다고 미시초(未時草)라고도 한다지만 개화의 절정은 미시인지 모르나 아침에도 핀다. 아침에 피었다가 오후에 오므리기를 되풀이하는데 그 되풀이는 며칠 가지 않는다. 사흘쯤 되는 날 저녁 끝난다. 열두 폭 병풍을 접듯 꽃잎을 접는다. 하나씩 접고는 다시 펴지 않는다. 또 한 사나흘쯤 뒤에는 꽃대궁마저 물속으로 숨긴다. 바람이 수풀을 지나가지만 수풀에 소리를 남기지 않듯이, 한 소리 겨울 기러기 하늘에 울고 가지만 하늘에 눈물을 남기지 않듯이, 수련 또한 꽃이었던 사연을 남기지 않고 간다. 때가 오면 웅하고 때가 가면 좇지 않는다. 머무는 바 없는 것이다.

나는 왜, 머무는 바 없이 마음이 생기지 못하는가. 염착(染着)을 내려놓지 못한다. 옛날 그 난야의 수련이 그립다. 그 여승이 그립다.

바람소리 물소리 눈 오는 소리

눈 덮인 금오산 품안에 들어섰다. 구름을 두른 설봉에는 시취가 감돌고 앙상하던 나뭇가지는 금방 향기를 뿜으며 이름 모를 백화로 흐드러졌다.

개울을 건너 채미정에 들어섰다. 깍, 깍, 까치가 이 나무에서 저 나무로 옮겨 앉았다. 객을 맞는 건지 쫓는 건지 모르겠으나 어쩌면 저 까치들은 고사(高士)의 시녀들일까? 슬그머니 나는 옷매무새를 다독였다. 눈에 눌려 휘어져 있는 대나무가 한결 고고해 보인다. 두 왕조를 섬기기를 마다했던 야은(冶隱)의 고절(苦節)인가? 대 수풀은 매운바람을 안고 뭔가를 거부하듯 사뭇 서걱거리고 있다. 두 왕조라 하지만 백성은 하나인데 그 충절이 백성을 위해 무슨 의미가 있느냐고 묻고 싶어진다.

채미정을 돌아 나오니 바람 끝이 더 차갑다. 지난 봄, 벚꽃이 눈송이처럼 펄펄 날리던 정경을 바라보며 눈이 내릴 때 꼭 여기를 다시 찾으리라 마음먹었었는데, 오늘은 눈을 밟고 서서 그날의 낙화를 연연해하는구나!

계곡으로 들어서니, 소녀 서넛이 산길을 오르고 있다. 눈을 던지며 장난을 친다. 쏴아, 하고 바람이 몰아친다. 소나무 가지 위에서 무수한 눈가루가 안개처럼 뽀얗게 시야를 가리며 내려앉는다. 목덜미를 촐싹거리며 눈가루를 털고는 외투 깃을 세우고 잠시 눈을 감아 본다.

"아아, 바람소리다."

앞서가던 한 소녀가 탄성을 지른다.

"아니, 물소리야."

다른 한 소녀가 급히 말을 되받는다. 이때다. 쏴아, 하고 또 한 차례 눈가루가 몰아친다.

"봐라, 바람소리지."

"아냐, 바람소리 아냐."

"그럼, 무슨 소리?"

바람소리 물소리를 굳이 가려서 뭐 해. 그들의 대화가 곧 바람소리 물소린 것을…….

얼마를 걸었을까. 갑자기 잔뜩 찌푸린 날씨가 미심쩍더라니 잿빛 하늘에 눈발이 서면서 점점 폭설로 쏟아졌다. 서둘러 허둥대며 되짚어 버스 정류소까지 내려왔다.

눈을 피할 곳이 마뜩잖은지 사람들은 남의 가겟집 처마 밑에 몰려 서성거리고 있다. 왁자하던 아까와는 달리 별로 말이 없다. 아마도 집에 돌아갈 일이 걱정이 되는 모양이다. 눈에다가 또 눈이 쌓이니 걱정이야 되겠지만 세상이 온통 눈에 파묻혀 개체의 고유한 형상이 없어져서 도리어 좋지 않는가? 눈에 덮이는 산천초목을 바라보며 나는 갑자기 득의한 듯, 『장자』의 「제물론」(齊物論) 한 단락을 소리 내어 외운다. 내 목소리가 문득 높아진다. 정상에는 약사암 목탁 소리도 한껏 드높아 있을까? 눈빛이 눈부신 산야를 바라보며 일체의 시비와 일체의 진위가 절대적이 아니며 천지만물과 내가 일체임을 새삼스레 느끼는 것은 아마도 치소(緇素)가 다르지 않을 터.

천지만물과 내가 일체라고 하는 것은, 내가 천지만물과 같다진다는 말인가? 천지만물이 나와 같아진다는 말인가? 전자는 장자의 생각이요, 후자는 불학의 견지일 것이다. 천지만물이 나와 같아지면, 그러한 나는 곧 본래면목

(本來面目)이 아닌가.

바람소리, 물소리, 눈 오는 소리, 까치 소리를 굳이 가려 뭐 해. 오랜만에 나는 마음이 편안하다. '눈아! 오거든 그치지를 말고, 그치거든 부디 녹지를 마라.' 이렇게 입속으로 웅얼거리며 나는 눈을 맞고 가만히 서 있는데, 저만치서 타야 할 버스가 체인이 감긴 바퀴를 조심스레 굴리고 있다.

휙, 한 줄기 눈보라가 인다. 채미정의 수풀에서는 까치들이 무슨 항변이라도 하는 것처럼 이쪽을 보고 요란하게 짖어대고 있다. 눈보라 때문일까, 출발을 알리는 버스의 경적 때문일까? 어느 쪽도 아닐 것이다. 아마도 채미정 까치들은 은사(隱士)의 시녀가 맞는 모양이다. 까치가 영물이라지만 사람의 마음까지 읽는가? 나는 열없이 웃으며 눈을 턴다.

까치밥

옛날 우리집 마당가에 고비늙은 감나무가 한 그루 있었다. 감을 따 들일 때면 맨 꼭대기에 까치밥이라 해서 한두 개를 남겨두도록 할아버지는 긴 담뱃대를 뻗쳐 들고 언명하셨다. 한번은 어린 마음에 이상하다 싶어 그 까닭을 알고 싶어 했더니,

"이 놈 봐라, 홀로 알 생각 않고 물어!"

이러시며 할아버지는 담뱃대로 나의 머리통을 딱, 때리셨다.

이파리도 감도 모두가 떠나간 가지 끝에 홀로 남겨진 감 하나. 낙목한천에 풍상의 길을 저 홀로 간다. 까치 같은 새들한테 꼼짝없이 파먹혀 만신창이가 된 채 쭈그러들다가 마른 나뭇잎 같이 되고 말면 오던 까치도 발길을 돌리고 까치밥 언저리엔 쓸쓸히 달빛만 머문다.

이때쯤 되면 우리 할아버지는 전에 없던 흥이 나셨다. 그 긴 담뱃댈랑 깃고대에 비스듬히 지르고서, 뒷짐지고 감나무를 둘러 돌고 돌며 흥겹게 『맹자』의 한 대문을 암송하셨다. 글쎄 이 어린것이 엄청 같잖고도 잔망스러웠지 않았겠나, 할아버지처럼 뒷짐지고 할아버지의 뒤를 따라 장단을 맞추듯 웅얼거리며 감나무를 돌고 돌았으니……. 그 글을 이제 번역으로 옮겨 본다.

순(舜)은 밭 가운데서 기용되었고, 부열(傅說)은 성벽 쌓는 틈에서 등용되었고, 교력(膠鬲)은 생선과 소금 파는 데서 등용되었고, 관이오(管夷吾)는 옥관(獄官)에 잡혀 있는 데서 등용되었고, 손숙오(孫叔敖)는 바닷가에서 등용되었고, 백리

해(百里奚)는 시정에서 등용되었다. 그러므로 하늘이 장차 이러한 사람들에게 중대한 임무를 내리려면(天將降大任於是人也) 먼저 그들의 심지를 괴롭히고 그들의 근골을 수고롭게 하고 육체를 굶주리게 하고 그들 자신에게 아무것도 없게 하여서, 그들이 하는 것이 그들이 해야 할 일과는 어긋나게 만드는 것인데 그것은 마음을 움직이고 성질을 참아서 그 해내지 못하던 것을 더 많이 할 수 있도록 하기 위해서다. 사람은 늘 잘못을 저지르고 난 뒤에야 능히 고칠 수 있고, 마음속으로 번민하고 생각으로 저울질해 보고 난 뒤에야 하고, 괴로움을 안색으로 나타내고 음성으로 발하고 난 다음에야 안다. 들어가면 법도 있는 세가(世家)며 보필하는 선비가 없고 나가면 적대국이며 외환이 없다면 그러한 나라는 언제나 망한다. 그런 다음에서야 우환에서는 살고 안락에서는 죽는 줄을 알게 된다.　—『孟子』「告子章句下」

여기서 맹자가 거명한 사람들의 사연은 시련이며 고통, 빈곤이며 좌절 같은 것으로 한마디로 덮으면 고독이라 하겠지만 맹자는 우환이라 했다. '우환에서는 살고 안락에서는 죽는다.'(生於憂患而死於安樂也)는 맹자의 이 능변은 결국 '가치는 우환(고독)의 소산'이란 말로 줄일 수가 있겠다. 그의 논리대로라면 다음과 같은 주장들이 가능하다.—— 바로 맹자 자신의 불우가 뒷날 맹자를 맹자이게 했다. 공자의 야합이생(野合而生)이며 주유천하(周遊天下), 설산동자의 고행, 독생자의 수난, 연명(淵明)의 동귀(東歸:歸去來)와 자미(子美)의 서거(西去:漂泊西南天地間) 같은 것들 또한 그들을 그들이게 했다. 아들을 죽여 끓인 국인 줄 번히 알면서도 자신의 지혜를 숨기기 위해 태연히 받아먹어야 했던 서백(西伯)의 칠 년 감옥살이는 마침내 인류 최고의 지혜라는 『주역』을 연역케 했다. 표도르 도스토예프스키의 파란만장한 생애는 「악령」이며 「카라마조프가의 형제들」이라는 불후의 명작을 남겼다. 정약용의 오랜 유락은 그로 하여금 조선조 제일의 학자가 되게 했다. 우리 민족이 반만년 역사를 지탱할 수 있었던 것은 수천 번의 침략을 당했기 때문이다. 등등.

그러나 아무리 단련을 거쳐도 모든 시우쇠가 다 간장(干將)과 막야(莫邪〈鏌鋣〉)와 같은 명검이 되는 것은 아니다. 진주는 병든 조개의 뱃속에서 나오지만 조개가 병이 든다고 해서 간대로 진주를 배는 것은 아니다. 미꾸라지 어장에 미꾸라지의 천적인 메기를 조금 넣어 기른다고 해서 모든 미꾸라지가 다 잘 자라는 것도 아니다. 사람도 나라도 다르지 않다. 왜 그런가? 하늘의 선택인가?

하늘이 어떤 자에게 중대한 임무를 내리려면 먼저 그에게 우환을 준다고 한 맹자의 말에서 하늘이 중대한 임무를 내리려고 선택하는, 그 선택을 받는 자는 어떤 자인가. 일견 뚜렷한 원칙 같은 것이 있어 보이지도 않는데 그것을 하늘이라고 한다면 하늘은 참으로 옳지 못하다.

그러나 맹자가 말하는 하늘이란 주재(主宰)하는 하늘이 아니다. "하지 아니 하여도 그렇게 되는 것은 하늘이요, 부르지 아니 하여도 닥쳐오는 것은 명이다."(莫之爲而爲者天也 莫之致而至者命也)라고 맹자는 말했다.

여기서 부르는 것은 하는 것에, 오는 것은 되는 것에 포함되는 개념이다. 따라서 명(命)이란 하늘의 내용이다. 맹자의 이 말은 결국 '하늘은 저절로 그렇다.'는 뜻이 된다. 저절로 그러함은 이를테면 "서리를 밟으면 굳은 얼음에 이른다."(履霜堅冰至)라는 이치와도 같은 이치라고나 할까.

그 옛날처럼 지금 우리집 마당가에 제법 고목 태가 나는 감나무가 한 그루 서 있다. 가지 끝에 감 하나가 달려 있다. 두 개를 남겼더니 하나만 남았는데 그나마 절반은 먹히고 절반만 남았다. 그걸 마저 먹으려고 까치가 날아든다. 아기 주먹만한 곱다란 저 열매 하나가 무슨 잘못을 저질렀기에 북풍한설이 휘몰아치는 가지 끝에 매달려 까치 같은 날짐승한테 무참히도 찢기고 먹히는가. 그 절체절명의 환난 통에서도 아무 일도 없었다는 듯 무심히 씨 하나가 떨어진다. 씨는 먹혀도 어딘가에 배설된다. 역모의 죄로 삼족이 도륙당하는 참극 속에서도 목숨을 보존하게 되는 한 어린 생명이라고나 할까. 살아남은 어린 생명, 떨어진 감 씨 그것은 새 세계를 여는 반전이다. 『주역』이 까치밥 같은 과실에 부쳐 "큰 과실은 먹히지 않는다."(碩果不食)라는 일견 억지스러운 소리를 한 것은 장차 큰 과실이 역모와도 같은 반전을 일으킬 것을 암시한 거다.* 이 반전을 두고 『주역』은, "돌이킴에서 아마도 하늘땅의 마음을 볼진저!"(復其見天地之心乎)라고 했는가 하면 노자는, "돌이키는 것은 도의 움직임이다."(反者道之動)라고 했다. 두 가지 말이 하나는 하늘의 마음이라 하고 다른 하나는 도라고 했을 뿐 다 같이 궁상반하(窮上反下), 곧 반전을 두고 말한 것임에는 다르지 않다. 『주역』의 구경은 천도(天道)요, 노자의 구경은 도(道)일뿐이기 때문이다. "같이 돌아가면서 길만 다르다."(同歸而殊途)라고나 할까.

돌이키다니, 그 까닭이 뭔가. 만물은 그 자체 내에 부정(否定)을 함유하고 있기 때문이라고 헤겔은 말한다. 왜 부정을 함유하는가. 저절로 그렇다고 할 수밖에 나는 그런 것에 대해 아는 것이 별로 없다.

요즘 들어 앞집 지붕에서 까치가 자주 짖는다. 감나무 곁을 떠나야겠다.

---

* '碩果不食'을 "[큰 과실은 다 먹지 않고 남긴다는 뜻으로] '자기의 욕심을 버리고 자손에게 복을 끼쳐 줌'을 이르는 말."이라고 한 국어사전의 해석은 사이비 해석이다. "[큰 과실은 먹히지 않는다는 뜻으로] 窮上反下의 씨앗이 되는 이치를 상징적으로 표현한 말."이라는 정도로 설명하는 것이 핍진하다. '碩果不食'은 『周易』 剝卦 上九의 爻辭로서 剝卦의 上九는 장차 復卦의 初九(不遠復)로 반전하기 때문이다. 따라서 '碩果不食'에서 '不食'을 侯果는 '不被剝食'이라고 했는가 하면 程子는 '不見食'으로, 朱子는 '不及食'으로, 丁若鏞은 '不爲所食'으로 해석하는 등 선철의 주석은 모두 국어사전과는 달리 "먹히지 않는다."라고 피동으로 해석한 것이다.

장재(張載)는 답을 하라

기(氣)가 흩어질 나이가 되어서 그런지, 나는 반잔 술에 말이 헛나간다. 마시다 말고 탁 소리 나게 잔을 놓으며 비 맞은 중이 담 모퉁이 돌아가는 소리를 내기도 한다.

술이 다하듯 하는 것이 / 술잔이 깨어지듯 하는 것이 / 인생이라면 / 이 현실이 / 이 생명이 / 무슨 의미가 있느냐?

여기에 대해서는 사람에 따라서 하는 말이 다를 것이다.

나는 한때 불가와 도가의 언저리를 방황하다가 다시 유학으로 돌아왔다. 그 점에 대해서는 외람된 말이지만 고인 가운데는 북송오자(北宋五子)의 하나인 장재(張載)와 비슷하다 할까. 하지만 나는 장재와는 달리 망도필묵(妄塗筆墨)이었을 뿐 이룬 공부가 별로 없다.

장재는 젊어서 병법의 논의를 좋아했는데, 범중엄(范仲淹)의 권유로 이를 버리고 『중용』(中庸)을 읽게 되었지만 만족하지 못했다. 이후 불교와 도가를 전전하며 여러 해 동안 깊이 연구해 보았으나 결국 소득이 없음을 깨닫고 돌이켜 육경(六經)을 공부했다. 이정(二程:程顥, 程頤)과 더불어 도학의 요체를 말하다가 환연(渙然)히 스스로 믿음이 생겨 말하길, "우리의 도로 족하다. 무슨 까닭으로 널리 구하랴!"(吾道自足何事旁求)라고 했다.(『宋史』「道學傳」) 여기서 우리의 도란 물론 유학이다.

장재가 불가와 도가에서 발길을 돌린 이유가 그의 대표적 저술인 『정몽』(正蒙)의 「태화편」(太和篇)에 잘 나타나 있다. "태허가 기(氣)임을 안다면 무는 없다.(無無)" "태허에는 기가 없을 수 없다. 기는 모여서 만물이 되지 않을 수 없고 만물은 흩어져 태허로 돌아가지 않을 수 없다. 이 과정을 따라 나고 드는 것은 부득이 그러한 것이다" "적멸(寂滅)을 말하는 자들은 한 번 가서 되돌아오지 않으려 하며, 삶을 좇아 있음에 집착하는 자들은 물(物)이면서 변화하지 않으려 한다."

한 번 가서 되돌아오지 않으려 한다는 말은 윤회에서 벗어나려 한다는 뜻이니 불교를 말한 것이고, 뒤의 말은 이 몸 그대로 우화등선하려고 하는 도교를 비판하는 말임은 물론이다. 우주는 기로 충만해 있고 기는 모였다 흩어졌다하는 것이 만고불변의 이치인데, 무생(無生)을 구하는 불교나 장생(長生)을 구하는 도교는 다 같이 나고 드는(생과 죽음) 것은 '부득이 그러하다.'(不得已而然)는 이 필연을 벗어나려 한다고 장재는 비판한 것이다.

『정몽』의 마지막 편인 「건칭」(乾稱)의 서두에 일련의 문자들이 있는데 이는 원래 장재가 학자들을 위해 쓴 한 편의 명문(銘文)으로 제목을 「정완」(訂頑)이라 했다. 정완이란 '완고함을 꿇다' '어리석음을 바로잡다'라는 뜻이다. 이 글을 장재는 서재의 서쪽 벽에 걸어 놓았는데 서쪽 벽에 걸렸다 해서 「서명」(西銘)이라고도 하거니와 이 글에서 "만민은 나와 한 탯줄이요, 만물은 나의 동반자다."(民吾同胞 物吾與也)라고 했다. 이런 사상은 이 글의 마지막 말에서 이렇게 응축되었다.

살아서는 나는 일에 따르고 죽어서는 나는 편안하다.(存吾順事 沒吾寧也)

살아서는 인간사에 충실하고 죽음에 이르면 다시 태허(太虛)와 합해 하나가 되면 그뿐이라는 뜻이다. 기일원론의 당연한 귀결이다. 허무도 적멸도 들먹이지 않으면서 또 하나, 유가의 우주관을 정립한 거라고 해서 이정(二程)은 이를 크게 칭송해 마지않았다.

이 「서명」의 마지막 말은, "모인 것도 내 몸이요 흩어진 것도 내 몸이다."(聚亦吾體 散亦吾體)(『正蒙』「太和篇」)라는 말이 전제가 되어 있다. 죽어도 없어지는 것이 아니라는 이 말은 구체적 개물(個物)이 나타났다가 사라지는 것은 다만 기(氣)가 모이고 흩어지는 현상일 뿐이라는 뜻이다. 그렇다면 국화의 꽃과 잎은 둘 다 기가 응집한 것이라고 할 텐데 왜 꽃은 꽃이고 잎은 잎인가? 꽃이 잎이 되지 않고 잎이 꽃이 되지 않는 까닭은 어디에 있는가?

장재는 일어나서 답을 하라.

촛불과 맞불

언제였던가? 가늘디가는 개미허리인 한 여자가 어떤 정당의 대표자가 되더니 되자마자 어쩌자고 그 개미허리로써 부처님한테였는지 국민한테였는지는 잘 모르겠으나 '삼천배'를 올린다고 세상을 떠들썩하게 만든 적이 있었다. 여기에 화답이라도 하듯, 또 다른 정당의 무슨 대표자격인 한 여성이 세 발자국 걷고 한 번 땅바닥에 엎드려 절하는 이른바 '삼보일배'라는 이상한 행진을 벌인 일이 있었다. 그러나 삼천배를 해도 삼보일배를 해도 제갈량이 못 되어서 그런지 선거판에 동남풍을 불게 하지는 못했다.

삼천배를 그저 했을 리는 없다. 삼천배가 있기 전에 세상을 발칵 뒤집어 놓은 사건이 하나 터졌다. 이른바 '차떼기' 사건이었다. 차떼기로 돈을 주고받은 것이 합법적인 정치자금이 되는지의 여부는 법이 심판하겠지만, 선거를 코앞에 둔 정당으로서는 치명적이었다. 사람이 궁지에 몰리면 삼천배 같은 평소에는 잘 하지 않던 별 짓을 다 하게 되는 모양이다.

남의 속내를 알 수야 없는 일이지만 삼보일배 또한 무단히 했을 리야 있겠는가. 그 무렵 세상은 참으로 시끌벅적했다. 삼보일배가 선거판의 구경거리로 나타나기 전에 어쩌면 차떼기보다도 더 희한한 사건이 벌어졌다. 국회의 두 야당 의원이 합심하여 여당을 누르고 대통령탄핵소추를 의결한 것이다. 국회가 대통령을 탄핵소추한 것이 그 절차나 내용이 타당한지의 여부는 헌법재판소의 판결에 달렸겠지만 국회가 옳지 않다고 여기는 일부 시민들이 촛불을 들고 거리로 뛰어나와 시위를 벌였다. 그 촛불시위가 옳지 않다고 여기는 사람들은 그 시위에 맞서 맞불시위를 벌였다. 설사 촛불이 이 세상을 뒤덮어 그 밝기가 해와 같아진다고 해도 촛불일 뿐 태양은 아니다. 훅, 불면 꺼져 버릴 그까짓 촛불 때문에, 촛불이 꺼지면 맞불 또한 꺼져 버릴 그까짓 촛불 때문에 환한 전등을 끄고 재판할 헌법재판소는 아니었지만, 판결의 결과 맞불시위는 힘을 얻지 못했다. 사람이 궁지에 몰리면 삼보일배 같은 별의별 짓을 다 하게 되는 모양이다.

두루 알다시피, 옛날 희랍의 디오게네스라는 철인은 대낮에 등불을 들고 거리로 나왔다. 뜻이 있지 않는가? 밤의 촛불이 전혀 무의미하다는 말은 아니다. 촛불에 놀라서 정신이 번쩍 들었던지 아니면 놀란 시늉만 한 건지는 모르겠으나 "싸우지 말자. 상생의 정치를 하자."라고 한동안 정치인들은 하나같이 외쳐댔다. 금방 가짓말이 되고 말 이 말을 곧이들을 사람이 누가 있었겠는가? 백 마디 말 가운데 참말은 겨우 한 마디가 될 둥 말 둥한 작자를 예로부터 '백일'(百一)이라고 한다.

백일의 말이지만 말인즉슨 틀리지 않았다. 나는 어떻게 해서 태어났는가? 아버지 어머니의 감응에서다. 만물은 어떻게 해서 생겨났는가? 하늘땅의 감응에서다. 손뼉도 마주쳐야 소리가 난다. 이 감응은 어디서 오는가? 맞선꼴이기 때문이다.

아버지와 어머니, 하늘과 땅, 해와 달이 맞선꼴이듯 물과 불, 산과 강, 낮과 밤, 볕과 그늘, 동지와 하지, 수컷과 암컷, 지아비와 지어미, 너와 나, 여당과 야당, 삼천배와 삼보일배, 촛불시위와 맞불시위가 맞선꼴이다. 하지만 맞선꼴인 것은 개체의 구조에서 그 진경을 본다. 사람은 인중을 중심으로 아래위로 정중선을 마음속으로 그어 보면 속은 다르지만 겉모습은 좌우가 맞선꼴을 이루고 있다. 소, 돼지, 개, 닭, 새, 나비, 심지어 지렁이, 굼벵이도 그렇다.

넙치나 도다리 같은 예외가 없는 건 아니지만 동물은 거의가 맞선꼴이다. 동물뿐만 아니라 식물도 그러하다. 나뭇잎 하나 꽃잎 하나도 전체의 모양이든 잎맥의 모양이든, 목베고니아(엔젤윙베고니아)의 잎사귀 같은 예외가 없는 것은 아니지만 거의가 맞선꼴이다. 동식물뿐만 아니라 집물, 기계등도 거의가 맞선꼴이다.

"세 사람이 가면 한 사람을 잃고 한 사람이 가면 그 벗을 얻는다."(三人行則損一人 一人行則得其友(『周易』, 山澤損 六三)라는 말이 있다. 너무 쉬워서 어려운 이 말은 결국 걷는 사람은 둘이라는 말이다. 둘이 있을 뿐 하나도 없고 셋도 없다는 이 말은 세계는 둘의 대대(對待)임을 뜻한다. 둘의 대대는 맞선꼴이다.

세계가 어찌하여 맞선꼴인가? 그 소이연을 자연과학이나 철학에서 나름대로는 뭐라고 말할 것이다. 나는 그런 거에 대해 아는 것이 별로 없다. 다만 사람이나 짐승이나 자동차나 비행기 같은 것이 맞선꼴이 아니라면 어찌 될까를 생각해 보며 미소를 지을 뿐이다.

삼천배와 삼보일배, 촛불시위와 맞불시위야말로 대한민국 헌정사의 전부라 해도 좋다. 토인비의 도전과 반응(반전)이다. 하지만 촛불과 맞불을 바라보노라면 내 가슴속에는 언제나 천불이 난다.

제2편

뚝섬

옛날의 한강은 참 운치가 있었다. 특히나 뚝섬이 그랬다. 넓은 모래밭이며 수양버들 버드나무 따위 우거진 나무들이며 새들이며 돛단배며 조각배며 그리고, 얼어붙은 강에서 얼음낚시를 하던 그 노인, 그 고적하고 허허한 분위기 같은 것들이 눈 감으면 아련히 떠오른다.

입학으로 치면 오십 년이 넘은 대학교 일 학년 때였다. 뚝섬에는 친구 하나가 살고 있었다. 나는 가끔 동대문에서 동차를 타고 뚝섬으로 갔다. 봄여름에 자주 갔지만 가을에도 겨울에도 더러 갔다.

아이들처럼 물장난을 치며 깔깔거린다든가, 모래톱에 널어 둔 친구의 빨래를 걷어찬다든가, 배갈을 병째로 둘이서 번갈아 들이켠다든가, 괜히 고함을 질러댄다든가, 예쁜 여학생 곁에서 휘파람으로 새소리 흉내를 낸다든가, 강이 얼면 얼음낚시를 하는 노인 곁에 우두커니 서 있다든가 그런 것들이 마냥 즐겁기만 하던 그때 그 시절, 나는 처지가 퍽 구차스러웠지만 아, 젊어서 좋았지 않았는가!

그 친구와 나는 풀밭에 앉아 토론을 벌이기도 했다. 같은 교수한테 같은 형법 공부를 하면서도 그 친구는 형벌이란 범죄에 대한 응보라고 하는 객관주의 형법이론을 선호했고 나는 형벌이란 개인과 사회의 범죄로부터의 예방이라고 하는 주관주의 형법이론에 끌렸기 때문에 논쟁이 벌어지는 건 당연한 이치였다.

그와 나와의 논쟁이 점점 재미있게 되어 간 것은 수업시간에 어느 교수한테서 들은, 옛날 정다산(丁茶山)이 강진에 유배되었을 때 어느 날 해남에서 그의 친구 윤영희(尹永僖)를 만나 나누었다는 이야기를 흉내내게 되고부터다. 한번은 방학이 끝나고 그 친구를 처음 만났을 때 내가 말을 걸기를 정다산처럼, "안 죽고 만나니 이상하구나!"(不死而相見異哉)라고 해 보았다. 그랬더니 그는 윤영희처럼, "사람이 죽기가 어찌 쉬운 일이냐?"(人死豈易事耶)라고 했다. 내가, "사람이 죽는 건 가장 쉬운 일이야."(人死最易事)라고 했더니 그는, "죄악이 다한 뒤에 사람이 죽지."(罪惡盡然後人死)라고 했다. 나는, "복록이 다한 뒤에 사람이 죽지."(福祿盡然後人死)라고 했다. 말마다 그는 윤영희를 흉내냈고 나는 정다산을 흉내냈다. 내가 고등고시(사법과)를 두고 물었더니 그는, "한번뿐인 인생인데 한번뿐인 젊음을 걸기엔 너무 좀스럽지."라고 했다. 나는, "한번뿐인 인생이기에 한번뿐인 젊음을 걸어야 좀스럽지 않지."라고 응수했다. 이때도 역시 그의 말은 윤영희 식의 말투가 되고 나의 말은 정다산 식의 말투가 되는지는 잘 모르겠다.

그 친구는 부잣집 외아들로 태어났지만 중학교 때 연달아 부모를 여의었다. 아버지의 청계천 봉제 공장은 삼촌이 맡아서 하게 되었는데 얼마 안 가서 부도가 났다. 삼촌은 행방불명이 되고 그 가족과 이 친구는 하루아침에 거리로 나앉게 되었다. 그때 이 처지를 알고 있던 한 처녀가 친구를 거두었다. 그 처녀는 아버지의 공장에서 일하던 여자였다. 둘은 누나와 남동생이 되어 뚝섬에서 셋방살이를 했다. 학비는 그녀가 해결해 주었다. 그러던 어느 날 밤에 우락부락한 사내 둘이 쳐들어와서 그녀를 끌고 갔다. 그 후 그녀는 끝내 소식이 없었다. 주인집 아줌마는 혼잣말처럼 말했다. "처자가 빚이 좀 있다더니…… 아마도 나쁜 곳으로 팔려갔겠구먼."

일찍이 풍상을 겪은 사람이어서 그런지 그에겐 어딘가 남달리 사람을 끄는 구석이 있었다. 나는 그와 기미상적(氣味相適)했지만 그는 나보다 잘생기고 속이 깊었다.

하지 아니하여도 되는 것이 하늘이라더니 가정교사 하기가 대학교수 하기보다 더 힘들다던 그 시절에 그는 부잣집 가정교사로 들어갔다. 그는 졸업 후 딸만 일곱인 대단한 재벌가의 맏딸과 결혼을 하게 되었다. 많은 변호사를 거느리며 한때 기업의 실세로 탁월한 경영 수완을 보이기도 했다.

부르지 않아도 부른 듯이 오는 것이 운이라더니 무슨 잘못이 있었기에 군부(軍部)의 미움을 사서 끝내 회사가 망하고 말았다. 그 충격인지는 몰라도 들리는 소리로는 맑은 정신을 잃어버리고 종국에는 행방조차 알 수 없게 되었다고 한다.

그 친구의 부침(浮沈)을 지켜보면서 인제는 죄악이니 복록이니 하는 생각이 없어졌다. 죄악이든 복록이든, 생명을 얻었다는 이 사실이 나에겐 한없이 경이로울 뿐이다. 내 이미 육허(六虛)에 두루 흐르고 오르내림이 속절없음을 알았는데 남은 세월에 뭘 더 바라랴!

그 옛날 언제나 신골을 치던 뚝섬 가는 동차가 자주 생각이 난다. 마주선 여자와 배가 서로 대여도 몸 돌릴 틈이 없어 숨막히던 그 고약한 동차가 왜 이리 그리울까. 그 동차는 다 어디로 갔을까?

아 참! 뚝섬의 진경(珍景)이랄까, 가끔가다가 노을이 지는 불그스레한 강줄기를 따라 뗏목이 흘러내릴 때면 사람들은 일제히 손을 흔들며 뚝섬이 떠나갈 듯 환호했었지. 그 뗏목은 다 어디로 갔을까?

뚝섬의 애가(哀歌)

눈감으면 아련히 떠오르는 뚝섬! 대학 일학년 때이니 뚝섬에 가본 지가 입학으로 치면 오십 년이 넘었다. 그 뚝섬이 지금은 어떻게 변해 있는지 가보지 않았으니 모르지만 가보고 싶은 생각이 추호도 없다. 자칫 깨어질세라 옛날 뚝섬의 모습을 그대로 가슴속에 간직하고 싶을 뿐이다.

옛날의 뚝섬유원지는 강물이 맑고 백사장이 넓었다. 수양버들 버드나무 같은 수목이 우거졌고 온갖 새소리도 가관이었다. 특히 봄부터 가을까지는 수영하는 사람, 뱃놀이 하는 사람들로 늘 북적거렸다. 간혹 유유히 흘러내리는 뗏목의 그 장쾌한 광경이며, 강이 얼면 얼음낚시를 하는 어옹의 그 적막한 분위기를 나는 아직도 잊을 수가 없다. 잊을 수 없는 것이 하나 더 있다.

그 당시 뚝섬에 가면 심심찮게 「한강」이란 노래를 들을 수 있었다. 어떤 사람들은 뚝섬이 떠나갈 듯 합창을 하기도 하고 남녀 학생이 듀엣이 되어 부르기도 했다. 하모니카로 부르는 사람이 있는가 하면 허밍으로 부르는 사람도 있었다. 나 또한 뚝섬에 가면 친구와 더불어 언제나 이 노래를 흥얼거리고 돌아다녔다.

이십대 중반의 최병호라는 서울중앙방송국 직원이, 1951년 1·4 후퇴 때 부산으로 피난을 가서 부산방송국 뒤뜰에 판잣집을 마련하여 쓸쓸히 피난살이를 하게 되었다. 전쟁 중이지만 두고 온 뚝섬유원지의 애틋한 추억을 그리워하며 괴로워하다가 그런 심정을 작사가도 작곡가도 아닌 그가 손수 가사를 쓰고 곡을 붙였다고 한다.

그는 서울에서 피난 온 방송국 전속 가수들에게 이 곡을 주어 출연시켜 보았지만 이 곡을 적절히 소화하지 못하여 고민에 빠졌다. 그 무렵 그는 대구 문화극장에서 방송관계의 공무에 종사하게 되었는데 그때 그 극장에 기거하던 심연옥이라는 가수에게 이 곡을 줘서 부르게 했다. 1952년 가을의 일이었다. 첫 공연은 이듬해 초에 대구 문화극장에서 했는데 열화와 같은 박수와 환호가 쏟아졌다고 한다. 당시는 아직 휴전을 몇 달 앞둔 전쟁 중인 때라서 노래에 담긴 최병호의 우수는 서울을 사랑하는 사람들의, 아니 그 시절 모든 사람들의 우수이기도 하거니와 그 우수가 이십대 초반의 여가수, 심연옥의 애수 짙은 음색이며 섬섬한 자태와 잘 맞아떨어졌기 때문일 것이다.

한 많은 강가에 늘어진 버들가지는……

나는 대학을 마치고 직장 따라 이 고을 저 고을로 떠돌던 시절에도 노래를 불러야 할 계제가 되면 막판에 가서는 꼭 이 노래를 부르곤 했었다. 그까짓 음정 박자야 맞든 안 맞든 돼지 멱따는 소리로 젓가락으로 술상을 두드리며 새벽닭이 나를 따라 울 때까지 노래를 불렀던 그 허름한 술집, 술집……. 빈 주전자만 들락거려 놓고 슬슬 눈치를 살피며 자원해서 곱사춤을 추던 그 주막집 주모. 대학 예비고사에 실패하고 집을 뛰쳐나왔다는 내 누이 같던 여자. 팁을 뿌리치며 내 손등을 가만히 눌러 주던 내 누님 같던 여자, 여자……. 술값을 서로 내겠다고 허세를 부리던 친구들. 대낮 같은 달빛 아래 비틀거리며 알 수 없는 슬픔에 울먹이던 그 밤. 나도 그런 때가 있었던가. 그 술집 그 여자 그 친구들은 다 어찌 되었을까. 그때가 삼십대에서 초로에 막 접어들 무렵이니 아직 젊었지만 더 젊었던 시절이 애틋했던지, 뚝섬에서 이 노래를 흥얼거리고 돌아다니던 그때 생각에 울컥하여 노래를 다 부르지 못할 때도 있었다.

요즘은 이 노래를 불러 보아도 그저 덤덤하다. 잿불이 다 식어가는 모양이다. 내가 아직 살아남아서 이 노래를 부르고 있다는 사실이 참으로 감사할 따름이다. 하지만 오늘을 애틋해 할 세월이 내게 남았겠는가.

적막한 가을밤이다. 세월은 전보다 더 빠른 것 같은데 밤은 더 길고, 귀는 전만 못한데 귀뚜라미 우는 소리는 더 크게 들린다.

만고심(萬古心)

　　오라는 데도 없고 갈 데도 마뜩찮아 지팡이를 벗하여 진종일 팔공산 기슭에서 사람 구경이나 하다가 지금은 석양이 비끼는 금호강 강변에 긴 그림자를 데리고 우두커니 허사비처럼 서 있다.

　귓가에 손을 대고 가만히 귀를 기울여 보지만 강물 또한 냉담하기가 젊은 이와 같아 내 손이 부끄럽고, 낙조가 비끼는 먼 강줄기는 끝 간 데가 침침하니 누굴 탓하랴! 무슨 꿍꿍이로 웬 호텔이 강물을 굽어보고 섰는데 물을 차는 물새는 뭣 때문에 저리도 바쁠까. 저쪽 강변에는 조각배가 혼곤히 잠들어 세상만사를 잊었고 아득한 팔공산 연봉엔 무슨 미련이라도 남았는지 잔설이 시치미를 뚝 떼고 눌러앉아 있다. 유원지라지만 퀴퀴한 물 냄새만 해빙이 되어 더할 뿐 아직은 한산한 이 '동촌'의 강변. 툭 트여 좋다 할지 모르나 쓸쓸하다 할까 애잔하다 할까 허허로운 분위기가 조금은 서럽다고 할까.

　이 강에 나오니 옛날 생각이 난다. 1966년, 내가 처음으로 취직을 해서 살림이랍시고 단간 셋방에 막 둥지를 틀었을 무렵에 내가 좋아하는 한 어른이 대구로 나를 찾아왔다.

　그분이 먼저 한데로 나가 보자고 했다. 콧구멍 같은 남의 신접살이 신혼 부부의 방에서 옷도 안 벗고 하룻밤을 새우고 나니 좀 답답했던 모양일까. 같이 이 강에 나왔다. 수사강(洙泗江) 강변을 거닐며 공자님 생각을 해 보기도 하고 석가며 예수의 유적을 찾아 인도며 유럽 등지로 가보았으면 참 좋겠다고 그분은 꿈같은 말을 했다. 외국여행을 할 만한 경제적 여유도 없었지만 외국

여행이 지금만큼은 자유롭지 못하던 시절이었다.

두 번 건너뛴 띠 동갑이지만 그분을 대하면 나는 늘 한동갑 같았다. 농촌에서 양복 입은 오십대 육십대를 만나기란 오늘날 한복 입은 이십대를 만나기보다 더 어려웠던 그 시절에 그분은 늘 양복을 입고 모자는 쓰지 않았다. 턱이 파랗게 수염을 깎고 향수 냄새를 풍기며 바람처럼 동에 번쩍 서에 번쩍 강호를 주름잡았다. 사람들은 축지법을 쓰는 모양이라고 숙덕거렸다. 사자 같은 얼굴은 늘 미소를 잃지 않았고 괄괄하고 시원시원했다. 가끔 유성기를 틀어 놓고 이상한 소리를 곧잘 따라 했다. 근엄하고 과묵하며, 갓을 쓴 수염이 긴 나의 아버지의 조용한 자태와는 너무나 대조적이었다.

일제 말엽에 징용을 피하려고 아버지와 더불어, 무슨 비결에 피난지로 나와 있다는 우복동(牛腹洞)인가 하는 동네를 찾아 헤매다가 앞산이 턱을 괴는 어느 산골로 이사를 해서는 한동안 한집에 살았고, 양식을 늘이려고 더불어 산나물을 뜯기도 했다. 안팎이 한 식구처럼 지내며 늘 우리 집 발이 되고 바람막이가 되어 주었다.

마침내 일제는 패망했지만 남북이 갈라지고 세상이 온통 뒤숭숭할 무렵 그분은 무슨 잘못이 있었는지는 모르지만 그 밝던 얼굴에 늘 수심이 가득했다. 십리허에 살면서 밤으로만 우리 집에 오시곤 했다. 이때 아버지의 권유로 그분은 부여로 한 이인(異人)을 찾아갔다. 한동안 소식을 몰라 궁금했는데 세상이 안정되자 어느 날 그분이 바람처럼 나타났다. 전처럼 웃음을 되찾게 되었지만 사람이 좀 이상해졌다. 툭하면 입에서 한문 문자가 술술 나왔다. 온 방안에 글씨를 써 붙여 놓고 소리 내어 무슨 글을 읽기도 하고 눈을 감고 바위처럼 꿈쩍도 않고 가만히 앉아 있기도 했다.

아버지도 그 어른도 다 세상을 떠난 지가 오래다. 1910년, 한일합병이 되던 해에 태어나 일생을 전란에 시달리며 우환의 세상을 살았던 불우했던 그분들. 첩첩산중에서 같이 산나물을 뜯으며 때를 기다리던 그 시절이 이제 와서 내가 뭘 좀 알게 됐는지 사무치게 그립다.

입속으로 그분의 이름을 뇌어 본다. "이○○ 목사. 이○○ 목사……." 내 앞에선 성경 말씀은 한 마디도 하지 않고 공자가 뭐라고 말했다느니 맹자가 또 무슨 소릴 했다느니 했다. 내 귀에 '모따나 모따나'라고 들리는 걸 보면 틀림없이 염불도 했던 것 같다. 스스로는 늘 목사가 아니라 '잡사'라 했다. "잡사, 잡사,……" 그때는 킬킬 웃음이 나오던 이 말을 이제 와서 입속으로 가만히 뇌어 보면 나는 더 외롭고 슬퍼진다.

젊어 청춘 좋은 그때 엊그젠 줄 알았더니 오늘 보니 늙었구나.……안으로 들어오면 아내조차 상관없고 ……세월아 있거라, 팔도 호걸이 다 늙는구나. ……어화 저 세상아, 허망한 일이 여기 있지…….

유성기를 틀어 놓고 그분이 따라 하던 이 소리, 판소리 명창 이동백이 부른 「단가 백발가」를 오늘은 내가 흉내내어 본다.

이동백의 나이 진갑을 넘긴 이듬해(1928)에 했다는 녹음이 웬일로 영락없이 병든 노인 숨넘어가는 소리다. 끊어질 듯 끊어질 듯 힘겹게 꺾어지는, 마디마디 서러운 이동백 노야의 「백발가」를 들으면 듣고 또 들어도 들을 때마다 나는 눈물이 난다. 어디선가, 걸걸하던 그 목사 어른의 음성이 들리는 듯하다.

멀리 팔공산이 어둑하고 금호강에 황혼이 깔린다. 조각배는 강기슭으로 다 돌아가 조신하게 매여 있고 물새들도 어디론가 돌아가고 있다. 어화, 저 물새야! 사공의 뱃노래를 네가 들었더냐? 그 소리 그리움이더냐. 근심이더냐? 망령되이, 사람의 만고심을 새한테 묻는구나!

　나직이 「백발가」를 불러 본다. 이 노래를 사공이 부르면 애애성(欸乃聲)이 되겠지.

영도다리

오선 위의 음표를 읽다가 도돌이표를 만날 때처럼 나는 지금 부산의 영도다리 위에서 그렇게 어정거리고 있다. 다리의 북쪽 방향으로 하늘을 바라보면 높고 낮은 산들이 밤낮으로 보채는 남해 바다를 어르며 주춤주춤 다가서다가 냅다 주먹을 내지른 듯 용두산을 놓았고, 두 날개는 파도에 부딪쳐 멈칫거리다가는 갑자기 뭘 잡으려는지 벌어진 손아귀가 되었다. 벌어진 그 모습은 용의 입이라고나 할까. 금방이라도 우레가 치고 어디선가 반룡이 구름을 타고 하늘로 오를 것만 같은데 그 사이를 메우다시피 들어찬 영도 섬은 여의주가 분명하다. 반룡이 여의주를 얻은 형국이라고나 할까. 사람 또한 젊어서는 누군들 그만한 기상이야 없었으랴만 오늘따라 봉래산은 저 홀로 아득한데 구름은 못 오르고 하릴없이 처졌다.

봉래산이 너무 높아 영도는 보기에는 섬이 아니라 육지일 뿐 호호탕탕한 물줄기가 봉래산을 휘감고 희롱하듯 굽이돌아 흐르는 것 같은데, 저만치 물 위에 날아갈 듯 사뿐히 앉은 부산대교는 반쯤 무지개가 되었건만 여기 있는 듯 없는 듯 나직이 엎드린 영도다리. 늙어빠진 등때기에 잔뜩 짐을 지고 끙끙거리는 꼬락서니라니……. 큰 배가 드나들 수 있도록 하루에도 몇 번씩 정해진 시간마다 다리의 한 끝이 들리면서 열렸다던 도개교(跳開橋)의 구실도 세월 따라 쓸모없이 되었던지 야무지게도 고정시켜 버린 그 헌데 같은 자국들만 겨우 한때의 성세(聲勢)와 낭만을 일러 준다.

굳이 연륜을 헤아려 보랴마는 구닥다리 영도다리는 환갑 진갑을 다 지낸

이 늙은이와 동갑내기인 모양이니 광복을 맞고 6·25를 겪었으며 숱한 역사의 소용돌이 속에서 울굴했던 세월을 살아 왔으리라.

나이 탓일까? 절후야 춘분을 지났다지만 다리 위에 서고 보니 바람 끝이 차갑고 거세다. 윗도리를 다독이고 팔짱을 지르고서 가만히 두 눈을 감아 본다. 이상하게도 무슨 흐느낌이랄까 함성이랄까 난간을 스치는 바람소리에 섞여서, 슬프게 울부짖는 파도 소리에 묻혀서 오련히 울려오는 소리 하나가 있다. 악보를 읽을 때 엉뚱하게도, 읽지 않은 '붙임줄'(tie)의 둘째 음이 울리는 것 같은 환청이라고나 할까. 죄 짓고 쫓겨 가는 왜인들의 허우적거리는 소리 같고, 만세 소리 드높은 광복의 메아리 같기도 하고, "영도다리 난간 위에 초승달만 외로이 떴다."라는 그 구성진 노랫가락 소리 같기도 하고, 곱다시 늙어간 무수한 전쟁 미망인의 긴 한숨소리 같기도 하고, 그리고 또 어떤 사랑과 별리의 애틋한 사연이 아련히 들리는 것 같기도 하다. 눈을 감았건만 하 많은 얼굴과 얼굴들이 파도처럼 밀려오고 포말처럼 명멸해져 간다.

직장 따라 나는 부산에 왔다. 오자마자 환갑을 맞았고 다시 진갑이 지나갔다. 이해가 저물면 정년이 되고 돌아보면 꼭 삼십 년이 된다. 공무원을 도적으로 매도하는 사람이 많지만 도둑놈 소리를 듣기엔 원천적으로 거리가 먼 나의 직장이 아닌가. 나는 평생 한직으로 일관했다. 현직(顯職)의 부패에 분노하는 입으로 한직의 청빈을 업신여기는 세상인심에 나는 절망한다. 냉소 짓는다. 명리며 권력 같은 것에 아직도 미련이 있다고 한다면 부끄러운 노릇이긴 하지만 어쩐지 가슴 한 구석이 허전하다고 하는 것이 정직한 말일 것 같다.

나는 오늘 머리나 좀 식혀 보려고 이 다리에 나왔건만 다리 위에서도 망념이 많다. 드나나나 다를 게 없는 속절없는 이 번뇌는 어디서 오는가. 사람이 다리만 못하다는 생각이 든다. 크든 작든 다리는 다만 다리를 놓을 뿐이다.

세상은 다리를 수단으로 삼지만 다리는 세상과 자신을 오로지 목적으로 대한다. 칸트의 학도라고나 할까.

퇴근 때가 다된 모양이다. 다리를 울리며 오가는 차량의 소음이 갑자기 더해진다. 꺼벙한 늙은이의 휘어진 등허리 같은 이 다리가 딱하다는 생각이 든다. 난간을 새삼 살펴본다. 페인트칠이 잘되어 참으로 깨끗하다. 낙서 하나를 어렵게 만났다. "세 번째 왔다. 뛰어내리지 못하는 까닭은 두려워서가 아니다." 어쩐지 장난으로 쓴 낙서 같지가 않다. 뛰어내리고 싶을 만큼 괴로운 사연은 있었다 치고, 그럼에도 불구하고 뛰어내릴 수도 없는 절박한 사정이라도 있었을까. 나는 문득, 뜻을 잃은 한 사나이의 깊은 슬픔을 새겨 본다.

휙휙 난간을 스치는 바람이 스산하다. 아까부터 잔뜩 찌푸린 날씨가 미심쩍더라니 교룡이 울부짖는지 갑자기 풍랑이 사나워지나 보다. 승천을 빌고 빌며 천 년을 기다리던 구렁이가 정녕 천 년을 못 채우고 이무기가 되고 만 채 하늘을 향해 저다지도 울부짖는다 할까. 멀리 부두며 선창가를 바라보니 내려앉은 구름 덩이가 기우는 햇살을 어지럽히고, 나는 문득 갈 길이 궁한 한 늙은이를 멍하니 떠올려 보는데, 성난 파도가 "보이소. 오이소. 사이소."라고 외치는 '자갈치 아지메'의 쉰 목소리를 막는구나!

'이제는 돌아가야지.' 천천히 걸음을 옮겨 본다. 문득 허공을 내딛듯 허무감을 느낀다. 한쪽 팔로 아픈 등허리를 툭 툭 쳐보다가 빙긋이 웃는다. 동갑내기 영도다리도 나처럼 허리깨나 아플 거다. 허리가 아프기로 말하면 영도다리가 나를 닮았겠지만 세상과 자신을 오로지 목적으로만 대하는 것으로 본다면 나는 영도다리를 닮지 못했다. 아아, 철인과도 같은 영도다리!

한강(漢江) 원제:한강은 알고 있다

만수(萬水)를 합하여 한강이 된다. 반도의 허리를 망라하는 유정 일천이백팔십여 리에 걸쳐 만수를 귀납한다.

두루 알다시피 서울의 등 뒤에 백운대(白雲臺) 국망봉(國望峯) 인수봉(仁壽峯)이라는 세 봉우리로 된 우람한 산이 하나 있다. 이 산을 이름하여 삼각산(三角山)이라고도 하고 북한산(北漢山)이라고도 하는데 서울의 진산(鎭山)이 된다. 이 산이 한 번 꿈틀거려 인왕산(仁王山) 북악산(北岳山) 낙산(駱山) 남산(南山:木覓山)이 연역되어 나오고 또 한 번 꿈틀거려 남한산(南漢山) 관악산(冠岳山)이 생겨나와 대령하듯 호위하듯 둘러싸는 이 진용을, 어르며 희롱하며 한수(漢水)는 굽이돌아 흐른다. 우레와 바람이 서로 붙는 곳에 언제나 신기가 돌 듯 산의 연역과 물의 귀납이 한바탕 격론을 벌이는, 산진수회처(山盡水廻處)에 서울이 태어났다.

한강은 서울을 꿴다. 옛날 평양 사람들은 한양 사람을 보고 십리 밖 강도 강이냐고 빈정거렸다지만 지금의 평양 사람들은 그런 말을 못할 것이다. 남산에 올라 사방을 내려다보면 남산은 남쪽의 산이 아니요, 서울의 코다.

십리 밖 강을 멀다 않고 여기에 도읍을 정한 걸 보면 조선왕조 태조 이성계(李成桂)야말로 나라를 빼앗은 사람답게 통이 컸다고나 할까. 그때가 단기 3727년이었다니 600년이 넘은 셈이지만 백제 온조왕(溫祚王)이 서울 부근에 나라를 세운 걸로 치자면 참으로 아득한 옛날부터 이 한강 유역이 천하를 도모하려는 영웅의 눈길을 끌었던 것 같다.

"한강을 차지하는 자는 반도를 차지하게 된다."라는 말이 있다. 삼국시대에 맨 먼저 한강 유역을 점거했던 나라는 백제였는데 이때가 백제로서는 전성기였다고 한다. 뒷날 한강 유역을 고구려에게 빼앗기고 수도를 한산성(漢山城:지금의 南漢山城) 일대에서 웅진(熊津:지금의 公州)으로 옮기고부터 백제의 국운은 기울게 되었고 반대로 한강을 차지한 고구려는 전성기를 맞이할 수가 있었다. 고구려의 팽창에 겁을 먹은 백제와 신라는 손을 잡을 수밖에 없었으니 나제동맹도 따지고 보면 한강 때문이다. 한강에서 밀려 내려온 백제가 수도를 웅진에서 다시 사비(泗沘:지금의 扶餘)로 옮긴 까닭도 속내는 이 한강 유역을 되찾겠다는 데 있었다고 한다. 한때 나제 양국은 한강 유역을 나누어 가짐으로써 백제의 꿈이 어느 정도는 이루어지는가 싶더니, 신라가 배신하여 한강 유역 전역을 독차지하는 바람에 백제의 중흥의 꿈은 꺾어지고 말았다. 이에 전일의 동맹이 오늘의 원수가 되어 다투다가 한강을 잃은 백제는 끝내 멸망해 버리고 말았다. 따라서 삼국의 역사는 '한강 쟁탈전의 역사'였다고나 할까. 신라의 통일은 물론 고려의 재통일도 한강 유역을 장악한 때문이었고, 6·25 때 한강 유역을 차지하느냐 못하느냐가 전세를 좌우하게 되었던 것도 또한 우연이 아니었던 것으로 여겨진다. 따라서 삼국의 역사뿐만 아니라 우리의 역사 전체가 '한강 쟁탈전의 역사'였는지도 모른다. 이토록 한강 유역이 군사적 요충으로 늘 용병필쟁(用兵必爭)의 풍운을 몰고 온 까닭은 이 지역이 북위 37도에서 38도 사이를 망라하는 광활한 반도의 중심무대인 데다가, 이 지역의 남북에 자연의 요새인 북한산과 남한산이 방벽을 이루고 있기 때문일 것이니 결국 무궁한 산하의 조화다. 절묘하게 어우러진 산하를 바라보노라면 보이지 않는 어떤 신비스러운 힘을 떠올리게 되지 않던가?

산하의 조화를 보려거든 우선 남산에 올라 사방을 조망해 볼 일이다. 『신증동국여지승람』(新增東國輿地勝覽)에 의하면 여말선초의 문신 정이오(鄭以吾)는 「남산팔영」(南山八詠)을 읊어서 유명해졌다지만 지금이라면 그는 '팔영'에다가 최소한 두 가지를 보탤 것 같다. 하나는 한강의 다리요, 또 하나는 서울의 야경이다. 아니다. 두 가지를 보태기는커녕 「남산팔영」마저 폐기하고 다만 한마디로 "서울은 넘쳤다"라고만 할지도 모른다. 한강의 물고기가 병치레를 하는 것이 어제 오늘의 일이 아니고, 뿌연 하늘에는 옛날의 솔개를 알아보지 못한 지도 오래 되었고, 놓은 지 얼마 안 되는 다리가 부러지기도 한 걸 그가 왜 모르겠나. 혼이 사멸한 육체, 철학이 실명한 과학, 정신이 증발된 물질, 윤리를 능욕한 향락이 도처에서 기염을 토하는 세상을 두고 그가 즐거이 노래할 리가 없지 않는가 말이다.

지금은 없다지만 옛날 중국의 낙양의 남쪽 낙수(洛水)에 천진교(天津橋)라는 부교(浮橋)가 하나 있었던 모양이다. 송나라 때의 학자 소강절(邵康節) 선생이 하루는 빈객과 더불어 이 다리를 거닐다가, 두견이 우는 소리를 듣고 처연해져서 즐거워 할 줄 몰랐다고 한다. 객이 그 까닭을 묻자 선생은, "낙양에는 예로부터 두견이가 없었는데 이제 막 날아왔나 봅니다."라고 했다. 객이 무슨 뜻이냐고 물으니 선생은, "서너너덧 해가 못 되어 주상이 남쪽 지방의 인사로써 정승을 삼고 남쪽 지방의 사람들을 많이 끌어들여서 오직 바꾸어 고치는 데만 힘쓸 것인데 천하는 이로부터 변고가 많을 겁니다."라고 했다. "두견이 우는 소리를 듣고 어찌 그런 걸 아십니까?" 라고 객이 또다시 묻자 선생이 답하기를, "천하가 장차 다스려지매 땅의 기운이 북쪽에서부터 남쪽으로 움직이고 천하가 장차 어지러워지매 땅의 기운이 남쪽에서부터 북쪽으로 움직이는 법인데 지금 남쪽 땅의 기운이 이르렀군요. 날짐승이 땅의 기운을 먼저 얻은 것이지요."라고 했다. 이 예언은 송나라 치평(治平:1064~1067) 연간에 있었던 일인데 희녕(熙寧:1068~1077) 초에 이르러 과연 적중했다고 한다.(『邵氏聞見錄』卷十九)

아무튼 방위와 시간과 계절 같은 것을 같은 선상(線上)에 대응시키는 것이 이른바 오행사상의 한 전요(典要)인 것 같다. 이를테면 정북방과 한밤중과 동지를 대응시키는 따위이다. 강절 선생의 사상 또한 이와 다르지 않다. 땅의 기운이 북쪽에서 남쪽으로 움직인다고 함은 해가 동지에서 하지로 움직이는 것과 같은 이치이고, 땅의 기운이 남쪽에서 북쪽으로 움직인다고 함은 해가 하지에서 동지로 움직이는 것과 같은 이치이다. 동지에서 하지까지는 해가 점점 불어나고 이에 따라 만물이 생육하고 발현하는 계절이니 치세가 되는 셈이고, 하지에서 동지까지는 해가 점점 줄어들고 이에 따라 만물이 수렴하고 귀장하는 계절이니 난세에 비길 수가 있겠다. 이와 같은 이치로 해서 땅의 기운이 북쪽에서 남쪽으로 움직이는 것은 치세가 되고 땅의 기운이 남쪽에서 북쪽으로 움직이는 것은 난세가 되는 셈이다. 그런데 동지에서 하지 사이에 춘분을 거치게 되니 땅의 기운이 북쪽에서 남쪽으로 움직이는 것은 땅의 기운이 동쪽에서 서쪽으로 움직이는 걸 내포하는 개념이 되고, 하지에서 동지 사이에 추분을 거치게 되니 땅의 기운이 남쪽에서 북쪽으로 움직이는 것은 땅의 기운이 서쪽에서 동쪽으로 움직이는 걸 내포하는 개념이 된다. 이상의 내용을 총괄해서 말하면, 땅의 기운이 북쪽에서 남쪽으로 움직이든가 동쪽에서 서쪽으로 움직이면 치세를 의미하고, 땅의 기운이 남쪽에서 북쪽으로 움직이든가 서쪽에서 동쪽으로 움직이면 난세를 뜻하게 된다고 말할 수 있겠다.

그렇다면, 가령 춘추전국시대에 북국(北國)의 유민(流民)이 북국에서 남국(南國)으로 흘러 들어갔을 때에는 땅의 기운이 북쪽에서 남쪽으로 움직인 것이 되어 남국이 치세로 되었을까? 남국의 유민이 남국에서 북국으로 흘러 들어갔을 때에는 땅의 기운이 남쪽에서 북쪽으로 움직인 것이 되어 북국이 난세로 되었을까? 유민의 이동이 있기에 앞서 과연 두견이 같은 어떤 미물이 지기를 타고 먼저 움직였을까?

율곡(栗谷) 선생의 대과 장원 급제 작이라는 「역수책」(易數策)에 의하면 율곡 선생이 과장에 나갔을 때 과거를 집행하는 관리가, "천진교에서 두견이 우는 소리를 듣고 소인이 권세를 마음대로 부릴 것을 알았다."(天津(橋)鵑叫知小人之用事)라는 강절 선생의 이 고사를 두고 물었다. 이 물음에 대해 율곡 선생은, "이(理)로써 미루어 보면 점을 치지 않아도 가히 알 것이요, 하필 천진교에서 두견이가 우는 소리를 듣고 난 다음에서야 국운이 많이 어려워질 걸 알겠습니까?"(以理而推則不待占而可見矣何必天津(橋)鵑叫然後乃知國步多艱耶)라고 응답했다. 율곡 선생의 이 말은, "그것이 그러한 것은 기(氣)요, 그것이 그러한 까닭은 이(理)이다."(其然者氣也其所以然者理也)라는 기존의 이기론(理氣論)을 따른 것이다. 율곡 선생이 '이(理)로써 미루어 본다.'라고 한 말에서 이(理)란 형상이 없어 볼 수는 없지만 사물의 '당연지칙'(當然之則)이라고 하는 것이 성리학의 입장이다. 당연지칙이란 사물에 있는 마땅히 그러해야 하는 준칙이요, 법칙이며, 확고하여 변하지 않는다는 뜻이다. 사물에서 꼭 합당한 것으로 당연함을 뜻한다. 따라서 이 법칙은 사물에서 지나침도 없고 모자람도 없이 딱 들어맞는 것이기도 하다. "임금이 되어서는 인(仁)에 머무른다." "신하가 되어서는 경(敬)에 머무른다."라고 할 때 인과 경이 각각 임금과 신하이기 위한 당연지칙이다. "아버지가 되어서는 자애에 머무른다." "자식이 되어서는 효에 머무른다."라고 할 때 자애와 효가 각각 아버지와 아들의 당연지칙이다. 그렇다면 "공무원이 되어서는 국민의 공복이 된다."라고 할 때 국민의 공복이 되는 것은 공무원이기 위한 당연지칙이 아니겠는가. 국회는 국회이기 위해 청와대는 청와대이기 위해 당연지칙이 있을 터. 책상은 책상이기 위해 의자는 의자이기 위해, 잉어는 잉어이기 위해 솔개는 솔개이기 위해 각각 당연지칙이 있겠다. 이 당연지칙으로 미루어 보면, 천진교에서 두견이가 우는 걸 듣기 전에도 국운이 많이 어려워질 걸 알 수 있다는 것이 율곡 선생의 해답이었던 것 같다.

대과를 보던 스물세 살 율곡 선생의 이기론(理氣論)은 아직, 퇴계(退溪) 선생이며 정주(程朱)의 성리학과 다르지 않았다. 이를테면 "올해의 우레는 일어나는 곳에서 일어난다."(今歲之雷起處起)라는 정이천(程伊川) 선생의 말은 "두견이는 우는 곳에서 운다."라는 말이 되겠지만, 이 말은 "하필 천진교에서 두견이가 우는 소리를 듣고 난 다음에서야 국운이 많이 어려워질 걸 알겠습니까."라는 율곡 선생의 말과 다르지 않다. 천진교의 두견이에 부친 강절 선생의 예언을 은근히 비아냥거렸기는 마찬가지가 아닌가. 수리철학이라고나 할 강절 선생의 이른바 원회운세(元會運世)의 학설(皇極經世)을 배격한 거나 다름없다.

이 땅에도 유민이 있는가. 한강에도 두견이가 울었는가. 땅의 기운이 어디서 어디로 움직이는가. 우레는 일어나는 곳에서 일어나고 두견이는 우는 곳에서 운다. 땅의 기운은 움직이는 곳으로 움직인다. 역사는 가는 곳으로 간다.

잉어는 뛰고 솔개는 높이 날아라.

금오산을 바라보며

금오산(金烏山)은 그리 큰 산은 못되지만 단아하고 엄숙하다. 선비의 자태랄까, 도인의 풍모랄까. 검은 바위로 된 멧부리가 흰 구름을 거느리고 드높이 창공에 치솟은 모습은 자못 경이롭다.

오랜 장마 끝에 활짝 개어서 그런지, 벌써 계절이 바뀌어 가고 있었기 때문인지, 갈매 빛 산봉우리 너머로 그 빛보다 더 선연한 아청 빛 하늘이 향수처럼 멀다. 산이 없어도 하늘은 저리도 높고 푸르고 또 유정해 보일 수가 있을까?

물은 누진 데로 흐르고 불은 메마른 데로 타오른다. 구름은 용을 좇고 바람은 범을 좇는다 했다. 같은 소리는 서로 어울리고 같은 기(氣)는 서로 구하기 때문일까. 종자기(種子期)가 죽자 지음을 잃어버린 백아(伯牙)는 두 번 다시 칠현금(七絃琴)을 뜯지 않았다는 소리는 식상하도록 들었다. 하늘과 산도 어쩌면 이러한 교감이 아닐까.

마음이 가벼울 때는 가벼워서 마음이 무거울 때는 무거워서 나는 곧장 이 산을 찾게 되었다. 산은 본래 산일뿐이다. 물소리 바람소리 새소리가 공연히 소연할 뿐 내가 즐거워하거나 서러워하거나 울거나 웃거나 누굴 사랑하거나 누굴 원망하거나 산은 늘 침묵한다. 덩달아 내 마음이 가라앉고 맑아지고 편안해진다. 타이르거나 꾸짖거나 가르침이 없어도 산은 늘 벗이 되고 정인이 되고 스승이 되는 모양이다. 그리고 또 가끔은 현인을 생각하게 한다. 야은(冶隱) 길재(吉再) 선생의 말이 떠오른다.

다만 힘써 밭 갈고 경학에 매진하여 아래로 어버이를 봉양하고 위로 임금을 섬기기만 기약했었다.……지금은 불행하게도 망국의 한을 당하여 십년공부가 허사가 되었다. 슬프다! 하늘의 일을 탓하여 무엇 하리! 이에 슬픔 속에 방황하다가 뜻을 바꾸었으니, 송라의 덩굴에 달이 걸리듯 그렇게 갓을 걸고 청풍을 읊조리며, 천지간에 부앙(俯仰)하고 세상 밖에 소요하며…….

——「後山家書」

야은 선생은 고려가 망하자 이 산속에 푸른 나래를 접고 말았다지만, 세상이 달라진 지금에 와서는 두 나라를 섬기지 않겠다는 그 절개가 도대체 무슨 의미가 있느냐고 물을 만하게 되어 버렸다.

차고 기울고 나아가고 물러남이 하늘의 뜻이랬거니, 돌연 안갠지 구름인지 한바탕 요기로운 선회를 벌이는가 했더니 금오산 멧부리를 운해(雲海)는 삼켜 버린다. 망망한 바다에 떠 있는 외로운 섬이 되어 금오산 봉우리는 하염없이 가라앉지만 하늘이 무슨 말을 하는가?

하늘이 옳은가 그른가.(天道是邪非邪)

한갓 구름에 휘말리는 산을 대하고 있을 따름인데, 나는 왜 느닷없이 사마천(司馬遷)의 이 탄식을 떠올려 보는 걸까. "주(周)나라를 섬기다니 수치로다. 의(義)로써 주나라의 좁쌀을 먹을 수는 없노라." 이렇게 결심하고 수양산 고사리를 캐다가 굶어 죽은 백이숙제(伯夷叔齊) 두 형제를 두고 사마천은 길게 탄식해 말하기를, "천도는 공평무사하여 항상 선인의 편이다(天道無親常與善人)라고 한다면 백이숙제는 선인인가 악인인가. 이토록 인(仁)을 쌓고 행(行)을 삼가고서도 굶어 죽고 말았으니……"라고 했다.

패장(敗將) 이능(李陵)을 변호하다가 도리어, 폐하를 기만했다는 죄목을 뒤집어쓰고 극형을 당하게 된 사마천이 죽음 대신에 택할 수 있었던 길은 오직 궁형뿐이었다. 가난하여 속죄(贖罪)할 만큼의 재산이 없었기 때문이다. 『사기』(史記)를 찬술하라는 아버지의 유지를 받들기 위하여 사마천은 더 살아야 했다. 스스로 남근을 잘리고 잠실(蠶室)에 버려지는 남자의 최대 치욕을 택해야 했던 사마천이 인간의 역사를 쓰면서 이렇게 울분을 터뜨리는 건 당연하다 할지 모르지만 사마천이 백이숙제를 두고 가슴 아파했듯, 천도가 옳은가 그른가라고 울부짖는 사마천의 가슴속을 생각하면 나는 괴로워서 견딜 수가 없다.

사마천과 길야은, 그들은 하늘을 원망하고 하늘에 순응한 차이는 있었지만 모두가 그 하늘로 해서 어쩌면 각각 자신의 하늘을 열게 된 사람이었는지도 모른다.

망망한 구름바다 위로 아련히 떠 있는 저 산봉우리, 금오산 꼭대기가 오늘따라 더욱 아득해 보인다.

제3편

퇴계의 여자

퇴계 선생은 마흔여덟 살이 된 명종 3년(戊申, 1548) 음력 정월에 경직에서 외직을 자청하여 단양 군수로 가게 되었다. 이때 단양에는 두향(杜香)이라는 열여덟 살 어린 관기가 있었는데 청초한 자색에 거문고며 시며 서화에도 능하고 특히 매화와 난초를 사랑했다고 한다.

그녀는 매화처럼 고고한 퇴계의 인품과 도저한 학문을 흠모하여 수청 기생을 자청하였고, 퇴계는 두향의 재색을 미쁘게 보았다. 이때 퇴계는 독신이었다. 스물일곱 살 때 부인과 사별했고, 재취한 둘째 부인마저 단양 군수로 오기 이태 전에 세상을 떴다. 화불단행(禍不單行)이라더니, 단양에 온 지 두 달째인 음력 이월에 스물두 살인 둘째 아들이 죽었다는 기별을 고향 집으로부터 받았다. 부인과도 사별하고 아들마저 잃어버린, 이 외로운 초로의 군수에 대해 당시로서는 여자라면 한 번쯤 연모의 정을 가져 볼만도 했겠다.

두향이 그러했다. 차차 은혜하는 마음이 깊어 갔다. 퇴계한테 몇 번이나 선물을 바쳐 애틋한 마음을 전하려 했지만 번번이 거절당하자 두향은 끼니를 거르고 잠을 설치다가 궁리 끝에 퇴계가 뭘 좋아하는지를 아전한테 물었다. 매화를 혹애한다(我生多癖酷好梅)는 사실을 알아내고서는 그 동안 푼푼이 모은 돈을 털어서 팔로(八路)에 사람을 풀어 좋은 매화를 구했다. 매화를 구한 그 돈이 어떤 돈이란 걸 퇴계가 왜 몰랐겠는가? 그러한 나무마저 차마 야박스레 물리칠 수 없었던 퇴계는, 그 매화를 동헌 앞에 심고 말았다. 늘 가까이서 손발이 되어 수청 드는 어린 여자가 가련하게도, 타오르는 정념에 몸을 사르는데도 그 불길에 휩싸이지 말아야 퇴계인가?

퇴계는 이때 공사간에 근심이 많았다. 그는 스무 살 때 침식을 잊고『주역』공부에 몰두하다가 일종의 소화불량증인 '몸이 파리하고 곤한 병'(羸悴之疾)을 얻은 후로는 늘 병치레를 하느라 빤한 날이 없었는데, 이때 작금에 겹친 가족의 불행으로 해서 심기가 한층 우울해진 데다가 군수로 부임하자 단양 고을에 기근마저 들어 곤란하고 급박한 상황이 되었다. 그 당시에 그가 스스로 토로하기를, "황정(荒政)을 펴는 일밖에는 늘 근심으로 마음이 답답하여 문을 닫고 세월을 보낸다."(荒政之外恒怏怏然閉戶度日)라고 했다. 그러나 그런 가운데도 단양의 빼어난 산수에 매료되었다. "굶주린 백성을 구휼하는 일로 때로 개울과 산 사이를 왕래하다가 기승(奇勝)한 곳을 보게 되었다."(顧以振救饑民之時出入往來溪山間因得窺其勝)라고 했다. 구담(龜潭), 도담(島潭), 불암(佛巖), 이락루(二樂樓), 화탄(花灘) 등이 부임한 그 해 음력 유월에 그가 지은「단양산수 놀 만한 곳의 기록」(丹陽山水可遊者續記)이라는 글에 나온다. '단양팔경'은 이때에 정한 것이라 한다.

답답한 마음 둘 데 없던 퇴계가, 굶주린 백성을 연민하며 시름을 달래며 청계(淸溪)와 백석(白石) 사이를 병든 학처럼 넘나들 적에 그의 곁에는 청순가련한 어린 기녀 두향이 부축하고 따랐지만, 꽃피자 바람이 그르칠 걸 퇴계도 두향도 미처 근심이나 하였으랴!

퇴계가 단양군수로 온 그 해 음력 시월에 그의 넷째 형 대헌공(大憲公, 名:瀣)이 충청 감사로 부임했다. 단양이 그 관할구역 안에 있으므로 이른바 상피(相避)에 해당되는지라, 퇴계는 떠나길 자청해서 풍기 군수로 가게 되었다. 퇴계를 만난 지 겨우 아홉 달 만에 두향은 퇴계를 눈물로 보내야 했다. 이때 퇴계는 동헌 앞에 심어 놓았던 두향이 준 매화나무를 옮겨다가 고향땅 도산에 심었다. 퇴계로서는 그 매화나무를 나무로만 대할 수는 없었을 터이다.

퇴계가 떠난 뒤 두향은 어렵게 주선하여 가까스로 기적(妓籍)에서 벗어날 수가 있었다. 퇴계와 자주 거닐던 강선대 아래에 초옥을 짓고 수절의 세월이 흘러 22년, 선조 3년(庚午, 1570)에 퇴계가 세상을 떠난 뒤에도 퇴계만을 추모하며 퇴계를 만났던 단양 땅을 떠나지 않고 거기서 살다가 거기서 생을 마쳤다. 퇴계와의 애틋한 추억이 서린 곳일까, 그녀의 유언에 따라 강가의 '거북바위'(龜岩) 곁에 묻어 주었다. 세월이 흘러 사백 년쯤 뒤 충주댐이 건설될 때 퇴계의 15세손인 이동준(李東俊)의 주선으로 1985년에 지금의 신단양 제미봉 산기슭으로 이장되었다고 한다.

한편 두향이 선물한 매화는 도산서원에서 한시절 고결한 청분(淸芬)을 거느리다가 오래 전에 죽고 말았다. 세상에서는 이 매화를 '도산매'라 하지만 나는 '두향매'라 한다. 다행이 그 자목(子木)이 서원의 광명실(光名室) 서고 앞에서 음력 2월 중순이면 꽃을 피웠는데, 아주 작은 순백의 홑꽃이었고 향기가 무척 맑은 것이 이 매화의 특징이었다고 한다. 이 자목마저 1996년에 고사했다. 그 후 다시 두향매의 손자 격인 다른 자목을 도산서원 옆 뜰에 심었으나 이 또한 몇 해만에 죽고 말았다. 도산서원에, 옛날의 그 두향매는 애석하게도 혈통이 끊어진 셈이다. 공교하게도 언젠가 도산면의 이윤항이란 사람이 산에 있는 개살구나무의 대목(臺木)에 두향매의 자목을 접목하여 분재를 만들었는데 이걸 안동시에 사는 이영철이란 사람이 갖고 있다고 한다. 수세도 강건하고 해마다 양력 11월 말을 전후해서 순백의 꽃을 피운다고 한다. 뿌리는 탐탁하지 않지만 그것이나마 도산서원에 심었으면 좋겠다.

두향과 퇴계의 관계가 설령 사실이 아니라 한갓 고로상전(古老相傳)의 야화에 지나지 않는다 하더라도, 이 이야기가 사백여 년이 지난 이 시대에 와서도 사람의 마음을 흔드는 까닭이 뭘까? 지금도 단양문화원에서는 해마다 5월이면 두향제를 열고 퇴계의 후손이 묘사를 지낸다고 한다.

꽃보다 더 아름다운 낙화가 있는 줄을 알게 한다.

매화

　　우리집 근방에서 들떼놓고 '부잣집'이라고 하면 우리집 옆집을 두고 하는 말인 줄을 조무래기들도 다 안다.

　집도 집이지만 등이 굽은 소나무, 링거주사 병을 수두룩이 달고 있는 수령이 백 년도 넘었다는 모과나무, 본래 제자리인 양 천연덕스럽게 앉아 있는 그러나 지조를 굽힌 기암괴석, 오종종한 감들이 쪽빛 하늘을 이고 얼굴을 붉히는 고비늙은 감나무, 그 가지에 앉아 연방 꽁지를 치키며 깍깍거리는 까치, 산죽에 가려진 바위 밑에서 졸고 있는 고양이, 이것만 해도 부잣집이라는 택호가 붙을 만하지만 부잣집인 까닭은 그밖에도 많이 있다.

　난숙한 삼십대 여인들의 농염한 자태가 어우러졌다고 할까. 금잔화·은대화·파초·벽오동·만향·부용·살구꽃·복사꽃·오얏꽃·동백꽃·라일락, 그리고 담 너머로 남의 집 안뜰을 훔쳐보는 해바라기……. 이름 모를 온갖 꽃들이 한철을 다투다가 그대로 눌러 앉아 한세상 영화를 누린다. 이런 꽃들과 같이하기가 부끄러웠는지 보이지 않는 꽃이 한 가지 있다.

　대원군의 주위에 조면호(趙冕鎬)라는 지조 높은 선비가 있었는데, 매화를 혹애했다고 한다. 하지만 집안이 매우 구차하여 월동에 필요한 매실(梅室)이 따로 없었던 모양이다. "安得梅花不凍乎 어떻게 매화를 얼지 않게 할까. 今年又見梅花凍 올해도 매화가 어는 걸 또 보겠구나!"라는 그의 시가 대원군의 눈에 띄게 되었다. 대원군이 이 사람을 돕고 싶은 생각이 들었으나, 이 사람의 결기 있는 성미를 전일에 겪어 봐서 익히 아는 터이라 섣불리 돈을 보냈다간 물리칠 게 번해서, 궁리 끝에 '호매전'(護梅錢)이란 명목으로 삼천 냥을 주었다고 한다.

호매전 이야기를 옆집 주인에게 한 번 해볼까 하다가 말았다. 그 집 정원에 동방제일지(東方第一枝)라는 매화가 빠진 건 마치 첫 획을 빠뜨린 명필같이 느껴졌기에, 필순(筆順)은 이미 틀려 버렸으나 늦게나마 그 첫 획을 긋듯 매화 한 가지를 더하면 작히나 좋을까 싶어서 호매전을 아느냐고 에둘러 말하려 했던 거였다. 하지만, 담장에 바짝 붙어 있는 이 집 측백나무가 남의 집의 하나뿐인 숨구멍 같은 창문을 사철 틀어막다시피 하는데도 본체만체하는 걸 보면, 청빈한 선비에게 아무런 바라는 것도 없이 큰돈을 희사한 통 큰 얘기를 해봤댔자 쇠귀에 경 읽기가 될 것 같아 그만뒀던 거다.

또 매화 시의 절창이라는, "疏影橫斜水淸淺 성긴 그림자 가로 비끼는 물 맑고 옅은데, 暗香浮動月黃昏 어둠 속 향기 떠돌고 달은 아슴푸레하다."(『山園小梅』抄)라는 임포(林逋)의 시를 아느냐고 물으려다 그것도 그만 뒀다. 무심결에 임포의 신변에 관한 얘기가 툭 튀어나오면 어쩌나 싶었기 때문이다.

임포는 부패한 정치가 싫어 처음부터 환로(宦路)에 뜻을 두지 않았을 뿐만 아니라 종신불취(終身不娶)로 생을 마친 사람이었다. 항저우(杭州)의 서호(西湖) 가운데 있는 고산(孤山)에 오두막을 짓고 이십여 년간 성시(城市)에 나가지 않았는데 집 주변에 360여 그루의 매화나무를 심어 놓고 매화에 붙어살다시피 했다. 가솔이라고는 고작 신변에 백학과 사슴 한 마리를 두었을 뿐인데, 손님이 오면 학이 공중에서 울어 누가 온 줄을 알고 사슴의 목에 술병을 걸어 술을 사러 보내기도 했다. 이 고고한 기인을 가리켜 당시의 사람들은 이르길, "매화를 아내로, 학을 아들로, 사슴을 가솔로 삼았다."(梅妻鶴子鹿家人)라고 했다. 이런 얘기가 부인이 하나뿐이 아니라는 소문이 파다한 옆집 주인 앞에서 툭 튀어

나오기라도 한다면 민망한 노릇이 아니겠는가.

석숭(石崇)이나 도주(陶朱) 같은 부호도 부럽지 않을 옆집. 담 하나를 사이에 둔 그 천자만홍이 다투어 교성이 자지러지건만, 해바라기 따위가 도도히 넘어다보건만 홀로 무심한 우리집 매화. 그 침묵은 누구를 위함인가?

매화부(梅花賦)

무슨 인연인지 첫눈에 마음이 흔들려 제수(祭需)를 사듯 달라는 대로 얼른 값을 치르고 어린 매화 네 그루를 집 안에 들였다. 옛날 얘기다.

매화를 들이면서 집 안은 한바탕 소동이 일었다. 대나무가 밀려난 거다. 달빛이 비끼는 창문 가득히 어리비치는 대나무 그림자에 시름을 달래고는 했었는데, 대나무를 거의 캐내고 그 자리에 매화나무를 심기는 심었지만 창이 텅 빈 듯 엷어진 댓잎 그림자를 멀거니 바라보고, 그런 밤을 보내기를 몇 해를 그랬을까?

드디어 매화나무가 하늘을 얻었다. 남은 대나무는 파수꾼을 자처한다. 대나무의 곧은 줄기와 어우러진 매화나무의 착잡한 모습이 여위기는 대나무와 서로 닮았다. 무슨 근심에 그리도 여위었나? 뒤틀린 밑동이며 몸통은 풍상을 말해 주고 성기고 거친 가지에는 인고의 세월이 흘렀다. 툭 부러진 줄기에서 높이 빚은 세 가지는 달이라도 딸 참인가.

가만가만 달빛을 밟으며 벌레 소리를 듣다가 벌레마저 문득 목이 잠기면 가을은 벌써 깊을 대로 깊어졌고 천지가 닫힌 듯 적막해진다. 적막도 한때. 참새가 떨고 있는 매화나무 가지에서 작은 소요가 천지의 침묵을 깬다. 낙목한천에 누구와 언약했나. 가지마다 도도록이 볼가진 꽃망울을 만난다. 정염이 불타올라 뾰루지가 났나 보다. 고 섬섬한 어린 여자 같은 것이 추위와 줄다리기하다니 내가 누구 편이겠는가, 은근히 줄을 당겨도 이리도 내게 무심한 것은 누구를 위함인가. 몸은 낙탁한 백훼(百卉) 사이에 머물러도 뜻은 높아

별이 되었나.

뜻이야 홍매도 높지만 백매가 더 높고 천엽도 청초하지만 단엽에 미치랴! 단엽인 흰 매화. 그 꽃이 입춘 무렵이면 눈이 펄펄 날리는 한데인데도 핀다. 첫 봉오리가 부리를 반쯤 벌리면 여자의 속살을 보게 된 듯 정신이 아뜩하고 활짝 벌리면 나는 그만 헉, 하고 숨이 막힌다. 눈을 감는다. 길래 신음한다. 누가 간밤에 내 집 문을 두들겼던가? 은하수에 떠있던 하얀 별 하나가 내 집 창가에 떨어졌구나!

하얀 별. 이 천하의 우물(尤物)한테 한낱 범용한 늙은이가 마음을 두다니, 길이 헛되이 탄식할 것을……. 공연히 매화 곁에서 왔다갔다한다. 밤잠을 설친다.

선잠을 깨고 보니 천지개벽이다. 만개한 흰 매화에 흰 눈이 수북이 쌓였다. 누가 고절(苦節)을 쉬이 입에 담는가. 눈얼음에 이아침을 당하고서야 매화는 도리어 보다 짙은 청향을 토한다네.

청향이 한껏 표일해지는 한낮에 만발한 매화꽃 그늘 아래 들어가 본 사람은 안다. 깊은 산속에서 울려오는 범종의 여음 같은 그 음향이 문득 사람을 외롭게 한다. 은혜하는 사람을 태우고 먼 하늘가로 떠나가는 비행기 소리가 이처럼 가슴 아플까. 꽃마다 벌, 벌, 벌, 벌. 무수히 들끓다. 들렌다. 벌들의 훤화(喧譁)에 탈려 꽃가지가 울리는가, 우는가.

벌한테서 들었는지, 도를 통했는지, 매화꽃에서 "하늘(천지)의 마음을 본다."고 한 사람들이 있었다. 정도전(鄭道傳) 이숭인(李崇仁) 강회백(姜淮伯) 서거정(徐居正) 장현광(張顯光) 이인행(李仁行) 등이다. 우습게도 이 말은, "돌이킴에서 아마도 하늘땅의 마음을 볼진저!"(復其見天地之心乎)라는 『주역』의 말을 업어다 놓은 것에 지나지 않는다.

돌이키다니, 그 까닭이 뭔가. 헤겔의 말마따나 만물은 그 자체 내에 부정(否定)을 함유하고 있기 때문인가. 왜 부정을 함유하는가. '저절로 그렇다'고 할 수밖에 나는 그런 것에 대해 아는 것이 별로 없다.

"돌이킴에서 아마도 하늘땅의 마음을 볼진저!"라는 말에서 돌이키는 것은, 우선은 동지의 해를 두고 한 말이다.

동지를 천근(天根), 동지의 해를 일양(一陽)이라 일컫는 것은 그럴듯하거니와 일양은, 일양이라는 그 이름만큼 고독하다. 두드러지지도 않다. 소옹(邵雍)은 「동지음」(冬至吟)이란 시에서 이 일양을 무술[玄酒]에 견주기도 하고 노자의 이른바 대음(大音:大音希聲)에 비유하기도 했다. 무술이라니! 그 맑은 찬물에 어찌 취해, 장차 천하 만물이 고동친단 말인가. 대음이라니! 들어도 듣지 못하는 그 소리에 어찌 놀라, 장차 만호천문(萬戶千門)이 차례차례 열린단 말인가. 끝없이 되풀이하여 고동치고 끝없이 되풀이하여 열린다. 나고 또 난다. 이것을 '하늘땅의 마음'이라 한 것 같다.

하늘땅의 마음을 매화꽃에서 본다고 큰소리친 사람들은, 일양의 기운을 맨 먼저 받아 피는 꽃이 매화라고 생각했겠지. 맨 먼저 피는 꽃일 따름인가. 닝엄(泠艷)과 관능(官能)이 한 가지에 핀 꽃. 지유(至柔)와 지강(至剛), 지미(至微)와 지창(至彰)을 한 송이가 머금었다. 화용(花容)은 가인(佳人)을 울리고 화품(花品)은 한사(寒士)를 부끄럽게 한다. 조화옹(造化翁)께서 시기하실라.

시기할 자 조화옹뿐이겠나. 자칫 땔나무꾼한테서라도 해코지당할까 싶어 태탕(駘蕩)한 춘풍에 앞서 눈 날리는 내 집 담 밑으로 비켜섰거들랑, 혹시나 시들마른 이 가슴에 이름 모를 아픔 같은 거라도 남길까 봐 황황히 떠난다고는 하지 마라. 가지에 가득한 저 꽃이 바람에 날리면 그리움이 되겠지.

지레 두근거리는 가슴 들킨 듯 무안터니, 무어라 가지마다 낙화이더냐. 뒷날의 기약일랑 묻지를 마라. 돌이키는 것이 하늘땅의 마음이라지만 명년 이때 피는 꽃이 오늘의 낙화에 대해 무슨 의미가 있는가?

초록 바탕 위에 흰색 무늬를 수놓은 듯 흰 매화를 받들어 이녁은 한갓 푸른 배경이요, 객경(客景)이요, 파수꾼이라던 대나무도 오늘따라 빛을 잃었다. 아슴푸레한 달빛 아래 그윽하던 그 암향이, 갸웃이 웃던 모호한 그 미소가 이리도 쉬이 이별이라니! 더없이 고고한 한 사나이의 뜨거운 눈물처럼, 그렇게 꽃잎이 떨어져 내린다.

낙화는 잔에 지고 여향(餘香)은 내 가슴에 진다. 꽃 아래 나 홀로 잔을 비우다가 바람에 뜨는 꽃잎에 시름만 더하였네. 취한 눈 길게 뜨니 남산이 제물에 무너져 내린다.

매화 그림 편지

　　1984년부터의 일이다. 해마다 연초나 입춘 무렵이면 나에게 그림을 그린 편지를 보내 주는 분이 있다. 특히 매화 그림이 빼어나서 연초가 되면 올해도 매화 그림을 보내 주려는가 하고 기다려지기도 했다.

　　첫 번째로 보내 준 편지도 매화 그림이었는데 우편엽서보다 조금 클까 말까한 종이는 네 귀퉁이가 둥글게 도련이 쳐졌고 희고 두껍다. 왼쪽에 흰 매화 서너 송이가 활짝 핀 모습을 그려 놓고 화면보다 훨씬 넓은 여백에는 다음과 같은 글이 자그맣게 쓰여 있었다.

　　매화꽃 곁에서 선생님의 '○○○'이란 글을 읽다가 나오는 울음을 참습니다.

　　두메 산골의 어느 중학교 교사였다. 아마도 국어 교사이지 싶었다. 나의 초회 추천작을 잡지에서 보고 얼굴도 모르는 사람에게 격려로 보내 온 이 편지. 그림은 소박하고 글씨는 해정했다. 어떤 소녀가 보내 온 것 같은 느낌도 들었다. 나는 고맙다는 답장을 보냈지만 아무런 그림도 그려 보낼 수가 없어서 미안했다.

　　두 번째로 매화 그림을 보내 준 것은 1986년이니 첫 번째로부터 이태 뒤다. 잡지에서 나의 완료 추천작을 보고 또 매화 그림을 그려서 보낸 거다. 우편엽서의 왼쪽에 황혼 같은 불그스레한 배색을 깔고 흰 매화 세 송이가 만개한 그림이다. 오른 쪽에는 이런 사연이 적혀 있다.

매화 벗하며 지내는 나날이 그렇게 향기로울 수밖에 없는가 봅니다. 멀리서 그 매화 그림자 희미함이나마 느끼려고 해 보아도 그 정취 은은함에 고개 숙이고 맙니다. 집 근처의 살구나무 몇 그루가 꽃 피우고 있습니다.……소주 딱 한잔 했습니다.

소인을 보니 4월 15일이었다. 산촌의 태탕(駘蕩)한 춘정(春情)이 묻어나고 있었다. 달려가고 싶었다.

그 후 보내 준 매화 그림 편지는 2004년에 한 번, 2005년에 두 번인데 모두가 컴퓨터로 뽑은 것으로 보인다. 이때는 그분이 대구로 전근 온 뒤다.

세 번째로 보내 준 2004년의 매화 그림에는 이런 사연이 있다.

매실나무 흔들어 본 사람은 알지요. 바람은 가지 끝만 움직이게 하고, 밑동 잡아 흔들면 뿌리까지 상하게 하는데 …… 좋은 매실 따지요.

후두두, 매실 떨어지는 소리가 들릴 듯하다.

이분이 그 동안 보내 준 매화 그림은 꽃만 그리고 줄기나 둥치는 그리지 않았다. 얼굴만 보면 사람을 알 수 있어선가. 세월이 흐를수록 곁들인 말들이 점점 줄어들다가 말이 없는 그림만을 보내더니 그예 올해는 편지 자체가 뚝 끊어졌다. 입춘을 넘기고 우수 경칩이 지나도 편지가 없는 걸 보면 그리 생각할 수밖에 없다. 돌아보면 이십사 년, 그림도 말도 편지도 더 지어 할 것이 없을 만도 하다. 고기를 잡으면 통발을 잊고(得魚而忘筌) 토끼를 잡으면 올무를 잊듯이(得兎而忘蹄) 뜻을 얻으면 말을 잊는다(得意而忘言)는 칠원리(漆園吏)를 본받기라도 했는가. 불가를 닮아 언덕에 오르려고 뗏목을 버리기라도 했는가?(捨筏登岸)

아마도 매화의 뜻을 얻은 게지. 매화의 말이며 그림은 통발이 되고 올무가 되고 뗏목이 되어 버린 모양이다.

그러나 나는 차라리 『유마경』을 베고 낮잠이나 늘어지게 자야겠다.

소멸론(消滅論)

서양철학이든 동양철학이든 철학을 한다는 사람 치고, 아니 공부 깨나 했다는 사람 치고 『주역』을 들먹이지 않는 사람은 거의 없다.

누가 내게 『주역』이 뭔지를 한 글자로 말해 보라고 한다면 나는 '象'(상)이라 할 것이다. 象이 뭐냐고 묻는다면 '像'(상) 곧 본뜨는 것이라 할 것이다. 무엇을 본뜨는가? 세계(우주)를 본뜬다. 누가 내게 『주역』이 뭔지를 두 글자로 말해 보라 한다면 '변화'라 할 것이다. 변화란 돌이킴이다. 여기서는 『주역』은 변화란 것에 대해서만 다루기로 한다.

『주역』에서 변화를 가장 극명하게 표현한 문장이 "돌이킴(復)에서 아마도 하늘땅의 마음을 볼진저!"(復其見天地之心乎)라는 복괘(復卦)의 단전(彖傳)이다. 이 말을 들으면 니체의 '영원회귀'(영겁회귀)(永遠回歸, die ewige Wiederkunft)의 사상을 연상하게 되는 사람이 더러 있을 것이다.

니체는 인간의 생(生)을 생 그 자체로부터 파악하려 했다. 생을 초월하는 어떠한 가정도 인정하려 하지 않는다. 생에서 생의 근원을 찾고 생에서 생의 목적을 찾는다고 할까. 이른바 생철학이다.

『주역』에서 돌이킨다고 함은 생생(生生), 곧 나고 또 나는 끝없이 이어지는 생을 뜻한다. 그것을 하늘땅의 마음이라고 했듯이 생이 『주역』의 전부라 해도 지나친 말이 아니다. 『주역』 또한 생에서 생의 근원을 찾고 생에서 생의 목적을 찾는다고 하리라. 그런 관점에서 『주역』과 니체의 생철학은 서로 닮았다.

니체는 서양의 탁월한 불교 철학자라고나 할 쇼펜하우어에 심취해 있었지만, 처음에는 생의 비합리성을 인정하던 쇼펜하우어가 나중에는 생으로부터 해탈을 구함으로써 생에 대해 부정적 태도를 취하게 되자, 니체는 쇼펜하우어의 이 염세적 태도에 반대하여 비합리적인 생 그 자체를 어디까지나 있는 그대로 긍정하는 태도를 취하게 되었던 것이다.

이와 같이 니체는 비합리적인 생을 더없이 고귀한 것으로 본다. 고귀한 생이 그 동안 온갖 초월적 이념에 의하여 짓밟혀 온 까닭을 플라톤과 기독교에 돌렸다. 플라톤의 형이상학은 세계를 불완전한 차안과 완전한 피안으로 나누고, 기독교의 교의는 세계를 덧없는 지상과 영원한 천상으로 나눈다. 이 두 사상과 교의는 각각 피안의 완전한 것과 천상의 영원한 것에 이르는 것이 생의 목적이라고 가르쳤다. 그 결과 이 현실의 생의 의미는 그 목적을 위한 수단으로 굴러 떨어지게 되었다. 니체가 "신은 죽었다."라고 외치며 분연히 일어섰던 것은 바로 이 이원론과 목적론의 소탕을 선언한 것이었다. 그가, 『차라투스트라는 이렇게 말했다』를 쓰면서 이른바 '영원회귀'의 사상을 처음부터 끝까지 밑바닥에 깔고 있었던 것은 바로 이런 까닭에서였다.

니체가 신 대신에 내세운 두 계기가 공간과 시간이다. 그는 로버트 마이어의 에너지 보존의 법칙을 받아들여 우주에 꽉 차 있는 것은 에너지이고 그 에너지의 양은 일정하다고 보았다. 에너지가 양적으로 일정하다는 것은 우주가 공간적으로 크기가 일정하다는 뜻이 된다. 한편 시간은 운동에서 표상된다. 에너지의 운동이 운동의 본성상 영원하다면 시간 또한 영원하다. 니체에 있어서의 우주란 결국, 유한한 공간 속에서 이루어지는 에너지의 끝없는 운동이다. 그 운동의 형상이 만물의 천변만화다. 그 변화는 닫혀 있는 유한한 공간 내에서 더 늘어날 것도 줄어들 것도 없이 다만 스스로를 생성하고 파괴한다. 스스로를 다시 생성하고 다시 파괴한다. 영원히 원을 그리는 그 나아가고 물러남은 결국 제자리로 회귀하게 되는 운동에 불과하다. 이것이 고대에서부터 있어온 '영원회귀'의 니체적 수용이다.

그러나 우주는 다만 영원히 순환하고 회귀할 뿐이라는 니체의 이 사상은 구경의 목적이 없다. 만약 우리가 지향 없이 굴러가는 어떤 수레바퀴라면 되풀이되는 우리의 일상이 얼마나 따분하고 얼마나 약약하겠는가? 마침내 인간은 극한의 권태에 빠지게 되고, 그 권태로 해서 목적론적 세계관에 편안히 머물러 있던 종래의 인간은 허무주의에 떨어지고 만다.

『주역』이, "돌이킴에서 아마도 하늘땅의 마음을 볼진저!"라고 하지만 태양이 동지와 하지를 영원히 순환하는, 그에 따라 만물이 '한번은 닫히고 한번은 열리는'(一闔一闢) 그 운동은 단순 반복의 율동이란 점에서 니체의 영원회귀와 같이 구경의 목적이 없다. 하늘땅의 마음이라 하지만 의인화일 뿐 하늘땅, 곧 하늘은 주재천(主宰天)이 아니라고 나는 생각한다. 따라서 『주역』의 우주론 또한 종당에는 허무주의에 떨어질 수밖에 없다. 얼마나 허무하다 싶었으면 의인화를 다 했을까. 하늘땅의 마음이란, 허무한 마음을 어름하게 어르고 눙친 소리에 불과하다.

니체는, 이 허무주의를 극복하기 위해서는 새로운 인간이 태어나야 하는데 그 새로운 인간을 '위버멘쉬'라 했다. 하지만 위버멘쉬는 아직 나타난 적이 없다고 했다. 위버멘쉬를 번역한 '초인'(超人)이 마치 또 하나의 인격체로 오해될 수도 있지만 위버멘쉬란 특정한 인간이 아니다. 개개인이 자기 스스로의 힘으로 이르러야 하는 이상적인 경지다. 자기긍정의 생명력에 넘쳐, 남을 정복하여 강대해지려는 의지를 니체는 '힘에의 의지'(권력에의 의지)라 하고 이를 생의 근본 충동으로 보았다. 힘에의 의지는 니체 철학의 주축이거니와 이를 체현한 인간의 경지가 위버멘쉬다.

위버멘쉬가 또 하나의 인격체가 아니듯 또 하나의 신이 아니다. 신은 죽었다고 외친 사람이 다시 신을 내세울 까닭이 없다. 그렇다면 신이 죽은 그 자리는 그냥 빈 채로 있다. 신을 믿는 입장에서 본다면, 신은 우주를 창조하고 주재할 뿐만 아니라 모든 가치의 척도이다. 따라서 신이 없는 세계는 가치의 무질서, 무정부 상태가 된다. 니체는 가치 척도로서의 신의 자리에 대지(大地)를 앉힌다. 신 대신에 대지에 귀의하고 경청할 것을 가르친다.

니체가 말하는 대지는 자연과 진배없다. "자연으로 돌아가라."는 루소의 말을 니체도 했다. 그런데 『주역』은 대지니 자연이니 하지 않고 천도(天道) 곧 하늘을 말했다. 여기서 하늘이란 천명(天命)이요, 정명(定命)이기도 하다. 니체의 대지며 자연은 저절로 그러한 것이다. 저절로 그러함이란 결국 운명을 뜻한다. 모든 것은 운명이니 운명을 사랑하라고 역설하는 니체의 결정론과 운명에 대한 신앙은 『주역』의 하늘 곧 정명사상과 흡사하다. 다만 니체의 대지는 단순 소박한 개념이지만 『주역』의 하늘은 체계적이고 실증적인 개념이다. 『주역』의 하늘이 실증적인 까닭은, 『주역』은 점(占)이기 때문이다. 니체의 대지며 『주역』의 하늘이 가치 척도로서의 신을 대신할 수 있을까?

신을 인정하지 않으면서도 허무를 극복할 수 있다고 믿는 사람들이 있다. 승도(僧徒)들이다. 불교의 영겁연기(永劫緣起)는 니체의 영원회귀며 『주역』의 돌이킴과 닮았으면서도 승도들은 니체의 대지는 말할 것도 없거니와, 『주역』의 하늘 곧 천명이 뚜렷하다고 말한다면 하늘을 색(色)이라 할 것이다. 현상을 초월한 절대적 존재가 하늘이라고 말한다면 하늘을 공(空)이라 할 터이다. 과연 그런가? 뚜렷하다고 해서 색으로만 말하고 현상을 초월한다고 해서 공으로만 설해도 되는가? 그들은 마침내, 일심(一心)의 법계는 일[事], 일[事]이 거리낌이 없다고 말할 것이다. 네가 내 속에 들어오고 내가 네 속에 들어간다는 이 생각, 그들이 하는 소리가 너무 멀어서 나 같은 속인의 귀엔 그저 비 맞은 중 담 모퉁이 돌아가는 소리로 들릴 뿐이다.

겨드랑이에 날개가 나서 구름 위에 노닌다면 몰라도 그렇지 않고서야 내가 직접 신을 만나지 못한다면, 인생무상을 극복하려는 어떤 종교도 철학도 내겐 한낱 귀신 씻나락 까먹는 소리일 뿐이다. 하지만 토마스 아퀴나스처럼 신이 있어야 한다는 논리는 가능할지 모르지만 신의 존재를 증명할 수는 없지 않는가.

명년 이때 피는 꽃이 오늘의 낙화에 대해 무슨 의미가 있는가. 영원히 돌이키는 것도, 영원히 회귀하는 것도, 영원히 연기하는 것도 낙화는 아니다. 꽃이야 낙화가 되든 말든 그래도 나는 꽃밭에 공을 들이리.

여향(餘香)

잠시 동안이었긴 하지만 조선일보와 한국일보의 신춘문예모집에 수필도 들어 있던 때가 있었다. 그 신춘문예모집에 수필 몇 편을 보냈다. 1983년 겨울이었다. 두 사람의 글이 경합한 마지막 단계에서 밀리고 말았다.

나는 1970년부터 지방의 일간신문이며 잡지에 더러 수필을 발표하고 있던 터이라 새삼스레 등단절차를 거칠 필요성을 느끼지 않았었지만 수필이 들어 있는 신춘문예모집 광고를 보았을 때 신문도 신문 나름인지라 눈이 번쩍 뜨였다. 이것이 훗날에 악연을 만들 줄 누가 알았겠는가.

신춘문예에서 떨어뜨린 나의 글을 심사위원의 한 사람이었던 ㅂ씨가 나한테 허락도 받지 않고 어느 수필 잡지에다가 덜렁 초회추천을 해 버렸다. 심사평은 쓸데없이 혹독했다. 신춘문예 심사가 공정했다는 걸 강조하려 한 검은 속내를 내가 왜 몰랐겠나. 기분이 매우 언짢았지만 그때 조선일보와 한국일보의 신춘문에에 수필이 빠져 버린 터이라 이 잡지의 마지막 추천 과정을 거치기로 마음을 고쳐먹었다.

심사위원을 특정인 명의로 하던 것을 단체 명의로 한다고 하더니 어느 날 나의 수필을 우롱했던 ㅂ씨한테서 전화가 걸려 왔다. 문화공보부 아무개 국장께 교섭을 해서 그 잡지의 '등록인가'를 받아 주면 나를 등단시켜 주겠다고 했다. 말만 단체 명의지 실권은 그 사람한테 있는 모양이었다. 언론통폐합을 했던 군부 정권 시절이어서 잡지인가를 얻기가 매우 어렵던 때였다. 아닌밤중에 홍두깨. 속이 부글부글 끓었지만 내색은 않고 그냥 싫다고만 딱 잘라 말했다.

그 이듬해에 내가 등단을 하자 그 잡지의 '등록인가' 운운하던 ㅂ씨로부터 전화가 왔다. '후견인'이 될까 하는데 어떻게 생각하느냐고 은근한 목소리로 떠봤다. 깜작 놀랐다. 말이 후견인이지 충성 서약을 받자는 거 아닌가. '글쎄요'라고 답한 것이 비유하자면 용의 역린을 건드린 꼴이 된 줄은 차차 알게 됐다. 근년에 그 잡지에서 낸 자료에 의하면 그 잡지에 게재된 나의 글이 후배들의 글보다 턱없이 적은 데는 다 까닭이 있었던 거다. 틀림없이, 다른 사람들도 등단할 무렵 ㅂ씨로부터 후견인이라는 미명으로 충성 서약을 요구하는 전화를 받았지 싶은데 그 사람이 주간했던 잡지에 글도 나보다 훨씬 자주 실리고 회장이니 뭐니 하고 여러 가지 감투도 쓰고 문학상도 타고 했던 걸 보면 그들이 뭐라고 답했는지는 알 만하다.

대학 선생들이 주축이었던 그 잡지는, 자중지란이라도 일어났던지 대학 선생들은 거의 다 빠져나가고 나 보고 등록인가를 받아 달라던 그 ㅂ씨 한 사람의 수중에 들어갔다. 그는 신인추천을 남발하여 세를 형성했다. 출신 작가가 많아지자 첫 모임을 갖고 회장을 선출하게 되었다. 추천 서열에 따르는 관례대로라면 응당 내가 초대 회장이 되어야 하는데 자칭 그 후견인이 그 자리에 턱 나타나서 좌중의 의견은 한마디도 들어 볼 생각도 않고 대뜸 특정인을 회장으로 지명했다. 체육관에서 우격으로 대통령을 만들던 시절이라 그런 짓거리를 흉내낸 것인지는 몰라도 그보다도 더한 독재였다. 아무도 입을 여는 사람이 없었다. 충성 서약을 잘 지킨 거다. 피지명자는 난잡하게 휘갈긴 엽서로 회합 통보를 했던 바로 그자이고 보면 그자와 짬짜미로 꾸민 짓거리였으리라는 건 삼척동자도 알 만한 일이었다. 내가 속이 상한 것은 회장을 못 해서가 아니었다. 나를 회장으로 호선(互選)하면 무슨 핑계를 대서라도 끝까지 고사하리라는 것이 나의 속내였기 때문이다. 회장이 된 김 모야라는 접장은 내 옆으로 바짝 붙어 앉더니, 초면인 나를 보고 대뜸 한다는 소리가, 박 선생님의 수필 「취한의 허튼소리」는 예사 글이 아니라느니 어떻다느니 하면서 간드러지게 온갖 애교를 다 떠는 꼴이 꼬리만 없을 뿐이지 똑 강아지 같았다. ㅂ 씨는 여러 사람이 보는 데서 나에게만 그의 수필집을 한 권 주기에 나 또한 여러 사람이 보는 데서 그 책을 궁둥이에 깔고 앉았다가, 덕수궁 지하철 굴속에서 침을 탁 뱉은 뒤 씩씩거리며 갈기갈기 찢어 버렸다. 집에 와서도 그 사람이 지은 수필집을 모조리 찾아내어 그렇게 단죄했다. 그런 다음 비누로 손을 씻었다.

비누로 손을 씻던 일이 언제 적 일인데 신춘문예 때만 되면 아직도 신열이 나다니……. 신열을 앓으며 봄을 맞고 봄을 보낸다.

올봄에 누가 내게 팔공산 명소를 묻는다면 나는 그 첫 번째로 송광매원(松廣梅園)을 아느냐고 말할 거다. 경상북도 칠곡군 기산면에도 같은 이름의 매원이 있지만 그 매원의 종가라고나 할 팔공산의 매원을 소개할 거다. 팔공산 파계사에서 송림사 쪽으로 조금 가다가 보면 대구광역시와 경상북도의 경계 지점인 작은 고갯마루가 나오는데 이 고갯마루 조금 못 미쳐 오른 쪽 농로를 따라 조금만 올라가면 막다른 곳이 기념관을 갖춘 송광매원이다. 1980년 6월 당시 영남대 교수였던 권병탁 박사가 전남 순천에 있는 송광사에 들렀다가, 절 앞뜰에 서 있는 오백 년 묵은 매화나무 밑에서 우연히 매실을 발견했는데, 황색을 띤 그 열매가 대형인지라 이름 있는 나무는 열매부터 확실히 다르구나 싶은 생각이 들어서, 그 매실 몇 개를 얻어 온 것이 송광매원의 시조가 되었다고 한다. 3월 말 4월 초면 칠백여 그루의 매화꽃이 칠천여 평의 산골짜기 하나를 온통 하얀 구름으로 메워 버린다. 홍매는 고명이요, 백매가 주축이다.

그 후견인인가 하는 작자는 세상을 떠났다. 그가 죽기 전에 그를 이 매원에 초청했더라면 하는 가정을 해 본다. 그와 더불어 이 매원을 거닐며 꽃향기에 취해 본다든가, 잔을 기울이며 매화시를 읊어 본다든가, 이별보다 더 애절한 낙화의 사연을 생각해 본다든가 했더라면 하는 생각을 해 보는 것이다. 그랬더라면 이 신열이 조금은 내렸을까. 하지만 나는 강아지가 아니다.

햇볕이 따뜻해지거든 송광매원에 가볼거나. 꽃을 못 보면 어떡해. 꽃봉오리라도 보겠지. 꽃봉오리도 못 보면 어떡해. 낙화라도 보겠지. 낙화도 못 보면 어떡해. 여향을 찾으리.

허허한 가지 사이로 여향을 찾노라면 내 가슴은 언제나 두근거린다. 두렵다. 여향을 이루는 일이야말로 인생의 대의(大義)가 아닐까 한다. 나는 왜 글을 쓰는가?

간이역에서

열차로 고향 나들이를 하자면 관문처럼 꼭 거쳐야 하는 역이 하나 있다. 이 역에는 직원이 곧 역장이고 역장이 곧 직원인 모양인지, 직원이 아내인지 아내가 직원 노릇을 하기도 하는 건지, 가끔은 부인인 듯한 아낙네가 평상복 차림으로 차표를 팔기도 한다.

이런 역에 담장이나 철조망 같은 것이 있을 리 없다. 내리면 바로 철둑이고 논밭이다. 몰래 무임승차를 했는지 더러는 슬금슬금 저만치 달아나는 승객도 있지만 고함만 한두 번 질러 볼 뿐 그런 걸 다 단속할 형편도 못된다.

꾀죄한 대합실은 촌티가 줄줄 흐르지만 도리어 고향 정취가 돈다. 반쯤 열린 창문 너머로 먼 하늘이 파랗고, 까만 아기 염소가 재롱부리는 철둑 가에는 만개한 코스모스가 철없는 계집아이를 생각나게 한다. 여기 대합실에서, 나는 지금 고향에 왔다가 대구로 돌아가려고 열차를 기다리고 있는 참이다.

이 간이역을 들락거리는 사람 치고 뭐 그리 바쁜 사람이야 있겠는가. 주로 장보러 다니는 시골 아낙네며 늙은이들이 완행 열차를 타고 내리고 잠시 여기를 스칠 뿐이다. 그렇지만 이 간이역은 참 좋은 만남의 장소가 되기도 한다. 대합실 입구 쪽에서 서로 주고받고 호들갑을 떠는 두 노파는 아마도 아들딸 자랑하느라 신이 난 모양이지만, 창문 곁에 붙어 서서 연방 웃고 소곤대는 아낙들의 사연은 뭘까. 바로 그 곁에, 입을 앙다문 채 어깨가 축 처져 있는 외톨이 노인으로 해서 나는 아까부터 괜히 비감해진다. 간이역은 이런 사연을 들어 주고 맞이하고 또 보낸다. 가진 것이 좀 있다고 남을 깔보는 사람, 벼슬깨나 하는 모양인지 같잖게 목이 뻣뻣한 사람, 부동산 투기로 똥배가 툭 튀어나온 사람, 촌 땅이야 수백 평을 팔아도 만져볼 수도 없는 외투를 걸쳤건만 조금도 무거워할 줄 모르는 사람, '소나타' 승용차의 궁둥이에 붙어 있는 GLI에 S를 끼워 GLSI로 만들어 조금 더 고급 차로 보이고 싶어 하는 사람, 사람, 사람, 그런 사람들과는 이 간이역은 도무지 손방이다.

새마을운동이 막 일어나던 때였으니까 어느덧 삼십 년이 흘러갔다. 참기름, 고춧가루, 마늘, 바가지, 이렇게 올망졸망한 보따리 서너 개를 이고 들고 나는 갓 시집 온 아내와 같이 그때도 이 간이역을 거쳐 고향을 떠나 왔다. 황홀하게 날아 보려던 나래를 이루지 못한 채 둥지를 떠나 쫓기듯 밥벌이를 위해 도시로 나와야 했다.

거짓말처럼 세월은 흘러갔고 세상은 참 많이도 변했다. 농촌만 해도 그렇다. 오뉴월 삼복지간에도 언감생심 팔뚝조차 제대로 못 내놓고 땀띠에 시달려야 했던 남의 집 며느리가 지금이야 허벅지를 드러낸들 청바지 가랑이를 삭둑 잘라 입은들 누구의 눈치볼 필요가 없어졌고, 연탄아궁이로 부엌이 개량되어 좋구나 싶더니 요사이야 하나같이 기름보일러요 가스렌지가 되었지만, 정작 청바지를 입을 며느리며 가스렌지를 사용할 젊은 아낙네는 다 어디로 빠져나갔을까. 식이네 덕이네 바우네가 어깨를 비비며 살던 마을이 식이네며 덕이네가 떠나간 빈집은 잡초가 키를 잰다. 더러는 예쁜 도시풍의 양옥이 허물어진 그 그루터기에 하나 둘 버섯처럼 돋아나기도 하지만, 그 집을 지키는 사람치고 청바지를 입었던가? 그 버섯은 차라리 가여운 움돋이일 뿐.

언제부턴가 정부가 말도 안 되는 헐값으로 쌀 값을 묶어 버림으로 해서 노동자의 낮은 임금을 유지하려 했다. 국제경쟁력을 높이기 위하여 생산단가를 내릴 수 있는 데까지 내리려는 인해전술이었다. 나라 살림이 좋아지면 쌀 값을 꼭 올려 주겠다던 그 언약은 해마다 거짓말이 되기를 서른 해, 쓸데없이 무단(武斷)정권만 몇 차례 이어졌다. 이른바 문민(civilian)정부를 자처하는 오늘의 정권이 이것을 어떻게 해결해 줄지는 두고 볼 일이로되, 글쎄 삼십 년이나 속고만 살아 온 농촌에 청바지가 남기를 바라겠는가? 떠나간 청바지가 돌아오길 바라겠는가?

식이도 덕이도 바우도 그리고 내 아우들도 모두가 이 간이역을 거쳐서 어디론가 떠나갔다. 장래가 뻔한 농사일을 버리고 어떻게든 도시에서 터를 잡아 봐야겠다고, 장래는 고사하고 목전의 보릿고개나 면해 보려고, 무슨 짓을 하든지 자식만은 가르쳐야겠다고, 시집갈 미천 벌겠다고, 자칫하면 몽달귀신 될까 봐, 이래저래 울화가 터져서 어디론가 도망치듯 농촌을 떠났다. 마치 삼투압에 의하여 확산되는 어떤 액체처럼 이곳 농촌의 아들딸들은 대개 이 간이역을 거쳐서 그렇게 빠져 나갔다. 형편이 조금은 낫다고 하겠지만 그 무렵 나 또한 썰물에 실려 어쩔 수 없이 떠나가기는 마찬가지였다고나 하리라. 올망졸망한 보따리를 들고 이 간이역에서 기차를 타기는 했지만, 아내 옆에서 나는 차창에 기대어 별 말이 없었고, 맞은 편 좌석에서 내 기색을 살피시는 아버지 어머니가 그때처럼 초라해 보인 적은 없었다.

이후에 우리들이 살아온 사연은 들먹이고 싶지 않지만 어쨌든 툭하면 조국근대화라는 명분을 내세우는 급진주의자들에게 이 간이역을 떠나 왔던 우리의 몸값은 너무도 헐하게 팔렸었고, 결과만을 따지는 전쟁논리의 계승자들에 의하여 줄곧 푸대접을 받으면서 속절없이 젊음을 망가뜨리고 만 거다.

휘익, 찬바람이 몰아친다. 가랑잎 두어 개가 대합실 바닥에 힘없이 나뒹군다. 힘없고 가진 것 없는 사람의 황혼이 저러할까. 열차가 곧 도착될 모양인지 뒷짐을 진 채 역장이 전호기(傳號旗)를 쥐고 슬슬 나타난다. 썰렁한 대합실이 조금은 생기를 머금고 술렁이는데, 무단히 나는 속이 좀 상하고 갑자기 술 생각이 난다. 뭔가 고함이라도 한번 지르고 싶다.

고향 마을로 발길을 되돌릴까 보다.

사목입신(徙木立信)

기원 전 4세기경, 중국의 춘추전국시대 초기에 상앙(商鞅)이라는 한 법가가 정치무대에 등장했다. 그는 위(魏)나라 사람이었으므로 위앙(魏鞅)이라고도 불리어졌다. 처음에 그는 위나라 재상인 공손좌(公孫座)의 가신으로 있다가 뒤에 진(秦)나라에 몸을 의탁했다. 그는 진나라에서 제도(帝道)와 왕도(王道)를 논했지만 그러한 방안이 효과가 너무 늦게 나타난다고 효공(孝公)이 달가워하지 않자 마침내 패도(覇道)를 논했다.

그는 어느 날, 길이가 3장(丈)쯤 되는 가벼운 나무 막대기 하나를 진나라 도성의 남문에 세워 두고 사람을 불러 모아 놓고서는, 그 막대기를 북문으로 옮기는 사람에게는 10금을 주겠다고 했다. 백성들은 기이하게 여기면서 어떻게 그렇게 쉬운 일이 있을 수 있을까 하고 아무도 믿으려 하지 않았다. 그러자 다시 상금을 올려서 이번에는 50금을 주겠다고 외쳐댔다. 마침내 한 사람이 그 막대기를 옮겼더니 정말로 50금을 주는 게 아닌가.

상앙은 하찮은 막대기 하나를 가지고 백성들로 하여금 정부의 말은 지켜진다는 걸 믿게 만들었다. 이 고사를 '사목입신'(徙木立信)이니 '사목지신'(徙木之信)이니 한다. 상앙은 이와 같이 백성이 정부의 말을 믿게 한 뒤에 비로소 새 법을 정식으로 반포하였다. 새 법이 얼마나 엄격했던지 그 법이 시행되자 잘 적응하지 못하는 백성들은 불평을 했고 효공의 아들인 태자도 법을 위반할 정도였다. 그러자 상앙은 "법이 시행되지 않는 것은 윗사람부터가 법을 지키지 않기 때문이다."라고 말하면서 태자를 처벌하려 들었다. 태자는 군주의 후계

자이니 처벌하는 것이 부당하다고 주위에서 말리자 태자 대신에 시종장(侍從長)인 공자(公子) 건(虔)을 처벌하고 태자의 교육을 맡은 공손가(公孫賈)를 입묵(入墨)의 형에 처했다.

이렇게 되자 진나라 사람들은 모두 법령에 복종하였다. 새 법이 시행된 지 10년이 되자 진나라 사람들은 매우 좋아하였고, 집은 풍족하였고 투덜대던 백성들도 새 법을 환영하게 되었다. 상앙은, 그러나 이런 백성들은 결국에는, 여차하면 정부가 반포한 법령에 대하여 제멋대로 말하고 평가할 것이므로, "이들은 모두 혼란을 일으키는 백성들이다."(此皆亂化之民也)라고 하고는 모조리 변방으로 이주시켜 버렸다. 그 뒤로는 백성들이 감히 법령에 대하여 왈가왈부하지 못하였다. 『사기』의 「상군열전」에 나오는 얘기다.

진나라는 상앙의 이 정책으로 해서 부국강병이 되어 진시황이 천하를 통일하는 데 기초가 되었지만 상앙의 말로는 어떠했던가? 효공이 죽자 태자가 즉위하게 되었는데(혜왕), 태자의 사부였던 공손가는 전에 상앙한테 처벌받은 일로 해서 원한을 품고 벼르고 있던 터라, 혜왕이 즉위하자 상앙이 모반을 도모한다고 고했다. 마침내 상앙은 마차에 사지가 묶여 찢어지고 말았다. 천하를 통일한 진 왕조 또한 붙과 3세 16년 만에 멸망하고 말았으니 성을 얻는 것은 말 위에서 할 수가 있어도 성을 지키는 것은 말 위에서 할 수가 없다고 하는 말이 빈말이 아닌 것 같다.

장관이 텔레비전에 얼굴을 내밀고는 언필칭 직을 걸고 한다는 말이, 연탄 값은 절대로 올리지 않겠다고 했다. 부끄러운 얘기지만 나는 그 이튿날 날이 밝기가 무섭게 돈을 꾸어서라도 연탄을 더 많이 들여놓고는 했었다. "쌀 수입만은 대통령직을 걸고 절대로 막겠습니다."라고 장담한 대통령이 누구였지? "약속을 지키지 못해 죄송합니다."라고 했을 뿐 대통령직을 내놓지도 않은 그 뻔뻔스러운 거짓말쟁이가 누구였지? 백 마디 말 가운데 참말은 겨우 한 마디가 될 둥 말 둥한 작자를 예로부터 '백일'(百一)이라고 한다. 백일의 무리가 장관도 하고 대통령도 하는 그런 세월을 살아온 지가 오래 되었다. 기름집 문짝에는 '순 진짜 참기름 있습니다.'라는 쪽지가 나붙게 되었던 것이 다 까닭이 있었다.

선거 때만 되면 공약의 홍수를 만난다. 모두가 자신이야말로 '순 진짜 참기름'이란다.

"뭐라카노? 내는 마 선건 날 새북에 등산 간다 안카나!…"

꼬일 대로 꼬인 이런 마음이 어떻게 하면 되돌려질까? 아마도, '순 진짜 참기름'에서 '순'과 '진짜'를 떼어 버리는 일부터 착수하지 않으면 안 될 것 같다. '순'이며 '진짜'를 떼어 버리는 일은 상앙의 법보다는 그의 막대기에 물어 봐야 되지 않겠나.

자공(子貢)이 공자께 정치를 물었을 때 공자는 "먹는 것을 족하게 하고 병력을 족하게 하고 백성으로 하여금 믿게 한다."(足食足兵使民信之)라고 했다. 그 가운데 부득불 버려야 할 경우에는 먼저 무기를 버리고 다음은 식량을 버릴 수가 있어도 백성의 신뢰는 버릴 수가 없다고 했다. 널리 알려진 진부한 얘기다. 백성이 믿지 않으면 나라가 서지 않는다고 한 '민무신불립'(民無信不立)이라는 공자의 정치철학을 상앙의 막대기는 제대로 실행한 셈이다. 왜 백성인가. "마부가 말을 잘 모는지는 말만큼 잘 아는 게 없고 임금이 나라를 잘 다스리는지는 백성만큼 잘 아는 게 없다."(問善御者 莫如馬 問善治者 莫如民(『說苑』))

다음엔 누구의 막대기를 옮겨야 하나?

참(站)

새벽이라 그런지 춘분이 지났지만 아직은 바람 끝이 차갑다. 좁다란 골목에 신문을 배달하느라 오토바이가 돼지 멱을 따면서 골목 양쪽을 갈지자형으로 달린다. 피하기가 어렵다. 늙은이가 꼴사납게 청바지 차림으로 꼭두새벽에 망령이 났나, 뭘 하러 골목에 나왔느냐는 듯 내 곁을 스칠 때에는 힐끔 곁눈질을 하며 더 웽웽거린다. 새벽이라고 마음놓고 걷다간 큰일난다. 새벽이라고 마음놓고 달리다간 오토바이 타는 사람도 큰일난다. 모두가 큰일난다.

옛날에는 신문 배달하는 아이는 겨드랑이에 신문을 끼고 골목을 누비며 쫓아 다녔다. 조금 발전하여 고물 자전거를 타고 다녔다. 다리가 짧은 아이가 성인용 자전거를 타자니 엉덩이가 이리 배딱 저리 배딱 보기에 안쓰럽게 하더니 오토바이로 분탕치는 요즘의 나이 든 배달부는 곱게 보이지 않는다.

달라진 건 배달부만이 아니다. 유력 사오월, 보리는 아직 여물지도 않았는데 여투어 둔 묵은 식량은 바닥이 나는 게 우리의 농촌이었다. 누렇게 부황 증이 난 얼굴로 나물을 뜯고 송기(松肌)를 벗기기기도 했다. 그리 오래 된 일이 아니라서 보릿고개 세대들이 많이 남아 있건만 그런 걸 까맣게 잊어 버렸을까. 불로장생, 못 이룬 진시황의 꿈을 이루겠다고 안달이 나 있다.

입으로는 공맹(孔孟)과 퇴율(退栗)을 들먹이지만 마음은 늘 토색질이나 일삼던 양반들, 마침내 왜놈한테 나라가 먹혀 버렸다. 삼십육 년, 이만하면 정신을 어지간히 차렸겠다 싶어 하늘이 풀어준 줄이나 알아차렸어야 할 터인데 그 다음에 벌어진 슬프고도 슬픈 사연들. 그 반세기 풍상을랑 거론치 않는다 하더라도 요즈음 듣자니 단군 할아버지 뵈오러 백두산에 들어가자면 되놈한테 입장료를 내야 하는 모양이고 아무리 심성이 고약한 왜놈이기로서니 멀쩡한 우리 땅을 두고 그 꾀 많은 놈들이 잊을 만하면 남의 부아를 지르니 그저 분통이 터질 노릇이다. 이럭저럭 고생 끝에 밥술깨나 먹게 되어 불행 중 다행이다 싶었는데 어느 날 대구에서 지하철 공사장이 푹 꺼져 버렸다. 한강의 다리가 부러지는가 하면 서울의 한 백화점이 와르르 쾅, 폼페이가 되어 버렸다.

이른바 대형사고도 하도 꼬리를 물고 물어 어느 놈이 형이고 어느 놈이 아우인지 분간이 가지 않더니 분간이 가는 일이 하나 터졌다. 뒤숭숭한 소문이 연애 소문처럼 번지면서 4천억이 어쩌고저쩌고 우리네야 뭔 소린지 통 알아듣지도 못할 이야기가, 설마 했더니 설마가 사람 잡았다. 나랏님 두 분께서 형님 먼저 아우 먼저 감옥 문을 여는 꼬락서니라니 어허, 가만히 주위를 둘러봐도 욕하는 사람뿐이고 자신을 돌아보는 사람은 보이지 않았다. 선불 맞은 멧돼지 같은 오토바이에서부터 각종 메가톤급 사건 사고며 나랏님의 도둑질에 이르기까지, 이 모든 총체적인 현상이 우리의 총체적 수준일까, 뭘까.

옛날 대학시절의 한 친구가 생각난다. 그 친구가 하루는 가정교사 자리를 구한다기에 너 왜 그러느냐 했더니 부모가 국회의원이고 의사이지 자기는 자기일 뿐이라는 게 그의 대답이었다. 고놈 제법이구나 싶었는데 사십 년이 지난 지금에 와서 생각해 보니 제법인 것은 친구가 아니라 그 친구의 부모이구나 싶어진다. 그 아들이 속을 썩이던 나랏님, 그 나랏님이 사시는 동네의 뒷산만큼이나 커 보이는 그 친구의 아버지 같은, 이런 사람이 아쉬운 세상을 우리는 살아가고 있는 것이다.

산꼭대기에 올라왔다. 수많은 층계를 밟고 올라왔다. 운동이 되라고 조금 빨리 올라왔더니 숨이 차다. 후유, 하고 숨을 몰아쉰다. 기분이 상쾌하다. 사람들이 꽤 많다. 체조를 하는 사람, 배드민턴을 치는 사람, 야호를 외치는 사람, 개를 데리고 노는 사람, 커피를 마시는 사람, 그리고 어디에도 빈 의자는 없다. 나는 커피 한 잔을 들고 너럭바위에 가만히 앉아 있다.

나는 공직의 층계를 오르다가 작년에 정년으로 물러났다. 남은 층계는 아마도 내려가는 층계일 게다. 층계는 내려가기가 더 조심스럽다. 내려갈 때에는 올라올 때보다 더 천천히 쉬엄쉬엄 내려갈 생각이다.

오늘날에도 역이 있고 휴게소가 있지만 옛날에도 역로(驛路)에는 역참(驛站)이란 것이 있었다. 중국에서는 역을 참(站)이라 한다. 층계에는 흔히 중간쯤에 조금 넓은 공간을 만든다. 이 공간을 층계참(層階站) 또는 계단참(階段站)이라 한다. 서양에서는 Landing이라 한다.

높이 쌓는 층계에는 층계참을 만든다. 한 잔의 술이 잔참(盞站·盞臺, 托盤)에서 참참이 쉬어가며 다할 때 술자리는 운치가 난다. 일을 오래도록 할 일꾼은 참을 먹는다. 나라를 맡은 사람들이 술꾼이며 일꾼만도 못했다는 걸 말하기란 참으로 고통스러운 일이다. 참참이 자신을 성찰할 줄 알았더라도 도둑질을 했을까. 오토바이 신문 배달부한테는 뭐라고 할 일이 아니다.

참은 계절에도 있다. 겨울에 나무는 쉰다. 그냥 쉬는가?

땅속의 산

노자가 말했듯이 강과 바다가 능히 백곡(百谷)의 왕일 수 있는 까닭은 자신을 가장 낮은 곳에 두었기 때문이다. 강과 바다처럼 자신을 낮추는 태도에 우리는 겸(謙)이라는 글자를 붙인다.

謙이란 글자는 言과 兼으로 이루어진 글자 곧 言兼이라 한다. 言兼이란 말을 겸해서 한다는 뜻이다. 말을 겸해서 한다고 함은 결국 남에게 말할 기회를 주면서, 상대편의 처지를 고려하면서 해야 한다는 뜻이 된다.

남에게 말할 기회를 준다는 것, 상대편의 처지에 마음을 쓴다는 것, 그것은 남의 반대와 비판까지도 수용하려는 태도가 아니겠는가. 남을 받아들이려는 노력, 남의 자리를 위해 자기를 비우려는 모습, 이 텅 빈 여백과 공간, 그것이 謙의 모습이다. 謙의 모습은 비어 있기 때문에, 빈 그릇이기 때문에 남의 음향이 되울린다. 남의 음향이 되울릴 수 있기 때문에 남이 좋아하게 된다.

남이 들어올 수 있는 공간을 만들려는 마음은 자신을 낮추는, 양보하는 자세를 취하게 된다.

자신이 빈 공간으로 남으려는 마음은, 이웃과 세상을 위해 공을 세웠으되 그 대가를 바라지 않고, 뜻을 얻지 못해 초목과 더불어 썩어 간다 할지라도 조금도 애틋해 하지 않아, 오고가는 모습이 때를 따라 자적하다. 때가 그치면 그치고 때가 행하면 행한다[時止則止 時行則行]라고 할까. 자신을 위해, 자기를 드러내기 위해 떠들 필요도 바쁠 까닭도 도시 없다. 떠들 필요가, 바쁠 까닭이 없기 때문에 말을 겸해서 한다. 남을 앞세운다.

예전에 선비들은 자기가 나설 수 있을 때면 세 번을 사양했다 한다. 첫 번째의 사양을 예사(禮辭)라 하고, 두 번째의 사양을 고사(固辭:현재는 굳이 사양하는 뜻으로 쓰인다)라 하고, 세 번째의 사양을 종사(終辭)라 했다.

이 세 차례의 사양을 합쳐서 삼사(三辭)라 하는데, 삼사를 하고서도 굳이 청해 오면 그제야 조심조심 몸을 일으켰다. 살얼음을 밟듯, 띠풀(白茅)을 깔 듯, 성심을 다하는 삼사의 자세를 오늘날의 시각으로는 어떻게 받아들여야 할까?

"우의정을 맡아 주시오." 할 때 "성은이 망극하여이다."라고 응낙하면 당장 정승이 되고, 한 번 사양했을 때 두 번 다시 권해 오지 않으면 정승 자리가 다른 사람한테 돌아가는 판국인데도 그 걸 어찌 입에 발린 소리로 세 번씩이나 사양했겠는가.

삼사는 밖으로만 꾸미는 허례가 아니라 한 번 사양한 후 다시 청해 오면 또 사양하고 그래도 다시 권해 오면 그래도 사양한다는 식으로 상당한 간격을 두고 세 번을 사양한다는 뜻이다. 세 번을 사양하는 동안 자신이 그 직을 맡을 재목인가를 곰곰히 생각해 봐야 한다는 뜻인지도 모르고, 한편 세 번을 청하는 쪽에서도 과연 그 사람에게 그런 걸 맡겨도 좋겠는가, 그래서 한 번 믿고 쓴 이상 끝까지 믿을 수 있겠는가를 세 번씩이나 염려해 봐야 한다는 뜻인지도 모른다.

삼사의 자세를 고수하는 사람이야말로 어쩌면 앞을 훤히 내다보고 있는 현인이 아닐까. 높은 산정에서 사해를 굽어보듯, 고금을 회통한 어진 선비야말로 구태여 그런 자리를 바라겠는가. 세 번이 아니라 열세 번이라도 사양할 밖에. 초야에 묻힌 제갈량을 찾아 세 번씩이나 머리를 굽히는 삼고초려의 장면은 몇 번을 읽어도 마냥 그윽하다. 나는 마음이 울적할 땐 곧장 이 대목을 펼친다. 비록 뜻을 다 이루지 못하고 오장원의 이슬로 사라진 제갈량이었건만 어쩌면 그러한 자신의 운명까지도 훤히 내다보았을 그였기에 더욱 삼사의 자세를 견지했는지도 모른다. 그러면서도 그 운명과 한계를 뛰어넘어 보려했다면 그것이 공명을 더욱 위대하게 하지 않을까.

謙은 꾸며진 자시비하(自己卑下)가 아니다. 강과 바다가 자질구레한 물들보다 크기 때문에 도리어 자신을 낮추게 되는 자연스러운 경지이다. 『주역』에서 "땅속에 산이 있는 것이 謙이다."(地中有山謙)라고 했다. 산은 지상에서 가장 높은 것인데 그 산이 높아서 땅속으로 들어갈 줄 아는 상태이다.

『주역』의 얘기를 더 들어 보자. "하늘은 가득 찬 걸 이지러뜨려서 謙에게 더하고, 땅은 가득 찬 걸 변하게 하여 謙에게 흐르게 하고, 귀신은 가득 찬 걸 해롭게 하고 謙에게 복을 주고, 사람은 가득 찬 걸 미워하고 謙을 좋아한다."

謙은 계산된 자기비하가 아니듯 의도된 침묵이 아니다. 의도된 침묵은 이른바 묵적(黙賊)이다. 하물며 세상을 방관하면서 냉소하면서 은자인 체 지자인 체하거나, 얼마간의 지혜와 능력을 농하여 세상을 업신여기고 남을 깔보는 태도는 비록 두 손을 땅에 집고 기어도 그것은 謙이 아니다, 같잖은 오만일 따름이다.

산이 땅속으로 들어가면 하늘이 넓어진다. 그런 하늘을 가슴에 열어 놓을 일이 아닌가 싶다.

창랑가(滄浪歌)를 읊조리며

　　장강(長江)의 지류인 한수(漢水) 유역에 창랑주(滄浪州)라는 곳이 있는데 한수가 이 창랑 지방을 흘러갈 때에는 물이 파랗게 맑아진다고 한다. 창랑의 물은 본디 맑지만 더러운 것이 섞여 들게 되면 흐려지는 것은 말할 필요도 없다. 이 창랑에 부쳐 「창랑가」라는 노래 하나가 생겨났는데 작자도 연대도 알 수 없다 한다.

　　창랑의 물이 맑으면 내 갓끈을 담그고
　　창랑의 물이 흐리면 내 발을 담그리로다

　　滄浪之水淸兮　可以濯吾纓
　　滄浪之水濁兮　可以濯吾足

　　굴원(名은 平, 字는 原)의 「어부사」(漁父辭)에도 이 「창랑가」가 나온다. 대략 다음과 같다.

　　굴원이 추방당하여 초췌한 몰골로 상강(湘江)의 못 기슭을 거닐면서 시를 읊고 있을 때 한 어부가 이를 보고 그 까닭을 물으니 굴원은 이렇게 말한다. "온 세상이 다 흐렸으되 나 홀로 맑으며 뭇사람이 다 취했으되 나 홀로 깨었기 때문일세."

어부가 다시 묻는다.

"성인은 사물에 구애되지 않고 세상과 더불어 추이를 같이 할 수가 있는 것을. 세상이 다 흐렸으면 어찌하여 그 진흙을 휘저어 그 물결과 같이 하지 않으며, 뭇사람이 다 취했으면 어찌하여 그 찌꺼기를 먹는 것과 그 박주를 빨아들이는 것을 하지 않으십니까? 무슨 까닭으로 깊이 생각하고 높이 행하여 스스로 추방을 당하게 하였단 말입니까?"

굴원이 다시 답한다.

"나는 들은 말이 있는데, 새로 머리를 감은 자는 반드시 관(冠)을 털고, 새로 몸을 씻은 자는 반드시 옷을 털어서 입는다고…… 차라리 상류(湘流)에 달려가 고기의 배에 장사할지언정 어찌하여 세속의 티끌을 뒤집어쓰겠는가?"

굴원의 반론에 어부는 빙그레 웃으며 배 바닥을 울려 장단을 치며 노래한다.

> 창랑의 물이 맑으면 내 갓끈을 담그고
> 창랑의 물이 흐리면 내 발을 담그리로다

이따금 나는 이 「창랑가」를 읊조리며 가만히 세상을 바라본다. 물결치는 대로 어울려 맑게도 흐리게도 적당히 한 세상 살아가려는 어부의 자손들을 본다. 몸을 씻고는 옷을 털어 입으려는 굴원의 후예도 어디엔가 있을 것 같다. 온 세상이 다 흐렸으되 나 홀로 맑으며 뭇사람이 다 취했으되 나 홀로 깨었다는 강개한 기개는 유가의 선비답고, 세상이 다 흐렸으면 그 진흙을 휘저어 물결과 같이 하겠다는 유연한 자세는 노장의 풍이 감돌기는 하지만, 굴원은 오연하고 어부는 교활해 보인다.

굴원의 주장에도 고개를 끄덕이고 어부의 비아냥거림에도 미소를 지으면 안 되는가. 굴원처럼 구태여 「이소」(離騷)와 같은 글을 지으며 우수에 잠기는 것도, '멱라'(汨羅)와 같은 강물에 몸을 던져 고기밥이 되는 것도 나는 못한다. 어부처럼 지자인 체 은자인 체하기도 싫다. 나는 굴원과 어부의 타협이 아니요 그 초극이고 싶다. 그 초극이 아니요 그 시원(始原)이고 싶다. 샘을 깨끗이 쳐 놨으나 아무도 먹어 주지 않아도(井渫不食) 다시 샘을 칠 일이다.

『맹자』에서는 이 「창랑가」를 「유자가」(孺子歌)라고 했다.

어떤 어린아이가 노래하기를, "창랑의 물이 맑으면 내 갓끈을 담그고 창랑의 물이 흐리면 내 발을 담그리로다."라고 했다. 공자 말씀하시기를, "얘들아! 저 노래 소리를 들어 보아라. 맑으면 갓끈을 담그고 흐리면 발을 담그게 되는 것이니(清斯濯纓 濁斯濯足) 스스로 그런 사태를 초래하게 된다."라고 하셨다. 사람은 반드시 (그 자체가) 그 자체를 모욕한 다음에야 남이 그를 모욕하게 된다. 한 집안은 반드시 (그 자체가) 그 자체를 훼손한 다음에야 남이 그 집안을 파괴한다. 나라는 반드시 (그 자체가) 그 자체를 친 다음에야 남이 그 나라를 친다.

"맑으면 갓끈을 담그고 흐리면 발을 담그게 되는 것이니(清斯濯纓 濁斯濯足) 스스로 그런 사태를 초래하게 된다." 이 불후의 명언을 되뇌며 늘 자신에 머물러 있으면 어떤가.

오늘따라 이 가슴에 「이소」가 가득하다. 낙동강에나 한 번 나가 볼거나.

한음(翰音)

요즘 개는 주인 보고도 짖는다고 한다. 주인도 도둑이어서 그렇단다. 요즘은 닭이 시각을 모른다고 한다. 왜 그럴까?

닭이 홰에 오르기 전에는 아무 때나 울지만 유시(酉時)가 되어 일단 홰에 오르고 나면 계명축시(鷄鳴丑時)라 했듯이 축시가 되기 전에는 울지 않는 것이 닭의 본성이다. 만약 시각을 어겨서 초저녁에 운다면 그 닭은 밤을 못 넘기고 목이 비틀린다. 사야자(司夜者)로서의 책무를 그르친 데 대한 인간의 심판은 준엄했다고 할까. 초저녁에 닭이 울면 불길한 징조로 여겼기 때문이다.

수탉이 화사한 복장을 하고 암탉을 호리며 활개를 치고 목청을 뽑아대는 꼴은 가관이다. 그러나 아무리 활개를 치고 고함을 질러 봐도 몸은 기껏 담장 위에나 낮은 지붕 같은 데나 겨우 오를 뿐이다. 그래서 닭을 예로부터 한음이라고도 한다. "날갯짓 소리 하늘에 오른다."(翰音登于天)라는 말에서 연유했다. 날갯짓 소리는 하늘에 오를 듯하지만 몸은 따르지 못하는 닭의 허장성세(虛張聲勢), 외화내빈(外華內貧)을 빗대어 한 말이다.

"명성이 실재보다 지나친 것을 군자는 부끄러워한다."(聲聞過情君子恥之) 맹자의 말이다. 진실로 근본이 없다면, 칠팔월에 빗물이 모여서 크고 작은 도랑들이 모두 차지마는 그 물이 말라 버리는 것은 서서 기다릴 수가 있다고 맹자는 조금 빈정거렸다.

닭의 울음소리 한 만 마리쯤 모이면 그 크기는 천둥소리 만할지는 모르지만 천둥소리는 아니다. 시도 때도 없이 활개를 치고 목청을 뽑아대는 한음공

㈜들이 정치 경제 사회 문화 어느 분야고 다 있지만 문단, 특히 수필 문단에 많다. 내 소리 들어보라고 야단법석을 떤다. 사람을 모아놓고 서리병아리 울음소리를 내기도 한다. 종사병(宗師病)에 걸리고 감투에 눈이 멀었다. 제 아비를 걷어차는 닭처럼 선후배의 위계질서도 없다. 들고 나는 때를 모른다. 요즘 닭들이 아무 때나 우는 원인을 나는 여기서 찾는다.

문득, 새벽닭 우는 소리가 듣고 싶다.

법법자

법법자(法)의 고자는 灋(법)이었고, 灋의 고자는 灋(법)이었다 한다. 그러니까 灋은 法의 시조, 灋은 法의 중시조인 셈이다. 지금의 法자는 灋에서 치(廌)자가 떨어져 나간 거다.

灋자의 왼편은 물이다. 법은 공평하기가 물과 같아야 한다. 법 앞에는 평등하다. 법의 여신은 수건으로 눈을 가리고 왼쪽 손에 저울을 들고 있다.

물은 용기에 따라 그 모양을 바꾼다. 법은 모든 국가에 동일하지 않다. 대륙법계 영미법계로 갈린다. 또 민족에 따라 국가에 따라 그 존재형식이 다르다. 법은 법 자체만이 객관적으로 유리되어 있지 않고 민족과 국가라는 용기에 담겨 그 존립형식을 취한다.

물은 비에서, 비는 구름에서, 구름은 다시 물에서 이루어지나 흙이 없이는 유지될 수 없다. 땅속으로 내려간 물은 다시 땅위로 흐를 날이 오기도 한다. 물의 근본적 존립기반은 땅인 것이다. 법은 도덕이나 관습에서, 도덕이나 관습은 종교에서, 종교는 성자의 법에서 연원하지만 그러나 모든 이와 같은 법(광의의 사회규범)은 사회라는 기반이 없고서는 성문법이든 관습법이든 조리든 도덕이든 종교든 존립할 수 없다. 법은 사회생활이란 사실(Sein)에 뿌리박은 당위(Sollen) 질서이다. 그렇기 때문에 사회생활 자체도 순수한 사실만일 수는 없다. 인간은 어차피 주체와 객체의 변증법적 발전물이다. 사실과 당위의 분리를 원치 않는 생명체이다. 그것이 곧 법이다. 법이라는 당위는 사실이라는 생활에서 나오고 또 돌아간다. 법이라는 사실은 당위라는 사회생활에서 나오고 또 돌아간다. 주체와 객체를 준별하는 Kant의 철학에 나는 회의를 갖는다. 당위와 사실을 준별하여 당위만이 법이라고 하는 Kelsen의 순수법학은 법의 기반을 도외시했다.

무엇보다도 물은 흐르는 것이 속성이다. 한곳에 고여 흐르지 않고 오래 되면 반드시 썩는다. 흐르는 물, 솟아나는 물은 살아 있는 물이다. 법은 무엇보다도 변천(진화)해야 한다. 흐르지 않고 한군데 유착하여 오래 되면 반드시 부패하여 공허하고 맹목적이 된다. 사회의 변천에 따라 흐르는 법, 그러한 법은 이른바 '살아 있는 법'(Leven des recht)이다.

물은 멀리서 보면 어두우나 가까이서 보면 투명하다. 법은 멀리 하면(위반, 불법) 어둡고(법의 제재), 가까이 하면(준유, 적법) 밝고 투명하다(법의 혜택).

물은 흘러 바다에 이르면 짜게 된다. 법은 참으로 잘 실천되면 음식의 간을 맞추는 소금과 같아 간이 맞는 균형된 사회를 이루게 된다.(정의의 실현)

물은 가만히 두면 소리 없이 조용하나 바람이 불고 돌 같은 것에 부딪치기라도 한다면 소리를 내고 사나워진다. 법은 가만히 두면 소리 없이 온순하나 이에 반항하면 거칠고 사나워진다. 법의 여신은 오른손에 칼을 들고 있다.

물은 한번 흘리가면 그 물이 갔은 물길을 다시 흐를 수 없다. 형사소송법상, 판결이 확정되어 실체적 확정력이 생기면, 그 뒤의 사건에 대해서는 거듭 심판하는 것이 허용되지 않는다.(일사부재리원칙) 의회에서, 한번 부결된 안건은 같은 회기 중에는 다시 제출할 수 없다.(일사부재의원칙)

물은 거꾸로 흐를 수는 없지만 식물의 뿌리에서 줄기로 물이 흐르는 것처럼 물은 경우에 따라 역류할 수도 있다. 법은 신법이 구법시의 사건에 소급해서 적용되지 않음이 원칙이나(법률불소급) 필요에 따라 소급시키기도 한다.

물은 낮은 곳에 고이고 높은 곳에는 고이지 않는 속성이 있다. 법은 낮은

곳에는 존재하나 높은 곳에는 존재하지 않을 때도 있다.(부정부패 정권)

물은 청하게도 탁하게도 변하지만 청할 때는 갓끈을 담그고 탁할 때는 발을 담그기도 한다. 법은 인간을 도덕적 성자이기를 요구하지 않는다. 평균인의 입장에서 기대되는 행위를 요구할 뿐이다.

그러나 홍수가 나면 아끼던 미루나무를 베어 제방을 구축하고 한발에는 지하수를 개발하듯이, 법이 폭군에 의하여 유린될 때에는 혁명으로 그것을 바로잡기도 한다.(저항권) 맹자의 인정사상(仁政思想)에서도 폭군의 타도를 인정한다.

다음 灋자의 오른쪽을 보면 廌(치)자와 去(거)자로 구성되어 있다. 廌는 豸와 통용되는 글자로서 해치(獬豸〈廌〉) 또는 해태(海駝)라고도 하는데, 소와 비슷하다고 하기도 하고,(『說文』) 사슴을 닮았다고 하기도 하고,(『漢書, 司馬相如傳 上』弄獬廌.「顏師古注」) 양(羊)이라고 하기도 하는 등(『論衡』) 문헌에 따라 일정하지 않으나 해치가 외뿔이라는 데는 일치한다. 해치는 능히 곡직(曲直)을 알아서 재판할 때 이 뿔로 죄인을 떠받아 버렸다고 한다. 오늘날 우리는 엉뚱하게도 사자와 비슷하게 만들어 놓은 돌 해치로 마나 볼 수 있거니와, 고대 중국에서는 법관의 관(冠)을 이 해치의 뿔(머리) 모양을 본떠서 만들었다 한다. 우리나라의 판사의 법복 또한 어딘가 그런 분위기를 느끼게 한다. 廌자와 去자는 결국 죄인을 떠받아 버리는 원시적인 제판 내지 행형을 상징한다. 부정적 의미를 갖고 있다. 범죄는 법의 부정이요, 법은 부정의 부정이라고 한 헤겔의 표현과 같이 廌去란 부정의 부정이다.

灋자는 이렇듯 형평(氵)과 정의구현(廌去)을 뜻하는 글자였는데 나중에 法으로 변해 버렸으니 신통 영명한 해치가 어디론가 달아났다. 돌로나마 해치를 많이 만들어 각급 법원과 검찰청 청사 앞에 세우면 어떻겠나 싶다. 그리고 우리의 가슴속에도…….

왕의 길 노인의 길

옛날 초(楚)나라 장왕(莊王)이 신하들과 함께 어느 날 저녁에 주연을 베풀었다. 술이 몇 순배 돌고 나자 좌중은 취기가 돌고 배반이 낭자해질 무렵 어쩌다가 방안의 촛불이 꺼져 버렸다. 장웅이라는 신하가 그 틈을 타서 장왕의 총희를 끌어안고 입을 맞췄다. 놀란 총희는 얼결에 그자의 갓끈을 뜯어 쥐고 장왕의 귀에 대고 나직이 종알거렸다. 갓끈을 받은 장왕은 껄껄 웃으며 호탕하게 외쳤다.

"여러분, 불을 켜지 마오. 분위기가 더 좋지 않은가. 자, 모두들 갓끈을 뜯어서 이리로 던지시오. 갓끈이 붙어 있는 자에겐 벌을 줄 터이니."

장왕은 신하들의 갓끈을 한 손에 그러쥐고 자신의 갓끈도 뜯어 버렸다.

"자, 이젠 불을 켜시오."

턱이 허전해진 좌중은 서로 바라보며 뜨악해 있을 뿐 무슨 영문인지를 아무도 알지 못했다.

그 후 장왕은 적과 전투를 하다가 포위를 당하여 꼼짝없이 죽거나 사로잡힐 지경에 이르렀다. 그때 저만치서 온몸에 피를 뒤집어쓰고 달려들어 간신히 퇴로를 여는 한 장수가 있었다. 죽기 살기로 호위한 장웅에게 나중에 그 까닭을 묻자 장웅은 이렇게 말했다.

"……그때 그 갓끈은 소신의 것이었나이다."

후세 사람들은 이 고사를 두고 '절영지회'(絕纓之會)라고 했다.

면류관(冕旒冠)의 앞과 뒤에는 오색의 구슬을 꿴, 옥조(玉藻)라고도 하고 류(旒)라고도 하는 끈이 여러 개 드리워져 있다. 또 면류관의 잠[簪] 끝에 노란 솜으로 만든 공처럼 동그란 주광(黈纊)이라는 귀막이가 양쪽에 매달려 두 귀 옆에 늘어뜨려져 있다. 옥조며 주광에는 두 가지의 상징적 의미가 있는 모양이다. 그 하나는, 군왕은 마땅히 비리(非理)를 보지 않고 참언(讒言)을 듣지 않아야 한다는 뜻이라고 한다. 『주역』이 말하는 '어둡게 해서 밝힌다.'(用晦而明)라 할까. 지나치게 살피지 않고 지나치게 듣지 않음으로써 대상을 포용할 수가 있다면 이야말로 군왕으로서 천하를 완벽하게 살피고 남김없이 듣는 길이라고 할만하다. 다른 하나는, 눈을 가리고도 형체 없는 것도 볼 수 있어야 하고 귀를 막고서도 소리 없는 것도 들을 수 있어야 한다는 뜻이라고 한다. 나라를 맡은 사람이 무형(無形)을 보고 무성(無聲)을 듣는 경지에 이르고서도 나라가 어지러워졌다는 얘기는 아직 듣지 못했다. 초나라 장왕은 면류관을 제대로 쓸 줄도 알고 주광도 잘 챙겼던 모양이다.

면류관이나 주광 같은 것은 아무나 바랄 수가 없지만 뜰 앞에는 나무 몇 그루를 심어 놓고 방안에는 병풍을 쳐 놓고 그리고, 가끔은 합죽선을 폈다 접었다 하면서 어험, 어험, 헛기침이나 하며 나는 그렇게 늙어 가리라. 늙으면 눈도 침침해지고 귀도 먹먹해지는 건 꽤 뜻이 있는 일이 아닌가 한다.

큰마음

두루 아는 얘기지만 『고사전』(高士傳)과 『논어』에는 이런 대문이 나온다.

장저(長沮)와 걸익(桀溺)이 짝이 되어 밭을 갈고 있는데 공자가 지나가다가 자로(子路)를 시켜 나루터가 어딘지 묻게 하였다.

장저한테 물었다. 장저가 말했다.

"저 마차에서 고삐를 잡고 있는 자는 누구요?"

자로가 대답했다.

"공구(孔丘)라는 분입니다."

"바로 노나라 공구신가요?"

"고렇소."

장저가 말했다.

"그렇다넌 그가 나루터를 알거요."

이번에는 걸익한테 물었다. 걸익이 말했다.

"당신은 누구시오?"

"중유(仲由)라 합니다."

"노나라 공구의 제자 말이요?"

자로가 대답했다.

"그렇습니다."

걸익은 말했다.

"도도히 흘러 막을 길 없는 것은 강물만이 아니라 천하가 다 그러하거늘, 대체 누가 이 천하를 바로잡는다는 건가? 당신도 사람을 피하는 스승을 따르기보다는 차라리 세상을 버리고 사는 우리를 따르는 것이 어떻겠소?"

그렇게 말하면서 뿌린 씨에 흙 덮기를 쉬지 않았다. 자로는 돌아와 사실대로 고하였다.

공자는 멍하니 있다가 말했다.

"새나 짐승과 더불어 무리 지을 수는 없으니 내가 이 사람들의 무리와 더불지 않고 누구와 더불겠느냐? 천하에 질서가 잡혀 있다면 나도 애써 변역하려 하지는 않았을 게다."[鳥獸 不可與同群 吾非斯人之徒 與 而誰與 天下有道 丘不與易也]

묻는 말엔 답을 않고 비비꼬기만 하는 장저와 걸익. "그렇다면 그가 나루터를 알거요." 이 말보다 더한 냉소가 있을까. 그들은 필시 노장의 후예일 터이지만 예나 이제나 장저와 걸익 같은 사람은 있는 법이다. 세상을 은둔하고 제도를 부정하는 사람들이다. 지금으로 치면 사회의 양극화에 침을 뱉는 사람들이라 할까. 가진 자와 갖지 못한 자, 배운 자와 배우지 못한 자, 기업인과 근로자, 서울과 지방, 도시와 농촌…, 그 간격은 아득히 멀고 중간〈산〉층은 너무 엷다.

참여와 준봉(遵奉), 진보와 보수로 금을 긋고 내 사람과 네 사람으로 편을 가르는, 밴댕이 소갈머리가 판을 치는 정치정향(政治定向)에서는 양극화의 심화는 진작 예견되어 있었다.

장저와 걸익은, 통 속에서 산다든가 개처럼 살지는 않았는지는 모르지만 서양으로 치면 안티스테네스(Antisthenes, B.C. 445년경~365년경의 아테나이 사람)와 같은 퀴니코스 학파(犬儒學派, kynikos 학파)의 사람들과 닮은 데가 있는 사람들이다. 무욕을 표방하고 세상을 백안시했다는 관점에서 그렇다. 이러한 시니시즘(cynicism)은 정치적 무관심이 체질화된 상태라 할까. 적어도 중간층이 되었어야 할 사람들인지도 모를 이러한 사람들이 자꾸 불어나면 세상은 어떻게 될까?

새나 짐승과 더불어 살 수는 없으니 장저며 걸익과 같은 무리들과도 어울려 살아야 한다고 말하는 데에도 나타나 있듯이, 공자가 피한 사람은 서민이 아니었다. 무도한 권력자일 뿐이었다. 장저며 걸익과 같은 무리들까지 포용하는 사람이라면, 나루를 못 찾으면 맨몸으로라도 장저며 걸익과 더불어 물을 건너려 할 게다. 멀리 소외(疎外)를 두겠는가? 가까이 붕비(朋比)를 만들겠는가?

우리의 역대 대통령을 두고 실패한 대통령이란 말들을 한다. 왜 그렇게 되었을까. "배를 삼킬 정도의 큰 물고기라도 제멋대로 하다가 물을 잃으면 땅강아지와 개미에게조차도 제어를 당한다. 그 자리를 떠났기 때문이다. 원숭이는 나무를 잃으면 여우나 담비 같은 짐승에게도 잡히고 만다. 그 처하는 곳이 잘못 되었기 때문이다."(『漢詩外傳』 卷八, 『淮南子』「主術訓」)라는 말이 있다. 다음 대통령은 누가 되면 좋을까? 누가 되든, 땅강아지와 개미 같은 것에 시달리지 않고 담비나 여우와 같은 짐승에게도 잡히지 않은 대통령을 만나면 좋겠다. 그런 대통령은 '대통령'이라는 말에서 '큰대자'의 의미를 제대로 아는 사람일 거다. 크게 휘두를 생각은 말고 소외도 두지 않고 붕비도 짓지 않는 중도(中道)의 마음, 큰마음부터 가질 일이다. 비용이 드는 것도 아니니…….

큰마음은 대통령만 가질 마음인가. 큰마음이라야 큰마음을 알아보고 뽑지.

제5편

오합짚신

2차 세계대전이 극으로 치달으면서 일본과 미국 사이에 미드웨이 해전이 벌어졌던 1942년 6월이 막 지나고서였다. 아버지는 징용을 피하려고 병화가 미치지 않는다는 상상의 동네라고나 할 우복동(牛腹洞)을 찾아 속리산 근방을 두루 탐색하다가 우복동이려니 하고 솔권해서 숨어든 곳이 경상도 문경의 어느 빗접 같은 산골 마을이었다.

이듬해 나는 나이 열 살에 '국민학교'에 들어갔는데 신발이 없어서 맨발로 다니게 되었다. 그때 할아버지는 이 손자한테 짚신 삼는 걸 가르쳐 주셨다. 나는 짚신 삼는 것이 아이들과 노는 것보다 더 재미있었고 내가 삼은 짚신을 신고 학교에 다녔다.

짚신을 삼는 것도 가마니 같은 멱서리를 겯는 것과 같은 원리다. 날줄과 씨줄의 어긋매낌이다. 자신의 짚신을 삼자면 먼저 자신의 집게손가락 굵기의 새끼를 자신의 한 발 길이보다 낙낙하게 야물게 꼰다. 그 새끼의 두 끝을 맺은 다음 그것을 합쳐 반으로 접되 매듭이 한 쪽 끝으로 가게 해야 한다. 앉은 자세에서, 접은 두 새끼의 중앙을 함께 아랫배 한 중간의 허리띠에 맨다. 그 두 끝을 두 다리의 발끝에 각각 건 다음 두 무릎을 옆으로 제치고 두 발꿈치 안쪽을 맞대고 두 발끝을 약간 벌린 채 새끼가 팽팽해지도록 두 다리를 천천히 편다. 네 개의 날줄이 된 거다. 이 날줄을 짚으로 겯으면 짚신의 바닥이 된다. 겯으면서 양 옆으로 맨 앞의 엄지총을 비롯하여 총도 내고 짚신 양 옆구리에는 돌기총도 내고 바닥의 뒤꿈치에는 뒤축도 세우지만 짚신의 기본은 바닥이다. 볏짚 세 개를 합쳐서 날을 겯으면 바닥의 발이 쫀쫀한 짚신이 되는데 이런 짚신을 삼합혜(三合鞋) 또는 삼합짚신이라 하고, 다섯 개의 짚대를 합쳐서 날을 겯으면 바닥의 발이 엉성한 짚신이 되는데 이런 짚신을 오합혜(五合鞋) 또는 오합짚신이라고 한다. 그때 할아버지와 나는 육합혜 칠합혜 같은 짚신은 삼지 않았다.

할아버지는, 삼합짚신을 삼을 때에는 겯는 짚대를 단단히 끌어당기고 오합짚신을 삼을 때에는 힘껏 당기지 말고 느슨하게 삼도록 가르쳤다. 그러니 오합짚신은 모양이 좋을 리가 없다. 어린 마음에도 이상하다 싶어 그 까닭을 알고 싶어 했더니 할아버지는 혼자 생각해 보라고만 하셨다.

짚신 한 죽을 삼으면 한두 켤레는 꼭 오합짚신을 삼도록 했는데 나는 이 오합짚신이 싫었다. 그러나 할아버지는, 산에 들어갈 때나 봄이 되면 식구들에게 이 오합짚신을 신도록 당부를 하였다. 나는 왜 그래야 하는지도 모르면서 그렇게 했다.

산에는 벌레가 많기 때문에, 봄에는 벌레가 막 태어나기 때문에 그 벌레를 덜 다치게 하려고 바닥이 성기고 무른 오합짚신을 신는다는 오합짚신의 상징적 의미를 코흘리개였던 그때의 내가 어찌 알 수가 있었겠는가.

밟히는 것은 벌레만이 아니다. 벌레보다 더 처참하게 더 욕되게 밟히는 것은 사람이다. 오합짚신을 신은 발은 도리어 오합짚신을 신지 않은 발 밑에 밟히고 마는 것이 인간세상이다. 이런 줄을 번히 알면서도 마음의 섬돌 위에 오합짚신 한 켤레를 놓아두는 사람들이 어딘가에 있어 왔기에 이 세상이 그럭저럭 지탱되어 가는지도 모른다.

아기 곰처럼 한창 장난이나 칠 열 살 코흘리개가 어둑한 방안에만 들어박혀 짚신을 삼는 궁상맞은 꼴을 가끔 떠올려 보면 빙시레 웃음이 나온다. 죽기 전에 다시 한 번 짚신을 삼아 볼까 한다. 아들은 머리가 굵어 내 말을 잘 듣지 않을 것이니 손자가 나면 손자와 더불어 짚신을 삼아 볼 것이다.

물꼬

어릴 때 나는 할아버지에 이끌려 이따금 논두렁을 걸어 다녔다.

논두렁에는 구석진 곳에 한두 군데 물꼬가 있게 마련이다. 논두렁 없는 논배미가 없듯이 물꼬 없는 논두렁도 상상할 수 없다. 물꼬는 논의 숨통이라고 할까.

물꼬를 통하여 물이 윗 논에서 아랫 논으로 흘러내린다. 물을 더 잡고 싶으면 물꼬를 높이고 물을 더 빼고 싶으면 물꼬를 낮춘다.

논두렁을 걸어 다니다가 시끄럽게 울리는 물꼬에 다다르면 할아버지는 발길을 멈췄다.

"이 놈! 물꼬를 아느냐?"

이렇게 한마디 툭 쏘아붙이듯 말씀하시곤 했었다.

물꼬를 향해 부챗살처럼 모여드는 물살은 물꼬를 넘어 아랫 논으로 내리꽂힌다. 야트막한 폭포는 웃음이 자지러지듯 호젓한 논두렁을 흔들어 놓는다. 윗 논을 적시며 살찌우며 노역하다가 미련도 여한도 없이 무심히 떨어지는 물줄기. 포말로 부서지며 잠시 작디작은 웅덩이로 맴돌다가 도랑을 돌아 다시 노역의 광장으로 뿔뿔이 흩어져 간다. 물은 또다시 그 다음의 물꼬를 넘어 다음 논배미로 이어져 내려간다.

논두렁마다 쏟아지는 이 물꼬의 음향은 시절이 좋고 보면 뜸부기의 울음소리와 어우러져 한가롭고 평화롭기 그지없지만 시절이 어긋나면 물꼬의 언저리엔 심각한 현상이 벌어지기도 한다. 물꼬 곁에서 밤새워 물꼬를 지키려는 윗 논 김씨, 물꼬를 트려고 천방에 숨어서 기회를 엿보는 아랫 논 이씨. 김씨와 이씨가 삽과 괭이를 들고 으르렁거릴 때면 물꼬에는 개구리도 울음을 삼킨다.

심술이 고약한 농부는 가물 때는 숫제 물꼬를 없애 버린다. 논둑이 찰랑찰랑 넘칠 것 같아도 물 한 방울 내려보낼 생각을 하지 않는다. 밤새워 지킨다. 그러다가 논둑의 한 곳이 터지기라도 하는 날이면 논바닥의 물은 일시에 죄다 빠져 버린다. 물꼬는 물이 스쳐 흘러도 바닥이 파이지 않도록 만들어 놓았지만 터진 논둑은 걷잡을 수 없이 자꾸 파이고 터져 나가 마침내 논둑은 논바닥보다 더 낮아지기 때문이다.

이번 여름 방학 땐 중학생이 된 아들 녀석을 앞세우고 고향에 가서 옛날 그 논두렁을 거닐면서 할아버지 얘기를 들려줄까 한다.

할아버지의 담뱃대

어릴 때 나는 할아버지와 거처를 같이 했다. 끼니때면 할아버지와 겸상을 했는데, 내가 남김없이 다 먹어치우고 나면 할아버지는 담뱃대로 나의 머리통을 딱, 때리셨다. 할아버지와 같이 새끼를 꼬기도 했는데, 새끼 꼬기를 마치고 새끼를 사려야 할 때면 끝을 맺지 말고 그대로 사려야지 끝을 맺었다가는 할아버지 담뱃대가 그냥 있지 않았다. 할아버지는 또, 모심기를 하거나 벼를 베거나 할 때에도 조금씩 덜 심고 덜 벤 채 논 귀퉁이를 남겨 두도록 하셨는가 하면, 감을 따 들일 때면 감나무 꼭대기에 언제나 한두 개씩 남겨 두도록 그 긴 담뱃대를 뻗쳐 들고 언명하셨다.

밥을 죄다 긁어 먹지 말라든가, 새끼 끝을 맺지 말라든가, 모를 덜 심은 채 벼를 덜 벤 채 논 귀퉁이를 조금씩 남겨 두라든가, 심지어 방이나 마당을 쓸 때 싹 쓸지 못하게 한다든가, 이러한 분부도 분부려니와 맨 꼭대기의 감은 더 눈길을 끌게 마련인데 그걸 따지 말고 남겨 두라니, 참 이상하다 싶었다.

한번은 징징거리며 그 까닭을 알고 싶어 했더니,

"이 노옴! 스스로 궁리할 요량은 않고 까닭을 물어!"

순간 할아버지의 담뱃대는 눈에 불이 번쩍 나도록 내 머리통을 후려치셨다.

할아버지의 담뱃대, 그 긴 담뱃대가 이 어린 손자의 머리 위로 딱, 하고 바람을 가를 때면 뭔가를 일깨워 주시고 싶었겠지만 그래서 침묵하셨을 그 역설을 깨닫기엔 나는 너무 드리없는 철부지였다. 눈물을 글썽이며 두 손으로 머리통을 감싸 쥐고 달아나기 바빴을 뿐 미거한 이 손자가 어찌, 할아버지가 장죽을 치시는 뜻을 헤아려 볼 줄 알았겠는가?

　많은 세월이 흘러 나 또한 할아버지가 되어 버린 지금에 와서, 할아버지의 그 긴 담뱃대가 요즘 들어 문득문득 내 머리통 속에서 이명처럼 운다. 할아버지 곁으로나 돌아갈 모양인가? 내 마음속에 할아버지의 장죽을 품지 못한 채 비칠거리며 한세상을 아무렇게나 뒹굴었던 이 손자가 무슨 낯으로 할아버지를 대할까. 밥을 죄다 긁어 먹을 수도 있고, 새끼 끝을 맺을 수도 있고, 모를 다 심고 벼를 다 벨 수도 있고, 감을 다 따 치울 수도 있고, 방이고 마당이고 싹 쓸어버릴 수가 있다는 것, 이런 것들은 아무 것도 아닌 것 같지만 알고 보면 권능이라면 큰 권능이요 복이라면 큰 복인 줄을 백발이 되어서야 깨닫게 되었을 뿐 할아버지가 장죽을 치시던 그 뜻을 나는 아직도 깨달았다는 할 수 없을 것 같다.

　"이 노옴! 말도 한두 마디는 남겨 두라 했거늘!……" 할아버지의 담뱃대가 아직도 딱, 하고 내 머리통을 내리치시는 것만 같다.

파란 낙엽

날씨가 더워지면 옛날이 생각난다. 1955년 고교 3학년 여름이었다. 그 당시 우리 고장에는 학원 같은 것도 없던 때라, 대학입시 준비를 위하여 여름방학 동안 큰맘 먹고 대구의 학원에 다니게 되었다.

하숙을 할 처지도 못 되고 해서, 지금의 종합운동장 뒤 옛 방송국 부근의 친척 집에 염치불고하고 한 달 동안 신세를 지기로 했다. 학원은 '경북문화학원'인데, 지금의 유신학원 근방인지 더 먼 곳인지는 잘 모르겠으나 아무튼 하루에 두 번씩 이 학원까지 걸어서 다녔다. 요즘 학생들이 들으면 버스를 타면 되지 않겠느냐고 하겠지만 삼십 리를 걸어서 학교에 다니는 학생들이 수두룩한 그 시절에 가까운 거리를 차를 타고 다닌다는 건 상상도 못할 일이었다. 이 촌놈으로서는 선풍기 같은 건 들어 보지도 못했던 그 시절, 찌그러져 가는 학원 2층 건물이 어이 그리도 후텁지근하던지.

친척집에서야 잘 대해 주지만 내 쪽에서는 체면이 있어야지. 다 큰 총각이 팬티 같은 걸 훌렁훌렁 벗어 줄 수도 없고 목욕하기도 어려웠던 그 집. 코를 드렁드렁 골아대는, 건넛방에 혼자 세 들어 사는 일흔이 훨씬 넘어 보이는 노인과 한방에 거처하기란 또 얼마나 민망스럽고 서럽던지.

S대 법과대학 법학과에 응시하려면 독일어와 물리학 중에서 한 과목을 선택과목으로 선택해야 했다. 우리 학교에서는 물리학은 겨우 한 학기를 배우다가 학생들이 백지동맹을 하는 바람에 아르바이트 대학생이었던 교사는 울고 가고 다시는 물리학을 배워 보지 못했다. 독일어는 처음부터 시간표에도

없었다. 썩 나중에야 안 일이지만 같은 농업고등학교라도 어떤 학교에서는 독일어며 물리학을 그런대로 가르치는 학교도 있었던 모양이다.

독학으로 독일어나 물리학을 공부해서 S대 법학과에 들어간 예도 있긴 있지만, 그들은 나처럼 고교 3학년 여름방학 때부터 독일어나 물리학을 공부한 사람은 아니다. 너무 늦었다고 생각되었을 때 눈앞이 캄캄했다. 내가 그때까지 대학입시 정보에 등한히 했던 건, 실업학교여서 그런지 학교 당국도 대학입시에 미지근한 태도였을 뿐만 아니라 그때까지 나를 대학에 보내줄지 확실치 않아서 보통고시(4급을류 행정직 자격시험) 공부를 하고 있었기 때문이다.

한 해 가량 취직시험 공부에 빠져 있던 고교 3학년 학생이, 이 나라 최고의 대학 최고의 학과에 들어가겠다고 작심은 했지만 이내 좌절하게 되었다. 시간이 너무 촉박했다. 쫓기는 마음인데 공부가 제대로 될 리가 있었겠는가.

그 당시 나의 숙부님께선 장래가 뻔한 농사일을 버리고 도회지에서 터를 잡아 보겠다고 홀로 대구에 나와 처음에는 우편배달부를 하다가 나중엔 남의 술도가에서 고용살이를 하고 있었다. 농부의 아들인 내가 다른 길을 꿈꾸며 대학에 들어가겠다는 것이나, 농사일을 버리고 도회지에서 터를 잡아 보려는 숙부님이나 엇비슷한 처지가 아닌가.

그때 나는 배를 곯은 셈이다. 불청객이 겨우 쌀 한 자루를 메고 가서 한 달간 침식을 부탁한 처지에 밥을 더 달라고 할 계제도 아니었지만 내 천성이 워낙 고지식하고 숫기가 없어서 그런 말을 할 수도 없었던 거다. 돈도 없지만 뭘 사먹는 버릇에 익숙할 줄도 모르고 세 끼 때만 기다리자니 한창 먹을 나이에 양에 찼겠는가. 학원에서 공부를 하다가 보면 아래층에서 저녁밥을 짓는지 풋고추를 넣고 끓이는 된장 냄새가 구미를 동하게 해서 공부가 되질 않았다. 밤늦게 숙소에 돌아올 때면 현기증이 났다. 지금의 '미창' 앞 굴다리 밑을

지날 때면 더 노곤해졌다. 그 다리 밑에 잡상인들이 희미한 간데라(kandelaar) 불빛 아래 음식물을 팔고 있었다. 하루는 콩 통조림 한 개를 큰맘 먹고 사서 그 자리에서 게걸스럽게 다 먹어 치웠더니 그게 그만 꼭 막혀서 죽을 뻔 했던 일이, 오십여 년이 흘러간 지금도 서럽기만 하다. 처음에는 배가 고파도 견딜수가 있었는데 공부해 봤자 허사라고 자포하는 심정이 되고 나니 배고픈 것만 생각났다. 우울한 나머지 양조장으로 자주 숙부님을 찾게 되었다. 눈치를 챘던지 양조장 주인 아주머니가 식은 밥을 양재기째 주어서 허기를 채우기도 했다. 이런 내가 보기에 안쓰러웠던지 하시는 일이 여의치 못한지 숙부님도 양미간에 우수가 역력했다.

"공부 잘 되나?"

언젠가 숙부님이 이렇게 물으실 때 나는,

"대구는 너무 더워요."라고 했다.

한참 만에 숙부님은

"조금 뜨스하다." 라고 하셨다.

"일이 잘 됩니껴?

이런 말을 하려다 나는 그만뒀다.

어느덧 한 달이 지났다. 여름방학이 다 갔다.

"같이 집으로 갑시더."

숙부님의 의중을 이렇게 떠봤다. 숙부님은 내 말귀를 얼른 알아듣지 못하시는지

"혼자 가거라. 추석에 가마."

이러시며 덤덤히 창밖을 바라보셨다.

"그게 아니고 아주 갑시더."

하도 오래 된 일이라서 생각이 잘 나지 않지만 아무튼 나는 이런 식으로 숙부님을 집으로 가자고 했던 것 같다.

그러나 아까부터 입맛만 쩝쩝 다시는 숙부님, 어쩜 나의 권유에 앞서 고향에 돌아가리라 마음을 정하신 게 아니었을까.

마침내 우린 보따리 몇 개를 들고 패잔병의 꼴로 고향 차에 몸을 실었다.

그 무렵 내 눈에는 숙부님의 장래가 훤히 내다보이는 것 같았다. 아무 기술도 없이 뭘 믿고 도회지에서 어떻게 터를 잡아 보겠느냐고 조금은 경멸하듯 속으로 뇌고 나니 가슴이 아팠다.

이때 숙부님은 눈앞이 뿌옇게 보이고 몸이 조금 부어 있었다. 그 부석한 눈으로, 풀이 죽어 있는 나의 표정을 간파하셨던지,

"야야, 꼭 서울로 갈래. 대구도 안 좋나?"

나는 숙부님의 이 말에 대답은 않고 차창 밖을 내다보며 울고 있었다.

고향에 돌아오신 숙부님은 눈이 더 흐릿해지고 몸이 점점 부어오르더니 이듬해 서른네 살 장년에 불귀의 몸이 되었고, 나는 S대 법대 법학과에의 꿈을 접고 말았다.

지금 생각하니 숙부님의 병은 신장 계통의 병이 아니었나 싶다. 당시 농촌에서는 거의 병원을 몰랐다. 한약을 쓰는 게 고작이었다. 숙부님도 그렇게 하다가 세상을 떠났다.

밀 밭 곁에도 못가는 사람이 딴 일을 하지 않고 역겨운 냄새를 견디며 하필 술 만드는 일을 왜 했노? 병이 날만도 하지. 이렇게 말하는 사람도 있었다. 대구의 K고등학교쯤 갈 것이지 왜 하필 똥통하교(농업고등학교)에 갔노? 독일어나 물리학을 배우지 못할 건 뻔하지 뻔해. 이런 말을 하는 사람도 있었다. 쌀이 없으면 쇠고기를 먹으면 되지 않으냐는 사람들이다. 이런 사람들과 더불어

내가 무슨 말을 하겠는가.

도시에서 남들처럼 터를 잡아 보겠다고 남의 술도가에서 머슴살이를 한 것이 죄가 될 수는 없다. 똥통 학교를 다녀서 독일어와 물리학을 못 배운 것도 죄가 아니다. 죄가 없으면서 숙부님은 직업병을 얻어 요절하시고 나는 백발이 되기까지 팔자 좋은 애송이들한테 자존심이 수없이 상했다. 이것이 정명이라면 할말은 없다.

세월이 흘러 오십 년이 넘었건만 해마다 여름철만 되면 나는 늘 허기를 느낀다. 찬물을 덮어써도 덥다. "대구는 너무 더워요."라고 하면 "조금 뜨스하다."라고 하시던 숙부님, "대구는 너무 추워요."라고 하면 틀림없이 "조금 선선하다."라고 하셨을 숙부님, 천황씨 같은 숙부님 생각에 나는 더 덥다.

더 더운 까닭이 어찌 이것뿐이겠나.

봄날은 간다

어릴 때부터 동네 친구들은 나더러 '집곰'이라 했다. 중학교 고등학교 때는 말할 나위 없고 1956년, 대학에 들어가서도 '집곰'이기는 마찬가지였다. 대학생이 되어서도 이런 별명을 가진 아들이 딱해 보여서 그리 하셨는지, 공부도 별로 하지 않으면서 집에만 죽치고 있는 모습이 따분하게 보여서 그리 하셨는지는 모르지만, 1학년 겨울 방학이 되자 어머니가 이웃의 소녀 셋을 내 공부방으로 밤에 놀러 오게 하셨다. 하나는 열여섯 살, 둘은 열다섯 살이었던 것 같다.

그 당시의 농촌 형편이 거의 다 그랬지만 여자는 대개 초등학교만 마치면 십리 밖을 모르고 조신하게 집에서 가사를 돕던 시절이었다. 이 소녀들도 그런 처지였다. 말하자면 '집곰'인 셈이다. 그러나 여자들은 아무리 집에만 틀어박혀 있어도 '집곰'이라고는 하지 않던 그 시절에, 어머니가 길을 트셨다고는 하지만 소문이 나면 큰일날 일이었기에 우리의 은밀한 만남은 늘 조마조마했다.

내게 올 때면 그들은 꼭 고운 옷을 차려 입고 조금은 분 냄새를 풍기며 살며시 나의 방문을 열고는 했었는데, 삼단 같은 머리를 땋아 늘이고 앞가슴에 옷고름을 치렁하게 늘어뜨린 세 소녀가 지금 생각하니 아침 이슬을 머금고 막 피어나는 꽃봉오리이겠건만 그때는 내가 왜 그런 걸 느끼지 못했는지 괜히 속이 좀 상한다.

논다고 했댔자 참으로 어려웠던 그 시절의 농촌에서는 별다른 놀이도 없었다. 더러 어머니가 차려 주시는 국수 같은 걸로 밤참을 먹기도 하며 주로 화투를 치고 밤늦도록 놀았던 것 같은데, 놀이의 결과에 따라 '팔뚝 맞기'도 하고 노래를 부르기도 했었다. 처녀들과 '팔뚝 맞기'를 하다니, 늙은 지금도 가슴이 싱숭생숭해지는데 젊은 그때는 이내 가슴이 왜 먹통이었는지 또 속이 좀 상한다.

거의 매일 밤, 이렇게 어울리기를 두 달 동안 그러다가 방학이 끝나고 내가 서울로 올라갈 전날 밤, 말하자면 이별의 전야에 그들은 과자며 음료수 같은 걸 잔뜩 가지고 와서 작별의 자리를 만들어 주었다. 하도 오래 되어서 확실치는 않지만 그날 밤은 서운해서였는지 아무 놀이도 하지 않고 그냥 보냈던 것 같은데, 헤어질 무렵에 돌아가며 노래 하나씩을 불렀던 모양이다. 그때 한 소녀가, 「봄날은 간다」라는 노래를 불렀는데 뜻밖에도 흐느끼며 노래를 다 부르지 못했다. 덩달아 다른 두 소녀들도 고개를 떨어뜨리고 말았다. 나는 그녀들을 일으켜 뒤란으로 갔다. 때는 3월 말, 적막한 뒤란에는 외로운 장미가 아직 꽃봉오리를 채 벙글지도 않았는데 어쩌자고 우리는 그날 밤, 가슴마다 이별의 꽃잎을 하나씩 떨어뜨리고 있었는지도 모른다.

작별이 아쉬웠던 걸까, 흐느끼는 그녀를 나는 그의 집 담 밑까지 따라갔고 아무 말도 없이, 아무런 뜻도 없이 그녀와 손가락을 걸었다. 그리고 누가 먼저랄 것도 없이 서로 고개를 까닥, 했던 것 같다.

그 해 봄 6월에 나는 '학적보유병'으로 군에 가게 되었다. 그 후 제대를 하고 복학을 했지만 그녀들과 다시 어울리지는 못했다. 다 큰 처녀들과 또다시 그렇게 하기란 그 당시에는 정말 큰일날 일이었고, 문득 공부에만 파묻혀 버리는 아들이 더는 심심할 겨를이 없겠다고 어머니는 생각하셨을 것 같다.

봄이 오고 가도 나는 그만, 그런 봄을 맞고 보내기를 몇 해를 그랬을까. 나는 방학이 되어도 전처럼 빈둥거리지 않았다. 뒷산 골짜기에 오막살이를 지어 놓고 공부에만 빠졌던 거다. 어느 친구는 이런 나를 '산골 중놈'이라 불렀다. 곰이 중이 된 셈이다. 조혼하던 그 당시 서른이 가깝도록 장가를 가지 않는다고 해서 중에 빗대는 소리란 걸 내가 왜 몰랐겠는가. 더러 금줄까지 걸려 있던 중놈의 산방에는 끝내 화창한 봄볕은 들지 않았고, 「봄날은 간다」라는 이 노래는 그녀로부터 다시는 들어 보지 못하게 되었다.

그때, 세 소녀 가운데 이 노래를 부르던 소녀는 다른 두 소녀들보다 훨씬 늦게까지 시집을 가지 않았고 이따금 골목에서 마주치는 그녀의 눈빛이 어딘가 쓸쓸해 보였지만 예사로이 대했을 뿐 눈여겨보지 않았다.

우리는 모두가 고향을 떠났고 서로 소식도 모르는 채 세월은 정말 화살처럼 빨라 얼마만인가. 그때를 생각하면 아득하기만 한데 그날 밤, 「봄날은 간다」를 다 부르지 못하고 목메어 흐느끼던 그 소녀, 손가락을 걸며 배시시 웃던 그 소녀가 어쩌자고 백발이 다 된 지금에 와서 문득문득 떠올려지는지 모를 일이다.

연분홍 치마가 봄바람에……

이 노래를 피아노를 치면서 나직이 불러 본다. 무단히 가슴이 울컥하여 건반에 엎드려 실없이 운다.

돌계단

초로에 접어들면서 나는 집을 떠나 이곳저곳 떠도는 신세가 되었다. 얼마 전부터는 여기 서울의 관악산 밑에 아파트의 작은 방 한 칸을 얻어 혼자 살게 되었다. 주인은 일흔이 넘어 보이는 노인 내외분. 방안엔 난초 분 하나가 고즈넉할 뿐 자녀들은 모두 따로따로 살고 있는 것 같다.

노인 내외분은 나를 어찌나 훈훈하게 대해 주는지 대구에 계신 내 부모님 같아 눈시울이 뜨거워진다. 그러나 새벽녘이면 숨이 끊어질 듯한 바깥 노인의 기침 소리가 내 아버지 기침 소리 같아 창자가 죄인다.

창문을 열면 관악산 봉우리가 우르르 내 방으로 들이닥치고 눈을 감으면 천리 밖 고향산천이 가슴 그득 밀려온다.

뚜벅, 뚜벅, 아파트 계단을 오르고 내릴 때면 언제부턴가 이 계단을 세어 본다. 4층 내 방까진 꼭 마흔아홉 개의 계단을 밟아야 하는데, 신기하게도 내 나이와 맞아떨어진다

계단을 내려갈 땐 내려가는 거니까 나이를 빼면서 내려간다. 다 내려가고 나면 태아가 된다. 바깥에 나오면 출생한 것으로 친다. 갓난아기의 마음(赤子之心)으로 하루를 보내고자 한다. 올라올 땐 올라오는 거니까 나이를 더해 보되 뺀 나이에서 더하지 못하고 본 나이에서 더해 간다. 온종일 시정(市井)에 떠돌고 나면 어느덧 마흔아홉 살 때문은 내 모습이 돼 있어서다. 내 방 앞에 이르고 나면 아흔여덟 살의 호호백발이 된다. 잠시 멍해진다.

이럴 때 나는 또 하나의 다른 계단을 생각하게 된다.

134

이십 년이 훨씬 넘은 옛날, 내가 대학에 다닐 때 산속에 집을 지었다. 집이래야 단칸 오막살이였다. 흙을 이기고 벽돌을 박아 그 가파른 산길을 오르내리며 아버지는 이 아들의 공부방을 만든 거다. 산비탈을 깎고 돌을 괴어서 충충이 계단을 만들었다.

어허! 이만하면 절간보다 낫겠구나. 글 읽고 몸 다듬어 세상에 나가거든 계단이 되거라. 이 돌계단 말이다. 알겠느냐?

이러시며 아버지는 그 계단을 쾅, 쾅 구르셨다. 미거한 자식이지만 부명(父命)을 어찌 몰랐으랴!

아버지는 밭 팔고, 논 팔고, 돼지 팔고, 소 팔고, 자존심도 팔고, 어머니는 땔나무꾼이 되고, 저수지 공사판의 인부가 되고, 동생들은 형의 교복이나 만져 보고 입어 보고, 친구는 침대 위에 자고 나는 그 침대 아래 방바닥에 자고……. 비실비실 대학을 마친 뒤, '됐다!' 하고 산방에 틀어박혔다. 촛불을 태우고 젊음을 태웠다.

산방에 틀어박히기 전부터였다. 귓속에서는 늘 벌레 소리 바람소리가 났다. 먹은 음식이 늘 소화가 안 되었다. 시름시름 머리가 아프고 공부가 되질 않았다. 산방에 틀어박혀서도 여전했다. 칼이 짧으면 한 걸음 다가서야 할 텐데 툭하면 며칠씩 드러눕곤 했다. 마디에 옹이라더니 내 앞가림이라도 스스로 하지 않으면 안 될 궁박한 처지가 되고 말았다. 무슨 생화라도 해야 할 판국, 학철부어(涸轍鮒魚)가 따로 없었다. 뒷날의 기약을랑 입 밖에 내지를 말 것을……. 때 아닌 광풍에 잔화(殘花)가 흐느끼게 될 줄이야! 밥벌이나마 하려고 그 산방을 아주 떠나야 했다. 그때가 산방에 틀어박힌 지 고작 이태를 넘기고서였다.

　가랑잎 분분한 지창 너머로 달빛이 대낮 같은 밤이면 괜히 심란해 몸을 뒤척였고, 하얗게 눈 덮인 산등성이 위로 노루가 쉬엄쉬엄 달아날 땐 내 마음도 그 노루를 따라 눈 위로 마냥 달려가고 있었던 그때 그때가, 이십여 년이 흘러간 지금도 광망(光芒)처럼 되살아난다. 육법전서를 베고 자던 그 산방의 적요하고 고독한 추억이 애틋한 사랑처럼 찡하게 내 가슴을 허빈다.

　마음은 늘 낮은 데 자리하여 남의 발밑에 깔리고 밟힌다. 그렇게 함으로써 밟는 자를 도우는 그 계단이 되라고 하시던 아버지의 가르침을 나는 끝내 이루지 못했다. 다만 세상이 만들어 놓은 계단을 따라 부침(浮沈) 표박(漂泊) 여기까지 이르렀을 뿐이다. 낮에는 세상 물정에 어두워 이리저리 치이기만 하고 밤에는 대구에 남겨둔 여덟 식구의 생계비를 걱정한다.

　할머니 말씀마따나 아들 하나 사람 만들려고 한평생 친구도 모르고 주막집 같은 데에도 한 번 안 가셨던 우리 아버지가 이제는 몸져누우셨다. 몇 해나 더 사실 수가 있을까? 허물어진 산방, 그 돌계단은 아버지의 허물어진 모습이다. 이 아들이 밟고 갈 하나의 계단이라도 되고 싶은 그 비원은 쓸쓸히, 쓸쓸히 허물이져 갔으리라.

　허물어진 산방, 그 돌계단을 떠올리면 나는 나 자신의 불운보다 아버지의 허무한 일생을 생각하게 된다. 이 아파트 계단을 대하면, 노인의 기침 소리를 듣게 되면 옛날의 그 산방, 그 돌계단이 여기 아파트 계단에 포개진다. "계단이 되거라. 이 돌계단 말이다. 알겠느냐?" 쾅, 쾅 발을 구르시던 아버지 모습이 아련히 떠오른다. '쿨룩, 쿨룩, 쿨룩……' 가슴을 저미는 듯한 아버지의 기침 소리가 황량한 이 계단 위에 부서진다. 고독과 회한이 서려 있는 여기 마흔아홉 계단에 서서 오늘따라 나는 왜 이리도 서러울까.

별똥별

어릴 때 여름밤이면 마당에 모깃불을 피워 놓고 멍석에 드러누워 별이 총총한 밤하늘을 쳐다보는 것이 여간 황홀하지가 않았다. "너는 장차 뭐가 될래?"라고 어른들이 물으면 서슴없이, 별이 되겠다는 것이 한결같은 나의 대답이었다. 해나 달이 되면 더 좋지 않겠느냐고 다시 물으면 꽃밭 같은 별밭이 더 좋다고 대답했었다. 아직 중학교 문전에도 가 본 적이 없는 초등학교 5학년 생도에 지나지 않는 내게 연립방정식과 논증기하를 가르쳐 주시던 김승태(金承泰) 선생님도 같은 질문을 하셨다. 너는 사교성이 없는 데다 별이 되겠다고 하는 걸 보니 철학을 하든지 박계주(朴啓周) 같은 작가가 되겠다고 말씀하셨다. 아랫목 구석에 『殉愛譜』라는 너덜너덜 떨어진 소설책이 보였다. 겨우 철학자 소설가라니 어린 마음에 조금 서운했다.

내가 별을 좋아한 것은 암흑시절에 태어났기 때문인지도 모른다. 원자폭탄이 히로시마와 나가사키에 떨어지기 두 해 전에 나는 나이 열 살에 '국민학교'에 들어갔다. 취학이 늦어진 건 아버지가 일제의 징용을 피하려고 '십승지지'(十勝之地)를 찾아 이사를 했기 때문이었는데 이내 또 이사를 하는 바람에 2학년을 마치고 집에서 놀다가 일본이 항복하는 꼴을 보게 됐다. 원자폭탄이 나의 복학을 도운 셈이지만 나의 초등학교 기간이 7년이 되고 만 건 순전히 난리 때문이었다.

땅덩어리가 갈라졌으니 인심인들 좀 흉흉했겠나? 음력 사오월, 보리는 미처 여물지도 않아 풋바심할 형편도 못 되는데 여투어 둔 묵은 식량은 바닥이

나고 누렇게 부황증이 난 얼굴로 나물을 뜯고 송기를 벗기던 그러한 한촌에도, 관솔불이나 산초 기름 불 따위로 밤을 밝히던 두메산골에도, 머리에 먹물 깨나 든 사람들은 은연중에 좌익과 우익으로 사상이 갈렸고 조무래기들도 툭하면 편을 갈라 병정놀이를 했다. 하지만 아이들의 놀이도 철을 탔다. 나는 해마다 두세 직씩 학질을 앓으며 늦모내기를 하는 무논에서 거머리한테 두 다리의 무릎 아래를 온통 내맡겨야 했다. 중학교에 가면 이런 걸 면하려나 싶었다.

김승태 선생님은 나를 경기중학교에 가라고 하셨다. 당신의 외갓집이 서울에 있으니 기식은 당신이 해결해 주겠다고 하셨다. 아버지는 사범학교가 더 좋다고 하셨지만 두 군데 다 원서도 내 보지 못한 채 끝내 읍내에 있는 6년제 공립농업중학교에 들어가고 말았다. 물론 학비 때문이었지만 경기중학교에 원서라도 한번 내 볼 걸 하고, 아직도 짠하다. 이것이 내 생애의 첫 번째 상처라고 나는 주저 없이 말한다.

6 · 25가 터졌다. "경기중학에 갔더라면 어찌 됐겠노?"라고 하시며 내 눈치를 살피시던 아버지의 힘없는 모습을 나는 입때껏 잊지 못한다. 6년제 농업중학교가 3년제 중학교와 3년제 농업고등학교로 분리되었다. 내가 고등학교에 진학할 해에 동생이 중학에 가야 하기 때문에 나는 한 해 묵기로 되었다. 다른 아이들은 영남의 명문인 K고등학교니 무슨 고등학교니 하고 떠들어댈 때 나는 그 옆에서 고개를 떨어뜨리고 땅바닥에 손가락으로 글씨나 쓰곤 했다. 졸업 무렵 진학상담 때가 되어서야 이런 사정을 알게 된 담임선생님께서 깜짝 놀라시며 학비 때문이라면 선생님께서 대어 주시겠다며 아버지를 학교로 불렀다. 실제로 학비를 지원 받은 건 아니지만 이리하여 고등학교에 진학하게 되었다. 그러나 대처로 나갈 수는 없었다. 사흘돌이로 똥통을 메고 농

장에 들락거려야 하는 읍내의 농업고등학교에 들어가게 된 것도 감지덕지했다. 그 해에 같은 읍내에 막 창설된 사립 인문계 고등학교가 처음으로 신입생을 뽑고 있었지만 학생들이 본체만체했다.

대학을 보내 줄지가 확실하지 않은 상황에서 나는 만약의 경우를 대비하고 싶었다. 보통고시 시험공부를 했다. 시험에 합격하자 나를 대학에 보내주는 쪽으로 집안 분위기가 굳어졌다. 그때가 고등학교 3학년 때이다. 의대냐 법대냐를 두고 갈등을 느꼈지만 상대적으로 돈이 더 많이 든다는 의대를 내심 별로 탐탁찮게 생각하던 차에, 의대는 미리 누울 자리부터 보자는 거 아니냐는 아버지의 말씀에 나는 환호작약(歡呼雀躍)했다. 나는 신이 나서 부랴부랴 설쳤지만, 독일어나 물리학을 선택해야 이 나라 최고의 대학의 최고의 학과라는 데에 원서를 낼 수 있다는 걸 그때서야 알고는 망연자실했다. 물리학은 한 학기를 배우다가 학생들이 백지 동맹을 하는 바람에 아르바이트 대학생인 선생이 울며 떠난 뒤로는 다시는 배워 보지 못했고, 독일어는 처음부터 시간표에도 없었다. 우리 고장에는 학원도 없을 때라서 여름방학 한 달 동안 대구에 가서 학원에 들락거려 봤지만 때는 이미 늦었다. 심드렁한 기분으로 K대학교 법학과에 들어가고 말았다.

똥통을 메고 농장에나 들락거리고, 작물 · 과수 · 소채 · 토양 · 비료 · 육종 등 실업과목으로 대부분의 시간을 소비하면서 보통고시 공부를 한 고삼(高三) 학생이, 영어 · 수학 · 국어 · 제2외국어만 3년 동안 들이판 인문계 출신 고삼 학생과 겨루는 것은 맞수의 장기판에서 차포(車包)와 오졸(五卒)을 떼어놓고 두는 것과 뭣이 다른가. 참으로 분하다.

나는 천신만고 끝에 6년이 걸려 대학을 나왔다. 졸업 후 산골자기에 오두막을 지어 놓고 약 2년 정도 버티다가 절계(折桂)의 꿈을 접어야 했다. 아쉬움을 남긴 채 눈물을 뿌리며 부득불 산방을 떠나와야 했지만 패자가 하는 말은 변명으로 들릴 것이다.

별이 되겠다던 아이가 판검사가 되려 한 것이 잘못이었을까. 환로(宦路)에 들어서긴 했지만 서기관이면 시장 군수를 하던 그 시절에 나는 서기관 때도 시장 군수는커녕 도시락을 들고 다녔고 그 흔해빠진 훈장도 하나 못 탔다. 선생님의 말씀마따나 나의 천품이 비사교적이기 때문이었는지도 모른다. 박계주의 『殉愛譜』 같은 소설도 쓰지 못했다. 다만 일부에선 문학으로 쳐 주지도 않는 수필이란 걸 끼적거리는 사람이 되었고, 칠십이 가까워서야 이름 없는 지방대학에서 철학박사학위를 얻었을 뿐이다.

별이 되겠다던 아이는 어버이의 밤하늘에 슬픈 획을 그은 별똥별이 되고 말았다. 멍석에 드러누워 밤하늘의 별을 쳐다보고 싶다. 별똥별을 보고 싶다.

병학(病鶴)

1956년(丙申), 나는 스물세 살에 시속을 따라 법대에 들어갔다. 별로 머리도 좋지 않은 주제에 법률을 택했으니 나의 곤학(困學)은 처음부터 예견된 일이었는지도 모를 일이다.

그 무렵의 우리 집 가세는, 당시의 농촌 사정이 거의 그러했듯이 재래식농법밖에 모르던 터여서 땅에서 나오는 열매를 떨어서 서울에 유학시킨다는 것은 어림도 없는 일이었다. 우선 변두리의 땅부터 팔기 시작한 것이 학교를 마칠 무렵에는 남은 땅은 절반 정도가 될까 말까 했다.

당시는 아직 경지정리도 되지 않았고 전혀 기계화가 되지 않아 일일이 인력에 의존하여 농사를 짓던 시절이었는데, 우리 집의 노동력이라고는 환갑이 내일 모래인 부모님과 어린 아우들뿐이었다. 아우가 셋이었지만 막내는 어렸고 둘째는 마음을 잡지 못했다. 셋째만 일꾼다운 일꾼이었는데 낮에는 소같이 일하고 밤에는 두레상을 펴놓고 한자를 공부하기도 했다. 그런 아우가 뜻밖에도 보리밭에 호미를 팽개치고 한밤중에 어디론가 달아났다. 하기야 보리밭이라면 영락없이 찾아와 판을 치는 보리의 천적, 찰거머리 같은 그 놈의 둑새풀이 지긋지긋도 했겠지.

한번 달아나더니 툭하면 달아났다. 일밖에 모르던 아우가 이렇게 변해 버리게 된 것은 대개 두 가지 원인이 있었다. 하나는, 대구에서 고물상을 한다는 나의 젊은 고모부 한 분이 고물을 끌어 모으기 위해 나의 아우와 우리 동네의 아이들을 엮인 굴비처럼 데리고 갔었는데 모두가 이내 돌아오고 말기는 했지만, 그때 난생처음 얼마씩 돈을 받아 보았을 터이니 이때부터 아우의 가슴속에는 언제나 돛단배 한 척이 바람에 흔들리고 있었을 것이다. 다른 하나는, 동네 사람들이 부추긴 탓도 있었다. "지게 귀신 붙으면 신세 망친다." "너는 너의 형들보다 키가 작다. 지게 귀신이 붙어서 키도 안 큰다." "중학교도 못 갔으면서 일은 왜 하노?"라고 그들은 내 아우에게 서슴없이 지껄여댔다. 정말 지게 귀신 때문인지 아직 덜 커서 작은 건지는 모르지만 키 작은 내 아우는, 이 말에 맥이 풀리는 듯 차차 말수가 줄고 즐거워하는 기색이 없어져 갔다.

이 무렵에 새마을 운동이 막 일어나고 있었지만 아직 보릿고개조차 극복하지 못한 시절이었다. 당장 끼닛거리가 걱정이 되던 그런 시절에 어느 놈은 팔자 좋아 대학이며 고등고시라니, 내가 사람들을 무척 속상하게 했던 모양이다. "지게 귀신이 붙어 키도 안 큰다." 장난삼아 던지는 이 돌팔매가 나에게 부딪힐 때에는 하나의 희살(戱殺)이 될 수도 있음을 그들이 염려할 턱이 없었다.

밭갈이 논갈이 같은 걸 소에만 의존하던 그 당시, 소 없이 농사짓기란 여간 거북한 노릇이 아니었지만 당시 우리 집에 소가 남아 있었겠는가? 십리 밖의 외갓집에서 디리 소를 몰고 오기도 했지만 주로 아우의 품앗이로 남의 소를 부릴 수가 있었던 것인데, 가뜩이나 일손이 째는 농번기에 아우가 이 지경이었으니…….

아버지 어머니가 이렇게 어려울 때 한편, 작은아버지 작은어머니는 참으로 팔자가 좋기로 동네에서 평이 나 있었다. 논밭이 타 들어가는 가물에 아버지 어머니가 밤새워 웅덩이를 파고 물을 풀 때도, 아들 육 형제를 모조리 농사일을 시킨 작은아버지는 별로 할 일이 없었고 작은어머니는 전혀 들일을 몰랐다. 팔짱을 지르고 논두렁을 배회하는 작은아버지를 두고, "예천군수를 할래, 점수네 아부지를 할래?"라고 물으면 "점수네 아부지를 하겠다."라는 말이 온 동네에 떠돌기도 했다. 점수는 나의 사촌 동생이다.

아버지의 농사일 못지않이 나의 대학생활은 어려웠다. 젊음과 낭만을 구가하는 대학생활이 아니었음은 두말할 나위 없다. 아버지는 내가 대학에 들어가고부터 가정교사 노릇을 하라고 하셨지만 내게는 가정교사 되기가 대학 교수 되기만큼이나 어려웠다. 자취하는 친구한테 신세를 지기도 하면서 겨우 1학년을 마쳤을 때 징병제도가 바뀌어 대학생도 군에 가게 되었다. '학적 보유병'으로 입대를 하고 제대를 했지만(1957년 6월 28일 입대. 1958년 11월 30일 귀휴. 1959년 6월 10일 귀휴제대) 나는 학비를 해결할 아무런 방도를 얻지 못하기는 마찬가지였다. 아버지의 말씀을 좇아 신문배달을 하자니 밥은 먹을 수가 있을는지는 몰라도 잠잘 곳과 등록금을 만들기는 어렵겠다고 생각되었다.

그러던 어느 날 아버지가 내게 학교를 중퇴하겠느냐고 물으셨다. 보통고시 합격자, 고등고시 예비시험 합격자, 대학 1학년이상 수료자라면 고등고시에 응시할 자격이 있다고 아버지께 아뢰고 난 얼마 뒤였다. 내가 어쩌겠는가? 학교를 중퇴하기로 하고, 뒷산 골짜기에 집을 한 칸 지어 달라고 했다. 스물여섯 살 때이다. 그러나 아버지와의 합의는, 집을 짓고 난 며칠 후 아버지에 의해 파기되었다. 갑자기 아버지의 눈이 충혈된 걸 보면 그 며칠 밤을 아버지는 뜬눈으로 새웠으리라. 나는 이때부터 시름시름 머리가 아프고 귀에는 늘 벌레 소리가 났다. 하도 이가 아파 멀쩡한 어금니를 돌팔이 의사한테 세 개나 뽑아 버렸다. 이제 막 아프기 시작한 이를 치료할 생각은 않고 대뜸 뽑아 버리다니, 지금 생각하니 분하기도 하거니와 그놈의 돌팔이 의사가 미워 죽겠다. 이를 뽑은 뒤 귓속의 벌레 소리는 바람소리가 되기도 하고 물소리가 되기도 했다. 이상하게도 기억력이 뚝 떨어졌고 책을 보고 있지만 정신은 늘 딴 데 팔리고 있었다.

등록금은 남은 땅을 더 팔아서 마련하고 남은 돈으로 자취를 했다. 땅 판 돈으로 밥해 먹고 국 끓여 먹기가 마음 아팠다. 어떻게든 재학 중에 고시에 합격해야겠다고 다짐하면서, 강의는 대충대충 듣고 도서관에 틀어박혔지만 귓속의 벌레 소리 때문에도 공부가 되질 않았다. 입학한 지 6년이 걸려 1962 년(壬寅) 스물아홉 살에 간신히 학교를 마칠 수가 있었지만 고시합격은커녕 학 점마저 엉망이 되고 말았으니 죽도 밥도 안 된 셈이다.

한편 졸업을 한 해 앞두고 1961년 5월 16일에 군사 쿠데타가 일어났는데, 과거에 고등고시 행정과 또는 보통고시에 합격하고도 임용이 안 된 자로서 임용을 희망하는 자는 총무처에 등록을 하라는 신문 공고에 따라, 나는 고등 학교 때 합격한 제10회 보통고시의 합격증을 들고 등록을 하고 면접에 응했 으나 수판을 잘 놓을 줄 알아야 한다기에 '경제기획원 국세조사과'에의 임용 제의에 불응했다.

이듬해에 졸업을 하고 곧바로 봄부터 산방에 틀어박혔다. 산방이라지만 집과 너무 가깝고 주위가 밭이어서 시끄럽고 인분 냄새가 많이 났다. 마을에 시 꽤 떨어진 산꼭대기쯤에 다시 오두막을 지었다. 당시의 고시수험생들은 대학을 마치고도 서울에 남거나 절간으로 들어가는 것이 지금의 수험생들이 이른바 '신림동 고시촌'에 틀어박히는 것과 비견이 되지만, 나는 이 두 가지 방법 중 어느 한 가지도 선택할 처지가 못 되었다.

내 나이 서른 살도 되기 전부터 나를 두고 주위에선 이런 말들을 했다. "장 가를 가면 환갑 때까지 공부해도 누가 뭐라카겠나." "도움을 받을 수 있는 혼 처를 구하면 어떨로?" "너는 이기주의자다." "너는 병신이냐! 벌레도 새끼를 치는데. 부모와 동생들도 생각해야지." 이런 권유와 질책과 원망 그리고 비원과 사랑, 그 사랑이 도리어 나를 퍽 외롭게 했고 슬프게 했다. "지게 귀신이 붙어서 키도 안 큰다."라고 야유하던 동네 사람들, 뉘 집 부뚜막의 소금 단지가 어디에 있는지 그 따위 것에만 잔뜩 관심이 있던 그 사람들, 대체로 남의 일에 이러쿵저러쿵 입방아 찧기를 낙으로 삼던 농촌 마을의 그 사람들이 몹시 나를 숨막히게 했다. 지금도 내가 농촌을 싫어하는 건 이 때문이다.

농촌이라고 다 그런 건 아니지만 컴퍼스로 원을 그린 듯한, 직경이 십리도 채 되지 않는 분지에 산을 의지하고 고만고만한 일곱 개의 취락이 형성되었는데 그 입구가 우리 동네이다. 분지의 형국이 풍수지리설의 이른바 천옥(天獄)이라 할까. 방귀만 뀌어도 금세 일곱 개의 동네에 소문이 짜하게 퍼지곤 했다.

어느 날 아버지가 풀이 죽어 말씀하시길, "아무개 말이 사법과 합격자가 판검사는 고사하고 그냥 노는 사람이 더 많다 카더라. 참말이라 카더라."라고 하셨다. 아버지는 천품이 남의 말을 잘 믿는 편인 데다가 자식의 장래에 관한 거라면 어떤 사람의 말도 허투루 듣는 법이 없었다. "넉쩍지, 자식 말 듣고 땅 팔아 대학 시켜!" 내 아버지를 두고 백석꾼 부자 고모부가 이런 말을 한다고 고모가 내게 말했다. "꿩 잡는 게 매지." 이런 말을 나와 내 가족들에게 수없이 뇌까리는, 친한 척하고 지내는 이웃도 있었다. 취직해서 돈 버는 게 상책이라는 이 말은 허덕색(虛德色)일 뿐 그 사람은 내가 고시공부를 하는 것이 눈에 가시였던 심술궂은 사람이었다. 그때 이처럼 아버지의 마음을 어지럽히고 나의 부아를 지르는 인간들이 많았다. 한편 내가 몸져누우면 아침저녁으로 들여다보기도 하고 힘내라고 돼지고기 국을 끓여 몰래 담 너머로 넘겨주던 숙모보다도 더 낫던 옆집 아주머니를 생각하면 아직도 나는 눈물이 난다.

어머니는 흔들리지 않았다. 학력은 없었지만 머리가 좋고 인정이 많았다. 자식이 가는 길이라면 어디로 가든 막지 않는 분이셨다. "내가 왜 산에 가서 나무를 하겠노? 힘이 나서 한다. 과거를 아무나 보나. 보는 것만으로도 내사 힘이 난다."라고 하시던 어머니가 없었더라면 그때 나는 복장이 터져 죽었을 것이다. 이리하여 나는 집과 멀리 하고 싶었고 고향 마을을 돈연(頓然)히 떠나고 싶었던 거다. 몇 해가 되더라도 집과 완벽하게 떨어져서 생활비만 우편으로 받았으면 좋겠다고 생각되었지만 그럴 형편이 못 되었다. 산방에서 자취를 하려고 해도 식수를 구할 수가 없었다. 산속에서 공부를 한다고는 하지만 집과 떨어져 있을 수가 없었고 동네 사람들과 골목에서 마주쳐야 했다.

이때의 공부가 너무 무리했던 탓일까? 시작한 지 채 반년이 못 되어 건강이 나빠졌다. 그렇게도 귓속에서 벌레가 울더니 올 것이 왔는지도 모를 일이었다. 대관절 어찌된 영문인지 먹은 음식이 소화가 되질 않고 배가 아프고 잠도 잘 오지 않았다. 문풍지가 가만히 울고 있는 산방에서 잠 못 이뤄 뒤척이는 밤이 늘어났고, 아무한테나 자주 짜증을 냈다. 귓속의 벌레 소리는 마(魔)가 헤살을 부리는 거라면서 어머니는 무당을 불러 푸닥거리를 다 했지만 효험이 없었다. 그때야 내남없이 죽을 지경이 아니고서야 감히 읍내 병원에 갔겠나? 병명도 모르면서 돌팔이 의사한테 주사 몇 대를 맞아 보는 게 고작이 아니었던가? 그러나 나의 병은 어쩌면 내가 잘 알고 있었다고나 할까. 느긋한 마음을 갖지 못하는 데서 생긴 마음의 병이란 걸 알면서도 자신의 마음을 다스리지 못한 것은 나의 한계라면 한계였다고나 할까?

지금도 그런지는 모르지만, 2차 시험은 하루에 두 과목씩 4일 간을 보게 되는데 이 기간 중에는 다음에 칠 두 과목의 내용을 시험에 앞서 미리 죽 훑어보는 것이 바람직하다. 여덟 과목의 일회 정독에 대개 두 달이 걸리기 때문이다. 이틀까지는 그렇게 할 수가 있었지만 사흘째부터는 정신이 몽롱하고 어지러워졌다. 지금 같으면 링거주사인가 뭔가 하는 주사라도 맞아 보았겠는데, 맹꽁이 같이 그때는 그런 것은 생각조차 할 줄 몰랐다. 2차 시험을 꼭 두 번 봤으나 한 번은 3일째에 한 번은 마지막 날인 4일째에 시험을 포기하고 말았다. 공부가 충분하지 못했다는 걸 깨닫고는 더욱 어지러워 더는 버틸 수가 없었던 것이다. 아무튼 나는 이때부터 낙방거자(落榜擧子)로 전락했으니 죄인이 따로 없었다.

그예 나는 진기가 다 빠져 버렸는지 앉아 있을 수가 없었다. 누워서 책을 펼 때가 많았다. 일탈할 수도 몰입할 수도 없는 세월이 흘러 3년째로 접어들면서는 눈두덩이 푹 꺼지고 창백한 얼굴이 입마저 조금 어슷해졌다. 칼이 짧으면 한 걸음 더 다가서야 할 텐데, 형체만 번듯할 뿐 물러 빠진 몸뚱어리가 밉고 한스러웠다.

1963년(30세, 癸卯) 7월 하순 어느 날, 그렇게도 부러워했던 산사로 들어갔으나 두 달도 채 못 채우고 축 처져서 집으로 돌아오고 말았다. 가정 형편을 번히 알면서 그러고 있자니 마음이 늘 편치 않았을 뿐만 아니라, 가던 날부터 계속 배가 살살 아프고 설사가 났다. 지금 생각하니 이질이었던 것 같다. 약을 사러 십리가 넘는 읍내까지 나가고 싶진 않았다. 산사의 새벽 뒷간은 어찌 그리도 무섭던지…….

어느 날 아버지는 가라앉은 목소리로, "독립해라."라고 하셨다. 직업여성한테 장가를 가든지 직장을 갖고 공부를 하든지 하면 좋겠다던 평시의 말씀은 그냥 흘려들었지만 이번에는 아버지의 표정이 너무 진지해서 정신이 번쩍 들었다. 이 말씀을 하시기까지 수없이 생각하시고 또 생각하셨을 아버지의 고뇌를 내가 왜 몰랐겠는가.

그때 아버지는 내가 시험에 붙을 가망이 없다고 생각하셨던 것 같다. 그렇게 생각이 되시자 과묵하신 아버지는 더욱 말씀이 없어졌으리라. 얼마 동안 침묵과 침묵이 부자간에 이어졌다. 이때 부자간에 틈이 생겼다. 아버지가 나를 비판의 눈으로 바라보시는 것이 역력하게 느껴졌다.

"독립해라."라는 부명을 듣고 나니 전신에 맥이 확 풀렸다. 하지만 이때 내가 심지만 확고했더라면 공부를 더 할 수가 있었을 것이다. 등록금 같은 목돈이 드는 것도 아니니 집에서 공부한다면 공부를 할 수 없을 만큼 가정 형편이 어려운 건 아니었다. 그러나 오랫동안 나로 인해 온 가족이 지쳐 있는 상황에서, 아버지로부터 이기주의자란 소릴 들으면서까지 더 이상은 버틸 수가 없었다. 일단 공부를 중지하기로 했다.(31세 봄, 1964, 甲辰) 졸업을 하고 산방에 틀어박힌 지 2년을 넘기고서였다. 집을 떠나서 다시 공부를 계속할 수 있는 방도를 모색하며 잠시 무전여행을 떠나 보았지만 아무런 방도를 얻지 못했다. 그때 만약 어머니의 의문지망(依門之望)이 없었더라면 나는 끝내 방랑자가 되었을지도 모른다.

서둘러 결혼도 하고(32세, 1965, 乙巳) 밥벌이를 위해 세상에 나왔다.(33세, 1966. 5. 16. 丙午) 행인지 불행인지 모를 보통고시로 해서 4급 을류(지금의 7급) 행정직 공무원으로 겨우 입에 풀칠을 하게 된 것이다. 이때 군사원호청을 마다하고 굳이 내무부 산하를 고집한 것은 나중에 군수라도 할 수 있지 않겠나 싶었기 때문이다. 만약 보통고시에 합격하지 않았더라면 취직하기가 지금보다도 더 어려웠던 그 시절에 산방의 집념을 쉽게 포기할 수가 있었을까. 나의 작은 보루라고나 할 보통고시가 나를 퍽 왜소하게 만드는 하나의 원인이 된다는 것과 취직을 해서 공부하기로 작정한 나의 무지와 오만을 뒷날 내가 자조하게 될 줄은 그때의 나는 알지 못했다. 서제막급(噬臍莫及)이다. 오평생(誤平生)의 선택!

취직한 지 나흘 만에 첫 달 월급을 탔다. 반달 치 월급 2천 몇 백 원 가량이 들어 있는 월급봉투를 내미는 내 얼굴이 풀이 죽어 있었던지 아내는 뜻밖에도 활짝 웃었다. "이걸 다 어따 쓰지." 진심인 것 같은 아내의 이 말은 나를 편안하게 했다. 부모님께 부쳐드릴 돈은 못 되지만 두 사람이 먹고 살 수가 있겠고 무엇보다도 공부를 할 수가 있을 것 같았다. 책을 끼고 출근을 했다. 이웃의 어느 새댁은 이런 나를 두고 어딘가 선비 태가 난다고 하더라는 말을 아내로부터 들었을 때만 해도 나는 미소를 잃지 않았지만, 메케한 담배 연기 속에서 주위의 눈총을 받으면서 책장을 넘기기가 차차 힘들어졌고, 퇴근을 하여서는 단간 사글세방에서 진종일 나만 기다렸을 아내에게 툭하면 짜증을 내고 까탈을 부리곤 했다. 블라우스나 만들어 입으라면서 내가 없는 사이 누가 놓고 간 나일론 옷감을 아내를 시켜 먼 우체국에 가서 되돌려 부치게 하였을 때, 아내는 나의 노란 싹수를 보았을까? 아름다운 떡잎을 보았을까? 단체로 저녁 한 끼 얻어먹는 것도 수뢰죄에 걸릴 것 같아 나 혼자 나가지 않았을 때 이튿날 아래위로부터 쏟아지는 화살이라니, 그 화살을 나는 형벌인 양 묵묵히 받아들였다. 그때 그들끼리 하는 말을 들었다. 공무원은 기생이라고.

오직 큰아들 하나에 끌려 인생을 걸고 땅을 팔고, 소를 팔고, 돼지를 팔고, 자존심도 팔아 버렸던 그 모험, 그 침묵, 그 고독, 그 비원이 끝내 남의 웃음거리가 되고 말았던 부모님의 낙탁한 실의를 생각하면 사십여 년이 지난 지금도 나는 죄송하고 속상하고 그리고 참으로 분하다.

"강물은 흘렀어도 돌은 구르지 않았는데, 오나라를 삼키지 못한 것이 한으로 남았구나."(江流石不轉 遺恨失吞吳) 공명(孔明)의 유한(遺恨)에 빗댄 두자미(杜子美)의 우수를 알 것 같다. 한때의 좌절이 이렇듯 일생의 우환이 되었단 말인가.

이후에 살아온 그 세월은 부끄럽다. 교쾌(狡獪)한 명도열객(名途熱客)들한테 끝없이 시달리며 백년(百年)의 직장은 시종 신물이 났지만, 입에 풀칠을 하기 위해 마음에도 없는 녹록한 일을 마지못해 하면서 악약한 세월을 보냈을 따름이다. 미친 파도에 쓸리는 명주(溟洲)처럼, 낙도(落島)처럼 외로웠던 그 세월이, 단지 호구 때문에 한세상 기방(妓房)에 몸을 던진 한 여자의 내력과 무엇이 다르단 말인가!

나는 기생질도 서툴렀다.

기생질을 했을망정 삼공육경(三公六卿)이 내 앞을 지나가도 정말이지 나는 눈 하나 깜박이지 않았다. 다만 불학무식한 땔나무꾼한테 나뭇가지가 곧다고 꺾이고 굽었다고 꺾였을 따름이다.

달빛이 그리움이 되고 바람이 말벗이 되었던 그때 그 산방시절이 오늘따라 왜 이리도 새삼스레 가슴 저밀까. 병든 학이 황원(荒原)에 깃들였도다.

백바꾸 할매

　모처럼 고향에 왔다. 고향을 떠난 지가 이십 년이 훨씬 넘었지만 느긋하게 고향에 머문 적이 한 번도 없었다. 마음만 먹으면 지척일 뿐인데 부모님이 내게로 오시고부터는 더욱더 고향이 멀어졌다.

　1966년, 그러니까 내가 서른세 살 때 고향을 떠나던 그 무렵에는 사정사정해서 하루에 한 번, 동네 조무래기들의 열렬한 환호를 받으며 개선장군처럼 들어오던 그 버스가, 어느 날 수지가 안 맞는다고 그 환호를 외면한 채 제멋대로 발길을 뚝 끊어 버리던 그 버스가, 이제는 환호하는 아이마저 없는 이 한촌에 어쩌자고 이리도 자주 제멋대로 들락거린단 말인가?

　농촌에 아이들이 없어져 가는 것이 어제 오늘의 일이 아니다. 이것이 조국 근대화의 과정이라면 할말이 없다할지 모르지만, 멀리 '손기장터'에서 고향 마을을 바라보면 정월 대보름에 동제를 지내던 '신기(神祈) 솔'과 모교인 초등학교의 미루나무가 아이들만큼이나 정겨웠는데, 미루나무는 때가 되어 베어 버렸으니 그렇다 치고 생도수가 해마다 줄어든다니 아무개 총각처럼 장가 못 갈까 걱정이 되어설까.

　사람이 줄어드는데 다른 것인들 온전할까. 골목을 들어서자 고향을 저버린 나에게 적의를 가졌음인지 컹 컹 짖는 개들의 눈빛도 옛날 같지가 않지만 개마저 흔하지가 않구나. 썩은 그루터기에 돋아난 예쁜 버섯처럼 하나 둘 도시풍의 양옥도 보이지만 군데군데 허물어진 집터에는 그냥 말라 버린 잡초가 어딘가 비감하고, 옆집 식이네 집터에는 무심한 소가 말뚝에 매여 한가로

이 되새김질하고 있다.

박꽃이 구름처럼 피어나던 초가지붕이 간곳없어진 지는 이미 오래 되었고, 골목이 넓어져서 좋다 할지 모르지만 그런 골목을 걷는 나그네는 그래서 가슴이 더 썰렁한데, 이 썰렁한 골목길을 내 노모는 하루에 백 바퀴를 돈다고 해서 동네 사람들이 '백 바꾸 할매'라고 부른다던데…….

대구에서는 아버지가 무서워서 이웃도 잘 못 다니시던 어머니가 어쩌다 고향의 작은아들 집에 오시면 가슴이 탁 트이는 것 같았으리라. 누가 간섭하는 사람이 있나, 차가 무섭나, 어머니는 그래서 이 썰렁한 골목길을 좋아라고 하루에도 백 바퀴씩 돌아다녔더란 말인가. 아마도 열 번은 좋이 누비신 모양이니 어쩌면 어머니 또한 형언 못할 감회로 해서 이 골목이나마 그렇게도 거닐었어야 했는지도 모른다.

금방(金榜)에 이름을 걸리라는 큰아들을 태산같이 바라보고 재미가 난다면서 쉰이 넘도록 산에 나무까지 하시던 그 시절. 앞집 덕이네, 뒷집 바우네, 옆집 식이네, 또 자야네, 온 동네 아낙네의 선망이 되기도 했던 어머니이기도 했었는데 이제 와서 아무런 자랑거리도 없어진 썰렁한 이 골목길이나마 그렇게도 거닐고 싶었더란 말인가.

대구에서 더러 노인당에 나가시면 아들 자랑을 하는 할머니가 많은 모양이다. 누가, 아들이 뭐 하느냐고 물으면 '판사'라고 거침없이 답하신다는 내 어머니. 그러나 고향에서는 판사라고 거짓말을 할 수도 없는 내 어머니는 그래서 골목을 걷는 지팡이의 또박거리는 소리가 한결 높았던 모양이다.

폐허

육법전서를 베고 자던 산속의 오두막이 그립다. 허물어져 버린 지가 오래 됐지만 애틋한 사랑처럼 늘 짠하다.

오두막을 떠난 지 스물다섯 해, 고향에 간 김에 이번에는 꼭 집터나마 한번 보고 싶었다. 따라나서는 아이들은 물리치고 싶다는 아내를 이끌고 산속으로 들어섰다.

그때는 산길이 나 있었는데 지금은 잡목이 우거져서 길을 알아볼 수가 없었다. 하얗게 핀 억새가 계곡을 메우다시피 했는가 하면 칡덩굴 가시덤불이 뒤엉켜 금방 뭐가 툭 튀어나올 것만 같았다. 아내는 몇 번이고 돌아서자 했지만 남편의 한이 서려 있는 이곳을 싫다니 기분 나쁘다는 식으로 타박을 줬다.

옷을 긁히며 천신만고 끝에 집터까지 올라갔건만 온갖 나무가 꽉 들어차서 첫눈에 그 자리를 찾기는 어려웠다. 집터에 자생한 오리나무가 고목 태가 났다. 새삼스레 세월을 느꼈다.

그 시절을 생각하니 감흥이 새로웠다. 그때 가끔 읊었던 주희(朱熹)의 시 한 수가 있다.

讀書之樂樂如何

綠滿窓前草木舒(一作 草不除) ── 朱熹「四時讀書樂」〈春景〉抄

독서의 즐거움, 즐거움이 어떠한가

푸른 빛 가득한 창 앞엔 초목이 퍼졌네

전해 오는 일화에 의하면, 주돈이(周敦頤)는 자신이 거처하는 집의 창 앞에 잡초가 무성했는데도 뽑아 내지 않았는데 누가 그 까닭을 묻자 그는 "내 뜻과 같은 것이라네."[與自家意思一般]라고 대답했다 한다. 주희의 이 시에서 더러 '草木舒'를 '草不除'라 한 것은 착오가 아닌가 한다. 주희가 주돈이의 고사를 그냥 원용했을 리가 없을 것 같기 때문이다.

이 시를 다음과 같이 자주 고쳐서 읊기도 했다.

독서의 근심, 근심이 어떠한가
푸른 빛 가득한 창 앞엔 초목이 저 홀로 퍼졌네

독서가 근심이었다는 말을 알 까닭이 없는 아내가, 듣기 좋다면서 자꾸 읊으라고 부추기는 바람에 도리어 흥은 깨어지고 옛날 생각에 울적해졌다. 푸른빛 가득한 창 앞엔 초목이 퍼졌지만 내 독서, 내 공부는 퍼지지 못했었다.

까닭 모르게 시무룩해진 내 얼굴을 아내는 줄곧 눈여겨 살폈던 걸까. 내가 아까부터 열심히 찾고 있는 것이 하나 있었는데 아내가 눈치를 챘는지 수북이 쌓인 가랑잎을 헤치다 말고 "여기다 여기!"라고 외쳤다. 낙엽에 묻히고 조금 퇴락되긴 했어도 그때의 '돌계단'이 분명했다. 얼마만의 상봉인가. 그 계단을 대하기가 조금 부끄럽고 무안했다. 사람으로 태어나서 나는 그 돌만도 못하게 되었다. 나는 겨우 이태를 버티다가 뜻을 꺾고 말았다. 내 앞가림이라도 스스로 하지 않으면 안 될 궁박한 처지가 되었기 때문이었다. 뜨거운 눈물을 이 돌계단에 뿌리며 이곳을 떠나야 했고 남의 산에 지은 집이라서 집마저 헐렸다. 사람도 집도 다 떠난 거다. 그러나 계단의 돌들은 지금까지 여기에 남아 그때 그대로인 걸 보면 돌들은 마음놓고 하고 싶은 만큼 실컷 공부를 했을 것이 아닌가 싶었고, 강산도 변한다는 그 십년이 두 번이나 바뀌고도 다섯 해를 더했으니 뭔가를 통해도 크게 통했을 거라는 생각이 들었다. 천지 이치를 통달하고도 이리도 묵연한 이 돌은 대체 누군가!

내 부모님과 온 가족의 비원이 서려 있는 이 자리. 돌들을 주워서 축대며 계단을 만들던 그때의 부모님과 어린 동생을 떠올리니 콧날이 찡했다.

한참이나 말이 없는 내가 못마땅했던지 아내가 그만 돌아가자고 쫴쳤다. 나는 조금 언짢아서 아내를 저만치 앞서가게 했다. 오리나무에 이마를 대고 서서 한참 울었다.

그 산골짜기에는 옛날에도 밤마다 부엉이가 울었지만 지금은 대낮에도 멧돼지며 늑대며 살쾡이가 나와서 아무도 가지 않는다고 했다. 오두막을 떠난 지가 스물다섯 해, 그 동안 내 가슴속에도 한갓 잡목이며 멧돼지며 늑대며 살쾡이 같은 것만 꽉 들어차게 된 것이 아닌가 싶다.

푸른 빛 가득한 창 앞엔 무심한 초목이 저 홀로 퍼졌다.

오늘 아침은 하늘이 더 높다

동녘 하늘이 번해질 무렵이면 나는 얼추 산사람이 되어 있다. 후유, 후유, 가쁜 숨을 토하며 지팡이를 짚고 산길을 오른다.

누가 그랬을까. 하나같이 지지리 못생긴 이 산의 돌멩이를 밉다 않고 누가 주워 모았을까. 저만치 산허리에 두 개의 돌탑이 추억처럼 쌓여 있다. 문득 돌들이 인물이 달라졌으니 하물며 사람일까. 저런 돌탑을 쌓자면, 아마도 봄바람에 꽃이 피듯 무언가에 고무되었을 게다.

먼동이 틀 때쯤, 이 산꼭대기에는 꽤 많은 사람들이 한데 어울려 이상한 운동을 한다. 그 곁에서 늘 커피를 팔고 있는 앳된 여인은 어느새 몸집이 펑퍼짐해져 있다. 늙지 않으려면 신선이 되어야겠지만 콧수염이 히틀러 같은 육척 장신의 사나이에 홀린 듯, 그를 따라 미친 듯 흔들어대는 늙고 젊은 여자들의 선정적인 몸놀림은 배꼽을 드러내고, 두 손으로 배를 두드리며 여럿이 박자를 맞추어, "캌, 캌, 캌 / 캌, 캌, 캌 / 우—— 캌" 발정한 짐승처럼 괴성을 발하는데 저만치서 까치가, 사람의 소리가 제 소리를 닮았다고 그러는지 연방 꽁지를 치키며 깍깍거린다. 까치의 목숨에 견준다면 사람은 진작 신선이 아닌가.

사람이 캌캌거리는 것도 까치가 깍깍거리는 것도 누가 고무한 탓일까. 콧수염 사나이한테나 물어 볼까 보다.

양생의 공부를 아직 늙지도 않은 콧수염인 그 사나이한테서 배우랴. 가까이에 꽤 늙은 소나무가 있다. 하지만 너무 빽빽하여 생기가 없고 키만 커서

꺼벙하다. 조금만 더 벌려 섰더라도 서로가 귀한 줄도 알고 그 밑에 사는 키 작은 다른 생명들도 사는 형편이 지금보다는 좋아졌을 터인데, 어쩌다가 좋은 천품을 저 지경으로 망쳐 버리고 다른 생명체에까지 해를 끼치다니 이러고서도 오래 살면 좋을까.

그러나 이 산의 소나무는 서로 다투는 상대는 있지만 상대를 용인하려 하지 않는 나무가 있다. 수백 년을 옆으로 뻗어 자신의 영역만을 넓히려는 나무, 기형이 되다가는 끝내 자신의 몸 하나도 가누지 못하고 남의 곁부축을 받는다. 청도의 운문사 마당에 있는 괴물 같은 반송(盤松)이 그러하다. 사람들은 이런 나무의 외화(外華)만 보고 성불했다고 우러르고 절을 하기도 한다.

운문사의 반송이 되었든 여기 이 산의 소나무가 되었든, 소나무로 태어남에는 무엇인가가 고무했을 것 같은데 어찌하여 이렇도록 그 무엇인가는 본체만체했을까.

이 산 정상에는 아카시아가 판을 친다. 모진 아카시아가 산을 망친다고 혀를 차는 사람이 있지만 잎이 다 진 뒤에 초라하게 서 있는 모습을 바라보면 괜히 마음이 안됐다. 감나무나 느티나무 같은 나무들은 그 알몸이 아기자기해서 귀태가 나 보이지만 아카시아의 나신은 가시 탓인지 괴팍해 보이는 것이 영락없이 신산을 겪은 얼굴이다.

바야흐로 때를 만난 아카시아가 꽃이 만발해 있다. 누구의 열정일까, 꿈이었을까. 송아리를 이룬 하얀 나비 모양의 꽃들이 장미처럼 요염하지도 모란처럼 호사스럽지도 매화나 국화처럼 고고하지도 난처럼 빼어나지도 못하지만 그 풍정은 산을 덥고도 남겠네.

휙 하고 바람 한 줄기가 아카시아를 훑고 지나간다. 꽃들이 무수히 떨어진다. 한 송이를 주워서 가만히 얼굴에 대어 본다. 진한 향기가 조금은 가슴을 흔들어 놓는다. 눈을 감는다. 문득 아카시아 꽃을 안고 환하게 웃는 얼굴이 하나 떠오른다.

공학으로 석사과정을 마친 아들 녀석이 이상하게도 말수가 줄고 때때로 허공을 바라보는 성싶더니 훌쩍, 서울로 가 버렸다. 세상 사람들이 흔히 '신림동 고시촌'이라 일컫는 그 곳에 홀로 틀어박힌 거다.

얼마 전 다니러 와서 녀석은 이런 말을 했다.

"아부지가 시험 실패하고 평생 어떻게 살았는지는 저가 다 알아요. 아부지요!"

불쑥 내뱉는 녀석의 말을 나는 듣고만 있었다. 제멋대로 어쩌면 큰 낭패를 저지르고도 조금은 무람없는 아들의 이 말은 이상하게도 이후 나에게 화두가 되고 말았다.

녀석이 떠난 뒤 듣자니 이 놈이 이른 아침에 관악산에 오른다고 했다. 관악산 돌계단을 밟으며 가끔 이 아비의 「돌계단」이란 수필을 떠올린다고 했다.

「돌계단」이란 참 부끄러운 글이다.

사십 년이 훨씬 넘은 옛날, 절계(折桂)의 꿈을 품은 이 아들을 위해 아버지는 뒷산 깊숙한 곳에 단칸 오두막을 지었다. 비탈길에 돌로 계단을 만들었다. 하지만, 명(命)은 내가 모르고 재주는 뜻에 못 미친다고 체념하기엔 너무 이른 시점에서 서창(書窓)은 불이 꺼지고 돌계단은 무너지고 말았다.

산방을 떠난 지 스무 해가 다 되어 갈 무렵, 그러니까 정확히 1982년 가을의 일이다. 그때 나는 몇 해 동안 집을 떠나 이곳저곳 떠돌다가 서울의 관악산 아래 지하철의 '석수역' 부근에 있는 어느 허름한 아파트의 방 한 칸을 얼어 혼자 살게 되었다.

여덟 식구를 대구에 남겨두고 가족의 생계비를 벌겠다고 혼자서 떠돌기는 했지만, 4층 내 방까지 신기하게도 내 나이와 똑 맞아떨어지는 마흔아홉 개의 아파트 계단을 밟으면서 옛날 그 산방 그 돌계단을 떠올리고는 했었다. 창문을 열면 관악산 봉우리가 우르르 내 방으로 들이닥치고 눈 감으면 천리 밖 고향산천, 그 산방 그 돌계단이 가슴 그득 밀려왔다. 그러한 이야기를 그때 「돌계단」이란 글에 담아 보았는데 이 글이 이태 뒤(1984)에 세상에 알려지게 되었다.

이 글을 쓴 지는 이십 년이 넘었고 산방을 떠나 온 지는 그럭저럭 사십 년이 되어 가지만 누가 고무하였을까? 아들이 또한 아비가 걷던 길을 걷게 될 줄은 미처 상상이나 했겠는가? 아들이 안쓰러워서 나는 견딜 수가 없다.

돌탑을 쌓는 것, 사람이 칵칵거리고 까치가 깍깍거리는 것, 나무가 자라나는 것, 아들이 사법시험 공부를 하는 것 이 모든 것들은 분명 무엇인가가 고무했기 때문이리라. 그러나 고무해 놓고서는 어떻게 되든 말든 그 무엇인가는 아무런 근심도 하지 않는다.

여기 이 산에도 돌계단이 있다. 이른 아침에 이 돌계단을 오르내리며 나는 자꾸 지팡이를 또박거린다. 헛짚는다.

지팡이를 높이 들어 휘 휘 휘둘러 본다. 제법 바람을 가르며 지팡이가 무슨 소리를 하는 것 같다. 나는 무단히 화가 나서 지팡이를 휙 집어던지며 입속말로 투덜거린다. "고무하지만 근심하지 않는, 그는 누군가?"

지팡이가 무슨 말을 할 리가 없다.

벌써 해가 한 발은 솟았다. 간밤에 비가 와서 그런지 오늘 아침은 하늘이 더 높아 보인다.

당나귀

당나귀는 말과 닮은 데가 있기는 하나 그 구실은 판이하다. 말은 귀인을 태우기도 하지만 당나귀는 대체로 지체 높은 사람은 태우지 못하고 기껏 무거운 짐짝이나 지고 귀인을 태운 말의 꽁무니를 졸랑졸랑 따라다녀야 하는 팔자 사나운 짐승이다.

눈곱이 꾀죄죄한 얼굴이며 두 귀를 쫑긋쫑긋 주인이 부리는 대로 인종할 수밖에 없는 처지며, 잔뜩 실은 무거운 짐에 눌려 끙끙거리는 꼴은 보기에 안쓰럽기도 하다. 요즘은 문명의 이기에 밀려 그나마 짐꾼 노릇도 못하게 되었으니 당나귀 족속들은 살아남기조차 힘들게 되었다.

당나귀는 이솝우화에서처럼 꾀가 많은 짐승으로 알려져 있으나 차라리 분수를 모르는 어리석은 짐승이라고 하는 것이 옳겠다.

우선 당나귀는 허황된 욕심이 있다. 수당나귀는 가끔 암말을 유인하여 잠자리를 같이 한다. 외탁을 해서라도 좋은 자손을 두려함일까. 자신의 열등감을 그렇게 해서라도 해소해 보려는 걸까. 하지만, 그렇게 해서 태어나는 건 당나귀나 말이 아니고 '노새'라는 튀기가 되고 만다. 노새는 당나귀보다 힘이 세고 지구력이 뛰어나서 짐을 지고 먼 길을 잘 견디어 내지만 말처럼 준수하지도 날래지도 못하기는 당나귀와 다를 것이 없다. 천생 복군(卜軍)일 뿐. 그나마 노새는 생식능력이 없으니 당나귀로서는 역장이 무너질 일이겠는데 그래도 그 짓을 되풀이하는 걸 보면 당나귀는 허황된 욕심을 가진 투미하기 그지없는 짐승이다.

이와 같이 당나귀는 늘 말이 되려고 하는 모양이다. 하루에 천리를 달리는 천리마를 꿈꾸는지도 모른다. 이를테면 항우의 오추마나 여포의 적토마쯤은 되겠노라고 촐싹거리고 있는지도 알 수 없는 일이다.

준마인 양 뛰어도 보고 울어도 본다. 더러는 준마로 보이기도 했었는지 어떤 이는 자기 집에 몰고 가서는 당나귀 등에 올라타고 채찍을 후려친다. '히히힝'하고 한 번 길게 울고는 죽어라고 내닫는다. 주인은 참으로 좋아 한다. 이제야 좋은 말을 얻었노라고……. 그러나 몇 마장도 못 뛰어 당나귀의 정체가 탄로되고 만다. 갈기를 세우고 바람을 가르며 천리를 주름잡는 준마에는 썩 미치지 못하고 만다. 고개를 홰홰 저으며 비실비실 헐떡인다. 이렇게 되고 보면 그날로부터 내침을 당한다 하더라도 별 도리가 없지 않는가.

당나귀는 불만이 대단하다. 자꾸 발길질을 해댄다. 히힝거린다. 자신은 당나귀가 아니라고 믿는 모양인지 말을 잘 감별하는 옛날 주(周)나라의 백낙(伯樂) 같은 사람이 요즘 세상엔 없다고 한탄한다. "한 끼에 조 한 섬을 주지 않아 천리를 달리는 능력을 발휘할 수가 없다." "도(道)로써 부려 주지 않아 울어도 뜻을 통할 수 없다."라고 투덜댄다.

나는 증조부님이 당나귀 꿈을 막 꾸고 나서 태어났다고 한다.

고서송(古書頌)

　　서지학상 고서의 대우를 받으려면 1910년 경술국치 이전에 간행된 책이라야 한다. 그런 책을 모으는 것이 나의 취미다.

　　이런 취미에는 돈깨나 든다. 마음에 드는 책을 발견하고서도 여의치 않아 그 책을 놓치고 말면 집에 들어와 괜스레 짜증을 부리거나 시무룩해진다. 식구들은, 책 때문이라고 생각하는 것 같지만 나는 속으로 말한다. '어찌 책 때문인가, 돈 때문이지.'

　　때로는 곧바로 집으로 들일 수가 없을 때면 얼마 동안 사무실 캐비닛 속에 숨겨 뒀다가 잔소리꾼들이 집을 비울 때 슬그머니 집으로 들이기도 한다.

　　책이 내 서실에 편안히 자리를 잡고 보면 큰 기와집을 지어 놓은 듯 가슴 뿌듯하다. 무료하거나 짜증스럽거나 우울하거나 허탈해질 때면 나는 고즈넉이 쌓여 있는 고서 앞에 앉는다. 종이, 글자, 판본, 연대 같은 서지학적인 것은 모른다. 알려고도 않는다. 그저 이 책 저 책 뒤적거려 본다.

　　책장을 뒤적이다 보면 장서인을 발견하기도 한다. 눈물처럼 얼룩진 종이 위에 퇴색된 인영들. 고인을 대한 듯 가슴이 뛴다.

　　그 장서인이 만약 이름깨나 있던 사람의 것이고 보면 책의 평가는 그 인발 때문에 날개가 돋친다. 책의 세계에도 그 후광인가 뭔가 하는 것이 작용하게 되는 모양이지만 그것은 타산적인 인간들의 셈 버릇일 뿐 고서가 바라는 바가 아니리라. 고서엔 정가가 붙어 있지 않다.

　　처음 고서를 모을 때에는 장서인을 지워 버리고 그 위에 내 도장을 찍었다.

나의 아들 손자가 대를 이어 오래오래 보존해 주길 바라면서, '이 책을 자손 만대에 전해야 하느니라. 나를 대하듯 대할지니라.'라는 쪽지를 끼워 두기도 했다.

지금은 남의 장서인을 지우지 않는다. 그 후광을 탐해서가 아니다. 비록 돈을 주고 샀다고는 하지만 책이 어찌 그걸 용인하겠는가 싶어서다. 나의 도장을 찍지도 않고 쪽지를 끼우지도 않는다. 옛 주인을 그리워하며, "이 집은 내가 있을 곳이 못 되는데……." 이렇게 늘 탄식하고 있는지도 모를 일. 내가 그대의 주인 될 인품이 못 되지만 이왕 왕조가 바뀌었으니 양해해 달라고 염원한다. 하지만 설사 나를 새 주인으로 삼아 준다 하자. 새 왕조를 섬기려 한다 하자. 내 도장을 찍어 놓는다 하자. 언젠가는 나의 인발 곁에 또다시 누군가의 도장이 찍히고 말 건데 지금 내 도장을 찍어 본다는 것이 쪽지를 끼워 둔다는 것이 무슨 의미가 있는가.

고서는, 때로는 지우를 받아 장서인이 찍히기도 하고 때로는 하시되어 쥐오줌에 절기도 하면서 너덜너덜 떨어져 간다. 끝없이 유전(流轉)하다가 종국에 책으로서의 생명을 잃어버리게 되는 날, 한낱 종잇조각이 되어 낙엽처럼 뒹굴다가 어디론가 종적을 감춘다. 힘없고 가진 것 없는, 그러나 고고하게 살다가 가는 한 인간의 마지막이 이러할까.

한 풀이 향기로우면

호(號)가 뭔지도 모르던 열다섯 살 때 나는 호를 갖게 되었다. 역학 대가로 예칭되는 이야산(李也山) 선생으로부터 丹岡(단강)이란 호를 받은 것이다.

선생의 휘자(諱字)는 達(달)이요, 호는 也山(야산)이다. 선생은 『천자문』의 맨 끝 자인 也 자를 따서 자신의 호로 쓰고, 제자들에겐 『천자문』의 순서에 따라 天山, 地山, 玄山, 黃山, 宇山 등으로 호를 내렸는데 미성년자에겐 山 자 대신에 岡 자를 썼다. 丹은 『천자문』의 제152 수인 "馳譽丹靑"(치예단청)에 나오는 글자 이니 『천자문』의 607번째 자이다. 馳譽丹靑이란 명예를 떨쳐 단청처럼 영원히 변하지 않는다는 뜻이 아닌가.

어린 나이에 호를 갖게 되어 신이 났다. 아이들에게 자랑도 했다. 아이들은 눈을 동그랗게 뜨고 나를 바라보기만 했다. 하지만 호를 쓸 일이 있을 리 없었다. 대학을 나오고 사회에 나와서도 마찬가지였다. 그러다가 초로에 접어들어 직장 따라 포항에 머물 때였다. 형산수필문학회에 참여하게 되었는데 동인 모두가 호를 가지기로 했다. 빈남수는 春江, 서상은은 浪山, 또 누구는 芽村 등으로 호를 쓰게 되었는데 그때 나는 丹岡을 쓸까 생각하다가 馳譽丹靑이란 문구가 과분하다 싶어 싫었다. 부랴부랴 지은 호가 孚巢(부소)였다. 孚는 『주역』에서 얻어 왔는데 새가 알을 품고 있는 형상이니 孚巢는 '새가 알을 품고 있는 둥지'라는 뜻이 되겠다.

형산수필문학회를 떠나고부터 이 호도 쓸 일이 없었다. 그러다가 수필집을 내면서부터 梅村, 虛舟, 素琴 등으로 변천해 갔다. 그렇게 자주 바꾼 까닭은 같은 호나 자를 쓴 사람이 있다는 사실을 알게 되어서 자존심이 상했기 때문이다. 최근에 順行이란 호를 쓰게 되었는데 호라기보다는 자같은 느낌이 들어 조금 마음에 덜 찼다.

누구 말마따나 인생 팔십이 눈 깜짝할 사이다. 팔십이 되고 보니 조금 철이 드는지 인생은 초로와 같다는 걸 절절히 느끼게 된다. 돌아보면 내 삶은 정말 한 포기 이름 없는 풀이 아닌가. 이제 내 호를 一卉(일훼)라고 쓴다.

치예단청(馳譽丹靑)은 소싯적 꿈이었는지 모르지만 덜 깬 꿈이 아직도 내게 남아 있다면 일훼능훈(一卉能薰)이면 족하겠다. 한 풀이 향기로우면 열 풀이 향기로우리.

장기 땅의 두 적객(謫客)

동외곶(冬外串)이라 하면 잘 모르다가도 장기곶(長鬐串)이니 장기갑(長鬐岬)이라 하면 다 안다. 동외곶 장기곶 장기갑은 옛날 명칭이요, 지금은 호미곶(虎尾串)이라고도 한다. 그 아랫동아리에 옛 명칭으로는 장기현(長鬐縣) 마산리(馬山里), 지금 이름으로는 장기면 마현리(馬峴里)라는 마을이 있다. 어느 때의 명칭으로 하든 장기(長鬐)와 말[馬]를 합치면 '장기마'(長鬐馬) 곧 '갈기 긴 말'이 되기에 이 골목 저 골목 기웃거려 보아도 말 기르는 집은 보이지 않고 소 기르는 집만 더러 보인다.

장기 땅은 자주 유배지가 되었다. 『조선왕조실록』에 의하면 조선조 때만 해도 62명이, 향토사학자에 의하면 105명이 이곳에서 귀양살이를 했다고 한다.

나는 지금 나란히 서 있는, 송시열(宋時烈)과 정약용(丁若鏞)의 두 사적비 앞에 또 하나의 비석이 되어 서 있다. 포항시 남구 장기면 마현리의 장기초등학교 교정이다.

송시열이 유배된 것은 이른바 예송(禮訟) 때문이었다. 1659년(己亥), 효종이 죽자 대왕대비인 자의대비(慈懿大妃·인조의 繼妃인 趙氏)의 복상(服喪) 기간을 놓고 집권파인 송시열 등 서인의 기년설(朞年說)과 윤휴(尹鑴) 등 남인의 삼년설 사이에 논쟁이 벌어졌는데 서인의 기년설이 채택되었다. 그러나 허목(許穆)에 이어 윤선도(尹善道) 등 남인이 다시 들고 일어나 기년설의 부당함을 주장하자 서인과 남인 사이의 논쟁은 급기야 당쟁이 되고 말았다. 윤선도는 삼수(三水)로 유배되었고 서인의 정치적 기반은 더 공고하게 되었다. 이 예송을 1차 예송 또는 기해예송(己亥禮訟)이라고 한다.

　그 뒤 1674년(현종 15년, 甲寅), 효종의 비(妃)인 효숙왕대비(孝肅王大妃, 仁宣大妃張氏)가 죽자 또 자의대비의 복상 문제를 두고 서인은 대공설(大功說)을 주장하고 남인은 기년설을 주장하여 논쟁이 벌어졌다. 현종의 장인인 김우명(金佑明)과 김석주(金錫胄)는 서인이었지만 남인의 기년설에 동조하고 나섰다. 송시열을 제거하고 정권을 잡기 위해서였다. 이번에는 남인의 주장이 가납되어 남인이 정권을 잡게 되었다. 그러한 분란 중에 현종이 갑자기 죽고, 어린 숙종이 즉위했다. 진주 유생 곽세건(郭世楗)이 송시열을 규탄하는 상소를 올렸다. 기해예송에서 송시열이 예를 잘못 적용하여 효종과 현종의 적통을 그르쳤다는 주장이었다. 숙종은 이 상소를 받아들였다. 현종의 묘지명에 그 사실을 기록토록 하고 송시열을 지금의 함경남도 원산인 덕원부(德源府)로 정배했다. 서인들은 송시열을 구하려고 상소를 올리고, 남인들은 송시열과 그를 비호하는 서인들까지 모조리 처벌하려고 들었다. 마침내 서인이 물러나고 남인이 세를 얻게 되었지만 복제문제 때문에 당쟁은 끊이지 않았다. 이에 숙종은 1679년 음력(이하 음력) 삼월, 앞으로 예론으로써 말썽을 부리거나 상소를 올리는 자는 역률(逆律)로써 다스리겠다고 했다. 이로써 2차 예송은 끝났다. 이 2차 예송을 갑인예송(甲寅禮訟)이라고 한다.

　숙종 원년(1675) 윤오월, 예순아홉 살의 노골 송시열은 덕원에서 장기현으로 이배되어 유월에 마산리(마현리)에 위리안치(圍籬安置)되었다고 비문에 적혀 있다. 이 해우(海隅)의 벽촌이 이미 울타리이겠는데 위리안치라 했으니 정말 가시 울타리 안에 가두었단 말인가. 가시 울타리 안에 갇혀 그는 무슨 생각을 했을까. 성리학 또는 성리학적인 명분을 내세워 냉혹하게 반대 세력을 척출했던 그가 성리학적 이념이 한낱 스콜라적 논쟁거리로 투색(渝色)되어 버린 그 시점에서도 여전히 그 이념을 내세워 반대파를 몰아낼 궁리에 절치부심하고 있었을까. 목계(木鷄)와도 같은 천하무적의 싸움닭이 되려고 내공을 닦고 있었을까. 이때 동생들과 측실(側室)과 노복들도 대동했으며 나중에는 아들, 손, 증손까지 함께 살았다고 한다. 비록 날개는 꺾였어도 그의 정치적 영향력이 아직은 이토록 컸던 모양이다. 그러나 부인 이씨의 상을 당했을 때도, 장녀의 부음을 들었을 때도 멀리서 통곡만 했던 궁조(窮鳥) 송시열. 그가 기거한 곳은 오도전(吳道全)의 집이라고 전해지는데 송시열이 쓴 「적거실기」에 의하면 오도전은 송시열을 사사하여 뒤에 향교의 훈장이 되었다. 오도전에 뒤이어 장기 땅에 문풍이 떨쳐 일어나게 되었고 남인 땅에 노론의 씨를 심는 계기가 형성됐다. 송시열은 장기에서 많은 저서를 남겼는데 『주자대전차의』(朱子大全箚疑) 『정서분류』(程書分類)가 그 대표작이다. 송시열은 여기서 약 4년을 보낸 뒤 숙종 오년(1679) 사월 초열흘에 일흔세 살의 노구가 다시 거제도로 이배되었다.*

송시열이 장기를 떠난 지 122년 뒤, 같은 마을에 정약용이 귀양살이하게 되었다.

정조가 승하하자 왕세자가 너무 어려서 영조의 계비 정순왕후 김씨가 대왕대비로 수렴청정을 하게 되었다. 지난날 정순왕후와 결탁하여 사도세자 참사를 획책했던 노론 벽파(僻派)는, 정조의 비호 아래 사도세자 사건에 연민의 정을 가졌던 노론 시파(時派)를 제거했다. 정권을 장악한 노론 벽파는 반대 정치세력인 남인을 몰아내는 것을 급선무로 정했다. 그러던 차에 그 해 섣달

---

* 거제면 동상리 반곡 골짜기에서 약 1년 2개월 동안 귀양살이를 했다. 1680년 경신대출척(庚申大黜陟)으로 남인이 실각하게 되자 중추부영사로 기용되었다가 1683년 벼슬에서 물러났다. 1689년 왕세자가 책봉되자 이를 시기상조라 하여 반대하는 상소를 했다가 제주도에 안치되고 이어 국문을 받기 위해 서울로 오던 도중 정읍(井邑)에서 사사(賜死)되었다.

에 남인 천주교도들(崔必悌, 吳玄遠, 趙東暹, 李箕延 등)이 서울과 양근(陽根) 충주(忠州) 등지에서 잡혔다. 위정척사(衛正斥邪)를 내건 노론 벽파가 남인을 제거할 명분이 생겼다. 이듬해(純祖 1, 辛酉, 1801) 정월 열하룻날에 정순왕후 김씨의 "코를 베어 멸망시키겠다."는 '사학금압하교'가 내려지고 천주교도들에 대한 수색이 더욱 더 심해졌다. 다급한 남인 신도들은 증거를 숨겼으나 그 달 열아흐렛날에 한성의 포교가 붙잡은 어떤 사람의 농 속에서 천주교 교리서, 성구(聖具), 신부와의 교환 서찰, 대여섯 사람의 왕복 서찰들이 나왔다. 그 서찰 가운데는 정약용 집안의 서찰도 들어 있었다.

정약용은 이 책롱에 관한 일을 정월 그믐날에서야 이유수(李儒修) 윤지눌(尹持訥)이 서찰로 알려주었으므로 급히 말을 달려 도성으로 돌아와 명례방(明禮坊:지금의 명동 일대)의 자택에 머물면서 사태를 주시하고 있었다.

그 해 이월 초여드렛날에 양사(兩司)가 계를 올려 이가환 정약용 이승훈을 국문하기를 청했다. 정약용은 그 이튿날 새벽에 체포되어 입옥되었다. 그의 두 형 정약전 정약종과 이기양 권철신 오석충 홍낙민 김건순 김백순 등이 차례로 옥에 들어갔다. 그런데 그 문서 더미 속에는 정약용이 그의 셋째 형인 정약종에게 보낸 서찰도 들어 있었는데, "화색(禍色)이 박두하였으니 사학(邪學)을 믿으라고 꾀는 자가 있으면 내가 손수 칼로 찌르겠습니다."라는 것과 같은 정약용이 누명을 벗을 만한 증거가 많았으므로 곧 형틀을 벗고 일단 석방되어 금부 안에서 처분을 기다리고 있었다. 여러 대신들이 모두 백방하기를 의논하는데 오직 서용보(徐龍輔) 혼자 불가하다고 고집했다. 이 책롱사건이 터지자 얼씨구나 하고 차제에 정약용만은 꼭 죽여 없애려고 한 것이 서용보의 심보였다. 이때 악당들은 흩어진 문서 더미 가운데서 '삼구(三仇)의 설'(西敎에서 착한 일을 못하게 방해하는 육신, 세속, 마귀의 세 가지를 원수에 비겨 이르는 말)을 찾아내어 억지로 정(丁)씨

집 문서로 부회하고 드디어 정약종에게 극률을 적용함으로써 정약용을 다시 일어서지 못하게 했다. 결국 정약용은 장기현으로, 정약전은 신지도로, 이기양은 단천으로, 오석충은 임자도로 정배되었지만 정약종과 나머지 사람들은 중형을 벗어나지 못했다. 이른바 신유옥사(辛酉獄事/辛酉邪獄)다.

정약용이 장기에 도착한 날이 순조 원년(辛酉, 1801) 삼월 초아흐레였다. 그는 장교(將校) 성선봉(成善封)의 집에 기거하게 되었는데 그때의 상황을 잘 말해 주는 시가 있다. "작디작은 내 일곱 자 몸뚱이, 사방 한 길 방에 누울 수 있다. 아침에 일어나다가 머리를 박지만, 밤에 쓰러지면 무릎은 펼 수 있다." 그는 다짐했다. "더러운 것을 쏟아 버리려면 솥을 뒤집어엎어야 하고, 자벌레 꾸부리는 것은 펴고자함이다." 솥을 엎어야 한다는 말은 『주역』의 화풍정(火風鼎)괘의 구사(九四) 효사(爻辭)에서, 자벌레 꾸부린다는 말은 『주역』의 택산함(澤山咸)괘의 구사 효사를 연역한 공자의 글에서 원용한 말이다.

봄을 나자 중풍에 걸려 왼쪽 다리에 늘 마비 증세가 왔다. 마음에 이미 화살을 맞았는데 다리마저 절름거리는 신세가 되었다.

정약용이 장기로 유배된 뒤에도 이른바 신유옥사는 그치지 않았다. 밀입국해서 포교하던 청나라 신부 주문모(周文謨)가 그 해 삼월에 자수했다가 처형당했고, 구월에는 주문모를 도왔던 천주교도 황사영(黃嗣永)이 베이징에 머물고 있던 구베아 교주에게 비단에 쓴 편지를 몰래 보내려다가 도중에 발각되어 또 한바탕 피바람이 일었다. 이른바 황사영(黃嗣永)의 백서사건(帛書事件)이다. 일만 삼천여 자에 달하는 이 편지에는 노론 벽파에 의한 노론 시파와 남인의 퇴출 기타 조선의 정치 정세, 신도들의 소개, 주문모 신부가 처형당한 과정 그 밖의 천주교 박해 상황, 포교의 자유를 얻기 위한 방책으로 청나라 황제의 조선 내정 간섭과 많은 서양 함대와 병사를 요청하는 내용 등이 구체적으로 적혀 있었다.

서양함대를 불러들이려 하다니, 땅벌집을 쑤셔 놓은 거다. 조정은 발칵 뒤집혀 분노가 하늘에 닿았다. 그 해 시월에 황사영은 체포되어 대역죄로 극형에 처해졌고 귀양갔던 사람들도 다시 추국을 받게 되었다. 황사영은 정약용의 백형 정약현(丁若鉉)의 사위였으니 악당들은 옳거니 하고 정약용을 얽어매려 했다. 정약용은 다시 도성으로 압송되어 추국을 받았다. 정약용은 이 사건과 무관함이 밝혀졌으나 동짓달에 강진으로 정배되었다. 정약용이 여길 떠난 날이 시월 스무날이었다고 비문에 적혀 있으니 이곳에 머문 날짜는 온 날 간 날을 다 합쳐서 219일이다. 비문에서 220여 일이라 한 것은 착각이라 여겨진다.

정약용은 싸움닭이 아니었다. 정조 임금의 지우를 받고 눈썹을 치키며 금마옥당(金馬玉堂) 사이를 누빌 때에도 다만 재기와 과단성이 조금 모가 났을 뿐이다. 두루뭉실하고 능글능글한 무리들과 기질적으로 맞지가 않았던 것 같다. 굳이 꼬집는다면 대방무우(大方無隅)의 경지가 되지 못했다 할까. 정치 정세가 노론 벽파의 세상이 되자 모가 난 그의 지성은 그들의 쇠망치를 맞았을 뿐이다. 달팽이의 두 뿔 위에서 만씨와 촉씨가 싸운다는 칠원리(漆園吏)의 가설처럼 하찮은 당파 싸움을 유배지에서 깊이깊이 생각타가 분하고 억울해서 울기도 했다.

만촉 싸움 분분하여 각각 한쪽으로 치우치고
객창에서 깊이 생각하니 눈물이 흐른다
산하는 옹색하여 고작 삼천린데
비바람 서로 싸워 이백 년이다

길 잃고 슬퍼한 영웅 한없이 많고

밭을 두고 싸우는 형제 언제나 부끄러움을 알까

하 넓은 은하수 퍼내어 씻어 내리면

밝은 해 밝은 빛이 온 누리에 비치리 ——「遣興」〈1801〉

만촉지쟁(蠻觸之爭) 같은 당파 싸움의 여파는 이 후미진 해곡(海谷)에까지도 미쳤다. 툭하면 유배지가 되다 보니 오히려 다른 지방보다 조정 정세에 더 민감했던 것 같다. 정약용이 장기에서 지은 「기성잡시」(鬐城雜詩) 한 수를 옮겨 본다.

죽림서원이 마산촌 남쪽에 있는데

대나무 느릅나무가 궂은비에 젖었다

멀리서 온 납촉을 주어도 받지 않더니

마을 사람들은 아직도 송우암만 들먹인다.

주림서원은 송시열이 이곳을 떠난 지 이십구 년 뒤에 발의가 되어 세웠는데 지금은 폐허가 되었다.

정약용은 남인이었는데 신유옥사(辛酉獄事)를 일으킨 노론 벽파는 아득히 노론의 우두머리 송시열에 닿아 있다. 게다가 '천주쟁이'로 몰린 정약용을 이곳 사람들인들 얼른 가까이 하려 했겠는가. 정약용이 선물로 동네 사람에게 납촉(蠟燭:밀랍으로 만든 불켜는 초)을 내밀었으나 받지 않았을 때 그 심정이 오죽했을까.

송시열과 정약용. 사람이 때를 몰랐던가, 때가 사람을 몰랐던가. "나뭇잎 바람에 흩날려도 뿌리는 조용하고, 서리에 난초 꺾여도 그 뜻은 저절로 향기롭다."라든가 "너희들은 탓하지도 말고 원망하지도 말거라, 생사는 사람의 뜻대로 되지 않는 법이다.”라는 말은 송시열이 장기에 있을 때 여러 손자들에게 시를 지어 보인 말이요, “인생의 비태에 정명이 없다고 할 수 있겠는가?”라는 말은 정약용이 18년 귀양살이가 끝난 뒤에 『자찬묘지명(집중본)』에서 한 말이다. 송시열과 정약용은 하늘에 순응하고 정명을 기다렸을까. 그렇다 하더라도 그것은 화를 당한 뒤였을 뿐이다. 얻을 것만 알고 잃을 것은 몰랐다. 나아갈 줄만 알고 물러날 줄은 몰랐다. 그들은 앞만 보고 달리는 개울이요 시내며 강이었다.

마현리에서 장기천을 따라 동쪽으로 한 오리쯤 걸었을까. 신창리 바다다. 바다는 청탁을 묻지 않고 만수(萬水)를 마다하지 않는다. 분별과 대립과 갈등과 집착을 넘어섰다. 일미(一味)다. 마침내 바다는 방행이불류(旁行而不流)라는 공자의 말마따나 모걸음을 걸을 뿐 흐르지 않는다. 송시열과 정약용은 공자의 이 말을 모를 리가 없을 텐데 어찌하여 바다를 눈여겨보지 않았을까?

정약용과 황산석의 만남

정약용(丁若鏞)은 갓 마흔에, 서교 탄압의 과정에서 야기된 책롱사건 (册籠事件)에 연루되어 경상도 장기현(長鬐縣)으로 정배되었다. 장기에 도착한 날 이 순조 원년(辛酉, 1801) 음력(이하 음력) 삼월 초아흐레였다. 그때 장기 사람들은 그 를 '천주쟁이'라고 가까이 하길 꺼렸다. "처음에는 작은 소리로 소곤거리더니 나중에는 요란스레 떼를 지어 떠든다."고 정약용은 토로했다.(『惜志賦』) 조정은 바야흐로 노론 시파를 제거한 노론 벽파가 정적 남인을 몰아내는 판국이었 고 서교에 관계된 사람은 마구 잡아들이던 때였으니 그럴 만도 했다.

그 해 시월에 황사영(黃嗣永)의 백서사건(帛書事件)이 터지자 정약용은 다시 도성 으로 압송되어 추국을 받았다. 정약용은 이 사건과 무관함이 밝혀졌으나 동 짓달에 강진으로 정배되었다. 정약용을 강진으로 이배하여 일벌백계의 본때 를 보임으로써 호남에 남아 있는 서교에 대한 근심을 진정시키려는 의도에 서였다.

강진 사람들의 태도는 장기 사람들보다 더 심했던 모양이다. 「상례사전서」 에서 정약용은 이런 말을 했다.

강진은 옛날 백제의 남쪽 변방으로 땅이 낮고 비열한 풍속이 특이했다. 이때에 이곳 백성들이 유배된 사람 보기를 마치 큰 독(毒)과 같이 해서 이 르는 곳마다 모두 문을 부수고 담장을 허물고 달아났다. 한 노파가 나를 가련하게 여겨 머무르게 해 주었다. 이후에 나는 창문을 막아 버리고 밤낮 혼자 외로이 처해서 더불어 이야기할 사람이 없었다. 이에 흔연히 스스로 경하하기를, '내가 여가를 얻었도다.'(余得暇矣)라고 하고…….

정약용은 엄동설한에 살 맞은 궁조(窮鳥)가 되어 이리저리 박해를 당하다가 어렵게 깃들인 곳이 밥도 팔고 술도 파는 한 노파의 집이었다. 이 주막집을 동천여사(東泉旅舍)라고도 했는데 이태 뒤인 계해 년(순조 3년, 1803) 동짓날(11월 10일, 辛丑)부터는 정약용은 자신이 거처하는 방을 사의재(四宜齋)라고 했다.(「四宜齋記」)

정약용은 주막집에 자리를 잡자마자 바로 고독을 기꺼이 여가로 받아들이고 밤낮으로 오직 공부에만 몰입하게 되었지만 외롭고 억울한 심정이야 정약용이라고 달랐겠나.

북풍이 나를 날리는 눈처럼 휘몰아쳐
남으로 강진의 매반가(賣飯家)에 닿았다
요행히 낮은 산이 바다 경치를 가렸고
좋게도 장차 대숲이 세월을 짓겠네
옷은 장기(瘴氣) 때문에 겨울인데 덜 입고
술은 수심이 많아 밤에 다시 더한다
한 가지가 겨우 잡념을 사라지게 하나니
동백이 이미 납일 전에 꽃을 토했다네

北風吹我如飛雪
南抵康津賣飯家
幸有殘山遮海色

好將叢竹作年華

衣緣地瘴冬還減

酒爲愁多夜更加

一事纔能消客慮

山茶已吐臘前花 ──「客中書懷」

조금 자리가 잡히자 정약용은 모학(慕學)도 했던 모양이다. 강진에 온 그 이듬해(순조 2년, 壬戌, 1802) 10월 10일, 열다섯 살 소년 하나가 정약용이 거처하고 있는 주막집에 조심스레 얼굴을 내밀고 정약용에게 절을 올렸다. 그가 바로 황산석(黃山石, 戊申生, 1788~1863?)이다. 산석은 아명이다. 뒷날 관명을 상(裳), 호를 치원(巵園)이라 했다.

산석의 비범함을 첫눈에 간파한 정약용은 산석에게 문사(文史)를 공부하도록 권했다. 경학 공부를 권하지 않고 문사를 권한 것은 우선 문리를 터득시키고자 함이었겠지만 정약용의 지인지감(知人之鑑)이 남달랐기 때문이었는지도 모른다. 산석이 머뭇머뭇하면서 부끄러워하는 얼굴빛으로 사양해 아뢰길, 자신은 세 가지 병통이 있다고 했다. 둔하고,(鈍) 막혔고,(滯) 미욱하다(戛)고 했다. 열다섯 살 아이가 자신의 병통을 알고 있다니 경이롭지 아니한가. 정약용은, 이에 대해 그 세 가지 병통은 병통이 아니라 진짜 병통은 따로 있다는 것을 귀에 쏙 들어가도록 설파했다.

공부하는 사람한테 큰 병통이 셋이 있는데 너는 그것이 없다. 하나는 암기에 민첩함이니 그 폐단은 소홀함이요, 둘은 글짓기에 민첩함이니 그 폐단은 부박함이요, 셋은 이해가 빠름이니 그 폐단은 거친 것이다. 무릇 둔하다가 뚫리면 그 구멍이 넓고 막혔다가 소통되면 그 흐름이 세차고 미욱하다가 갈리면 그 빛이 광택이 난다. 어떻게 천착하느냐? 부지런해야 한다. 어떻게 소통시키느냐? 부지런해야 한다. 어떻게 연마하느냐? 부지런해야 한다. 어떻게 해야 부지런해지느냐? 마음을 확고히 다잡아야 한다.(秉心確)

이것이 이른바 정약용의 삼근계(三勤戒)이다. 황상이 지은 「임술기」(壬戌記)(1862)에 나온다. 속수(束脩)한 지 7일 만에 스승으로부터 이 계를 글로 받고 산석은 크게 감동하여 공부에 빠져들게 됐다. 줄탁동시(啐啄同時)였다고나 할까.

어느덧 산석의 시작(詩作)은 춘초일지(春草一枝)가 변화천장(變化千丈)이 되었다. 정약용의 가르침을 받은 지 불과 4년 만에 그의 시는 흑산도에 적거 중인 정약용의 중형 손암 정약전을 깜짝 놀라게 했다. 손암은 정약용에게 보낸 한 서찰에서 이렇게 말했다.

황상이 지금 나이가 몇이지? 월출산 아래에서 이런 문장이 나리라고는 생각도 못했다.(黃裳今年幾何 不意月出山下 出此文章)……(황상이) 내게로 오려고 한다니 시람을 놀라게 한다만 뭍사람은 섬사람과 달라 아주 긴한 일이 아니면 가벼이 큰 바다를 건널 수가 없을 것이다. 사람이 살아감에 있어서 귀한 것은 서로 마음을 알아주는 것이지 얼굴을 대하는 데 있겠나? 옛날 현인의 경우도 어찌 꼭 얼굴을 본 뒤에야 그를 사랑했을까? 이 말을 그에게 전해 주어 그의 마음을 안정시킴이 어떨까? 마땅히 그를 더욱 게으르지 않도록 부지런히 가르쳐 그로 하여금 재주를 이루게 하는 것이 어떨까? 인재가 드물어 지금 세상에는 이 같은 사람을 기대하기 어려우니 단연코 마땅히 천만번 사랑하고 보호하여 주어야 할 것이다. 애석하게도 그 처지가 한미하니 이름이 나면 세도가로부터 곤경을 당할까 염려되는군. 사람됨은 어떠냐? 재주 있는 사람은 반드시 근후(謹厚)하지 못한 법인데 그의 문사를 살펴보건대 조금도 경일(輕逸)한 태도가 없는지라 또한 사람됨을 알만하다. 자회자중(自悔自重)하여 대인군자가 되기를 기하여 권면함이 어떠하겠나? —— 순조 6, 丙寅, 1806, 3월 10일.[1]

고 어린 것이 큰 바다를 건너 흑산도로 들어가려 하다니 황상의 열정은 놀라웠다. 스승으로부터 종종 손암 선생에 대한 이야기를 듣고 스승을 두고도 다시 손암한테로 마음이 쏠렸던 모양이다.

한편 정약용은 계해 년(정약용 42세, 순조 3년, 1803) 늦은 봄부터 무진 년(정약용 47세, 순조 8년, 1808) 가을에 걸쳐 네 번을 고치고 다섯 번을 써서 『주역사전』(周易四箋)을 이루게 될 때까지는 밤이나 낮이나 누워서나 앉아서나 오로지 『주역』하나에만 전심치지했다.

을축 년(1805) 봄부터 정약용은 『주역사전』을축본(乙丑本)을 고쳐 쓰고 있었는데 고성사의 보은산방(寶恩山房)에 와서도 계속했다. 그런 스승 곁을 떠나지 않고 황상은 스승의 수발을 들고 있었다. 그 해 겨울에 황상은 정약용의 차남 정학유(丁學游)와 같이 정약용한테 『주역』을 배웠다. 이 무렵 산석이 산석이라는 아명 대신에 '裳'(상)이란 이름을 쓴 것은 아마도 『주역』의 한 효사(坤卦 六五)인 '黃裳'에서 딴 것이 아닌가 싶다. 어느 날 황상은, "밟는 길이 탄탄하니 유인(幽人)이라야 곧고 길하리라."(履道坦坦幽人貞吉)라는 이괘(履卦) 구이(九二)에서 마음이 동하여 영탄해 마지않았다. 정약용은 「황상유인첩에 제함」(題黃裳幽人帖)이란 글에서 이 효사(爻辭)를 이렇게 해석했다.

---

1 원문은 정민 『삶을 바꾼 만남』(서울·문학동네 2011) 주석 51 참조.

간산(艮山)의 아래 진림(震林)의 사이에, 손(巽)으로써 은둔하여 천명을 우러러 순응한다. 혹은 간산에 과일을 심고 혹은 진림에 채소를 심는다. 큰 길을 밟아 탄탄하다. 천작(天爵: 하늘이 내린 덕성)을 즐기며 화락하게 산다.[2]

이것은 은사의 넉넉함이요, 유인의 일이니 길하지 아니한가. 그러나 하늘은 매우 청복(淸福)을 아껴서 왕후장상(王侯將相)의 귀나 도주(陶朱: 越의 范蠡의 별명) 의돈(猗頓: 춘추시대 魯의 대부호)의 부는 썩은 흙처럼 흩어져 있지만 이(履)괘 구이(九二)의 길(吉)을 얻은 사람은 아직 세상에 알려진 적이 없다. 옛사람의 기록에, 장차 전원으로 나아가려고 한다고 하였는데, 장차 나아가려고 한다는 것은 분명 나아간 것은 아니다. 탐진의 황상이 그 세목을 물어 왔으므로 나는 다음과 같이 말하였다.

이 글에서 간산(艮山)이라 함은 산이 간괘(艮卦☶)의 물상(物象)이 됨을 뜻하고, 진림(震林)이며 큰길은 수풀이며 큰길이 진괘(震卦☳)의 물상이 됨을 뜻하고, '손(巽)으로써 은둔하여 천명을 우러러 순응한다.'라고 함은 은둔, 천명, 순응이 손괘(巽卦☴)의 의리(義理)가 됨을 뜻한다. 장차 전원으로 나아가려고 한 옛사람의 기록이라고 함은 명말의 황주성(黃周星)이 지은 「취장원기」(就將園記)를 뜻한다. 작자가 장차 나아가려고 한 전원의 모습을 그린 글이다. 정약용이 이 글을 황상에게 보여 주자 황상은 이 글에 감명을 받아 자신도 은둔의 뜻을 담은 글을

2 '艮山' '震林' '巽' '큰 길' 등은 모두 履卦의 之卦(變卦/變體)인 无妄의 互體(互卦)에서 취한 物象이다. 다만 '巽'은 本卦 履의 互體에서도 取象할 수 있다. 變卦에서 取象하여 易을 해석하기로는 정약용보다 宋代의 역학자 都絜이 앞섰지만 정약용은 都絜의 저서를 구해 보지 못해 안타까워했었다(丁若鏞,『易學緖言』「茶山問答」참조. 馬端臨,『文獻通考』, 北京: 中華書局, 1999, p. 1526 참조.). 都絜의 대표적 저술로는『易變體義』가 있다. 정약용은 '推移' '物象' '互體' '爻變'을 易有四義라 했다. 여기서는 '推移'의 법은 쓰지 않고 있다.『周易四箋』을 완성하기 전이라서 그렇지 싶다.

지어 스승께 올리면서 장차 전원으로 나아가려면 어떻게 해야 하느냐고 그 세목을 물었던 모양이다. 이에 정약용은 황상의 그러한 절개를 가상히 여기고 그 뜻을 칭찬하면서(丁學游:「贈卮園三十六韻書」) 은거에 걸맞은 이상적인 주거 공간의 조경과 유한(幽閒) 소쇄(蕭灑)한 기거동정(起居動靜)에 대해 매우 자세하게 전개해서 황상에게 주었다. 이 글이 「황상유인첩에 제함」이란 글인데 글이 너무 길어서 여기에 옮겨 적기에 적절치 않거니와 요컨대 황주성의 「취장원기」가 그러하듯이 일종의 무릉도원을 그려 놓았다고나 할까. 정약용의 치밀한 성품과 정약용 자신이 품고 있는 일민(逸民)에의 동경이 잘 드러난 글이라 하겠다. 뒷날 다산초당을 꾸민 것 또한 이 글과 같은 정신의 발로였지 싶다.

　겨울을 나자 같이 『주역』을 읽던 정학유는 고향으로 돌아가고 정약용은 이듬해 보은산방에서 내려와 이청(李晴, 字는 鶴來/琴招, 號는 靑田, 1792~1861)의 집으로 거처를 옮긴 뒤에도 황상은 홀로 산방에 남아 있었던 모양이다. 하루는 황상이 산방에서 스승께 시를 보냈는데 이를 살펴본 정약용은, "부쳐온 시는 갑자기 꺾이고 기이하고 웅장해서 내 기호에 꼭 맞는다."(來詩頓挫奇崛 深契我好)라고 했다.[3] 황상을 제자로 얻은 것이 행운이라고 마냥 좋아했던 것 같다. 두 사람의 시가 주로 사회시란 관점에서도 같다. 「애절양」(哀絕陽) 「승발송행」(僧拔松行)같은 황상의 시는 제목까지도 정약용의 시와 똑같다. 황상의 시 한 수를 옮겨 본다.

　　　좋은 관직이 어이 즐겁지 않으랴

　　　노래하고 피리 불며 붉은 치마에 취하네

　　　둥근 탁자엔 온갖 진미가 벌여 있는데

　　　종이 배가 고픈들 사또가 어찌 피곤할까 보냐

---

3 「次韻寄 黃裳寶恩山房」『다산간찰집』(서울:도서출판 사암, 2012) p. 40.

好官何不樂

歌管醉紅裙

圓案羅珍味

奴飢主何瘳 ──「聞太守新到」抄

황상이 정약용의 문하에 든 지 7년이 되던 해(1808, 戊辰) 봄에 정약용이 읍내의 이청의 집에서 귤동의 다산(만덕사 서쪽에 있는 처사 尹博의 山亭, 尹博은 정약용의 外族)으로 거처를 옮기는 바람에(1805년 겨울 동천여사에서 보은산방〈고성사〉으로, 1806년 가을 이청의 집으로 옮겼다.) 황상은 정약용의 문하에서 멀어지게 됐다. 정학유의 말에 의하면 이 무렵 황상의 부친이 병을 오래 앓은 데다 살림은 가난하고 동생은 어려서 자신이 생계를 책임져야 할 처지였고 결혼까지 하여 여가가 없었다고 한다.(丁學游：「贈厄園三十六韻書」) 그러나 읍내에서는 학동이 주로 신분이 비천한 집안의 자손들이었는데 다산초당으로 옮기고부터는 해남윤씨를 주축으로 한 양반가의 자손들이어서 그들은 아전 출신 읍중 학동에 대해 배타적이었다. 자존심이 강하고 타협을 모르는 고지식한 황상으로서는 그들과는 비위가 거슬려 함께 지낼 수가 없었던 것이 황상의 속내였을 것 같다. 읍중의 여섯 제자 가운데 오직 약삭빠르고 친화력이 뛰어난 이청만이 여기에 합쳤다.

41세의 정약용과 15세의 산석이 사제의 연을 맺은 지 17년 만에 정약용은 해배되어 고향 마재의 소내로 돌아갔다.(57세, 순조 18년〈1818〉戊寅, 9월)

정약용이 떠나자 황상은 정신적 지주를 잃고 마음을 잡지 못했다. 마침내 집과 전포(田圃)는 아우에게 물려주고 자신은 처자를 이끌고 돈연히 천개산(天盖山：지금의 天台山)으로 들어갔다. 형편이 곤궁하여 미루어 왔던 전원의 꿈을 이제야 실현하려 한 것이다. 띠를 얽어 집을 짓고 땅을 개간하여 새 밭을 만들었다. 뽕나무를 심고 대나무를 심었다. 샘물을 끌어 소통시키고 돌을 심었다(藝石). 자취를 숨긴 지 10년 만에 대략 작은 포치(布置)를 만들게 됐다.(丁學游:「贈后園三十六韻書」)

너무 멀어서 엄두를 못 냈을까, 무심해서였을까, 속이 깊어서였을까, 스승한테 삐치기라도 했는가. 아니면 세 가지 병통이 있다던 그의 말대로 둔하고 막히고 미욱해서였을까. 황상은 다른 제자들과는 달리 참으로 오랜 세월 동안 스승에게 일차 문안도 않고 일편 음신(音信)도 띄우지 않았다. 정약용이 떠난 지 10년 만에 초기에 함께 책을 폈던 그의 사촌 동생 연암(硯菴) 황지초(黃之楚)가 마재로 선생을 찾았을 뿐이다.(戊子, 1828, 11월) 이때 동생 편에 정약용은 이런 서찰을 황상에게 보냈다.

서로 작별한 지 벌써 십 년이 지났다. 너의 서찰을 기다리지만 서찰이 이승에서는 막힐 것 같다. 마침 연암이 돌아간다기에 마음이 더욱 슬프고 한스러워 따로 몇 자 적는다.

올해 들어 기력이 전과 같지 않고 그 고생스럽기는 전과 같다. 밭을 갈아도 주림이 그 가운데 있다는 성현의 가르침이 아마도 맞지 않느냐? 너는 틀림없이 학래(鶴來)와 석종(石宗)의 행동거지를 듣고 웃을 것이다. 그러나 한 길로 종신토록 힘쓰며 기꺼이 사슴과 멧돼지와 더불어 노닐더라도 또한 도를 품고 세상을 경륜하는 온축이 없다면 또한 족히 스스로 변하겠느냐? 나의 상황은 연암이 잘 알 것이니 지금 가거든 물어보면 자세히 알 것이다. 준엽(俊燁)은 이미 고인이 되었고 안석(安石)은 아직 서객(書客)으로 있다 하니 하나는 슬프고 하나는 안쓰럽구나! 내가 조석으로 아프다. 부고를 듣는 날에는 군이 모름지기 연암과 함께 산중에서 한 차례 울고는 이야기하

며 그치도록 하여라. 무자년 동짓달 열이틀 열수(洌叟) 쓰노라.[4]

이 서찰에서 석종은 김종(金石宗)의 자(字)이고 학래는 이청의 자이다. 학래와 석종의 짓거리를 듣고 웃었을 거라고 한 걸 보면 두 사람이 스승 정약용에 대해 행티를 부리고 등을 돌린 사건이라도 있었던 모양이다. 스승이 해배되면 스승의 끈으로 과거에 붙어 출세할 거라고 철석 같이 믿었다가 스승이 그럴 처지가 못 되자 스승을 비난하고 배반하게 된 것 같거니와 이 두 사람뿐만 아니라 정약용의 제자들은 닭 좇던 개 울 쳐다 보기가 되자 모두가 그로부터 하나둘 멀어져갔다. 정약용의 문도 가운데 경학에는 이청이요, 시문에는 황상이라 할 만큼 이청은 황상과 더불어 쌍벽을 이루었던 정약용의 수제자로서 어려서부터 두뇌가 아주 뛰어났다. 1805년, 하루는 정약용이 열네 살 어린 이청을 이렇게 떠봤다. "대(大)자와 양(羊)자가 합치면 달(羍)자가 되는데 어째서 달(羍)의 뜻을 작은 양(小羊)이라 하느냐?" 스승의 질문이 떨어지자마자, "범(凡)자와 조(鳥)자가 합하면 봉(鳳)자가 되니까 봉을 신령한 새라 일컫습니다."라고 답하여 스승을 감탄케 했다.(「題李琴招詩卷」) 정약용이 1806년 가을부터 1808년 봄까지 거의 2년 동안 읍내 목리에 있는 이청의 집에 머물기도 하였거니와 이청은 스승이 해배될 때까지 오랜 세월을 스승의 그림자처럼 따랐다. 마침내 스승에 대한 섭섭함이 분노로 변했던 거다. 이청이 스승으로부터 등을 돌린 후 추사(秋史) 김정희(金正喜)의 식객 노릇을 하다가 일흔이 넘도록 과거에 낙방하자 우물에 몸을 던져 죽었다고 한다. 정약용이 해배되어 고향으로 돌아갈 때 상당수의 제자들이 부급종사(負笈從師)했다가 돌아간 자도 있고 눌러앉은 자도 있었는데 이청은 스승 곁에 남았던 자다. 이청과 석종의

---

4 원문은 정민 전게서 주석 78 참조.

184

사건을 상(爽) 너 또한 소문을 들었을 테지라고 정약용은 말한 거다. 정약용은 가슴이 얼마나 아팠겠는가? 제자들은 모두 이해를 따져 다 떠나가는데 오직 황상 하나만이 명리에 뜻이 없고 물외에 자적하여 우직하게도 전일에 스승이 일러 준 대로 유인(幽人)의 길을 걷고 있는 것이 정약용으로서는 더없이 미더웠을 것이다. 그런 제자가 안쓰러워 정약용은, 한 길로 종신토록 힘쓰며 사슴과 멧돼지와 더불어 노닐더라도 세상을 경륜하는 온축을 쌓아야, 벼슬길에 나아가지 못하는 처지일지라도 스스로 인간적인 향상을 이룰 수 있다고 가르친 것이다. 공부를 저버릴까 싶어 하는 당부였다.

절절한 그리움이 행간마다 서려 있는 스승의 서찰을 받고도 오랜 세월이 지나도록 황상은 묵묵히 있었다. 오늘날의 시각으로 본다면 황상은 너무나 둔하고 매정한 사람으로 보일 거다. 정약용이 그에게 누군가. 황상의 무심을 꾸짖는다 해도 변명할 말이 없다. 그러나 나는 여기서 도리어, 스승에 대한 그의 깊은 경모와 드레진 인품, 그리고 요즘 세상에서는 볼 수 없는 사제간의 돈독한 믿음에 대하여 진한 향수를 느낀다.

스승의 서찰을 받고도 다시 8년이 지난 뒤 머리가 희끗희끗해진 49세의 초로가 되어서야 황상은 스승의 생전에 마지막이 되겠다 싶은 생각으로 두릉(斗陵) 곧 마재의 소내로 스승을 찾아갔다. 스승을 떠나보낸 지 18년 만이었다. 스승의 회혼일(回婚日/결혼:15세, 영조 52년, 丙申, 1776)인 2월 22일에 맞춰 며칠 앞당겨 갔지만 75세 고비늙은 정약용은 신양이 매우 침중해서 회혼 잔치를 벌일 수가 없었다. 다만 18년 만에 사제가 만나 서로 손을 맞잡고 스승도 울고 제자도 울었다. 며칠 스승의 병구완을 들다가 스승과 제자가 눈물로 작별할 때 정약용은 『규장전운』(奎章全韻) 한 권, 중국 붓 한 자루, 중국 먹 한 개, 부채 한 자루, 담뱃대와 그 부속품(煙杯—具), 노비(路費) 두 냥을 황상에게 주었다.[5] 작별한 지 며칠이 되지 않아 정약용은 운명했다.(향년 75세) 이때가 헌종 2년(丙申, 1836) 2월 22일이었으니 공교하게도 정약용이 결혼한 날짜와 일치한다. 도중에서 스승의 부음을 접한 황상은 곧장 되짚어 돌아가 스승의 영전에 예를 올리고 상복을 입은 채 강진으로 갔다.

그로부터 9년이 지난 뒤 헌종 11년(乙巳, 1845) 3월에 58세의 황상은 스승이 준 쥘부채를 쥐고 18일 동안 줄곧 걸어서 두릉(斗陵)으로 갔다. 발에는 굳은살이 박이었고 얼굴은 검었다. 뜻밖에 황상을 맞은 정약용의 두 아들 정학연 정학유는 너무 반가워 어쩔 줄을 몰랐다. 세 사람은 서로 손을 잡았다. 등잔 아래 정좌(鼎坐)하여 옛 얘기를 했다. 지난 세월은 참으로 꿈과 같았다. 늙은 정학연은 떨리는 손으로 황상의 부채에 시를 써 주었고 정학유와 황상이 그 시에 차운했다. 세 사람은 양가의 아름다운 인연을 자손 대대로 이어나가자고 굳게 다짐하고 이것을 글로 남겼다. 이것이 「정황계」(丁黃契)이다.(丁學淵:「丁黃契帖」/「丁黃契帖序」)

이때부터 이들 사이에는 남북 천리 길에 시문이 오고 갔다. 마침내 정학연의 소개로 황상은 추사 김정희의 지우를 받게 되고 그로부터 "지금 세상에 이런 시작(詩作)은 없다."(今世無此作)라는 찬탄을 받게까지 이르렀다. 정학연이 황상에게 보낸 서찰의 별지를 보면 황상을 그리는 추사의 마음을 읽을 수 있다.

시편에 관련된 것입니다. 추사가 이런 말을 하더군요. "제주도에 있을 때 한 사람이 시 한 수를 보여주었는데 다산의 고제(高弟)인 줄 불문가지였습니다. 그래서 그 이름을 물었더니 황 모(某)라 하더군요. 그 시를 음미해 보니 '두보의 골수에 한유의 뼈'(杜髓而韓骨)였습니다. 다산의 제자들을 두루 헤아려 보아도 이청 이하 그 누구도 이 사람을 대적할 자가 없었습니다. 또

5 다산학술문화재단, 『다산간찰집』(서울 : 도서출판 사암, 2012) p. 80.

들으니 황 모는 시문이 한당(漢唐)에 가까이 대했을 뿐만 아니라 그 사람됨
이 당세의 고사(高士)라 할 만해서 비록 옛날의 은일(隱逸)도 이에 더할 수가
없다고 하더군요. 이에 (해배되어) 육지로 나와 그를 방문했더니 상경했다더
군요. 그래서 시름없이 바라보며 돌아왔는데 지금 서울에 오니 이미 고
향으로 돌아갔다 하네요. 제비와 기러기가 서로 어긋나는 것 같아서(燕鴻
相違) 혀를 차며 난감해할 뿐입니다."
그 사이에 추사와는 두 차례 만났는데 번번이 칭찬해 마지않았습니다.
—— 丁學淵:「酉山書別紙」

헌종 14년(戊申, 1848) 12월 6일에 추사가 제주도에서 해배되어 이듬해 1월에
서울로 돌아왔던 그 무렵의 일이었다. 이때 추사는 64세, 황상은 62세였다.
황상은 다시 상경하여 추사를 만나게 되었다. 이로부터 정학연 정학유 등 정
약용 일가의 인사들 외에 추사와 그의 아우 김명희(金命喜), 권돈인(權敦仁), 초의
선사(草衣禪師), 허련(許練) 등 추사의 일문(一門)과도 한동안 어울리게 되었을 뿐만
아니라 정약전이 우려했던 바와는 달리 이름이 난 뒤에도 세도가로부터 곤
경을 당하는 일은 없었다. 이 무렵 황상은 이런 시를 남겼다. "나 과천에 있으
면 두릉이 그립고, 두릉에 가면 과천의 등불이 생각난다."(我在果川憶斗陵 斗陵還憶果
川燈—「斗陵憶果川」) 과천에는 김정희의 과지초당(瓜地草堂)이 있고 두릉에는 정약용
의 여유당(與猶堂)이 있다.
황상의 작시(作詩)가 대성할 수 있었던 것은 무엇보다도 그의 재질과 사승(師
承)에 원인이 있었겠지만 그의 끈기가 남달랐기 때문이었으리라.
황상은 일흔이 넘은 나이에도 한결같이 독서를 하면서 스승이 생전에 가
르쳐 준 대로 중요한 대목을 베껴 쓰는, 이른바 초서(鈔書)하는 버릇을 잊지 않

았다. 이런 그를 주위에서는 더러 조롱조로, 다 늙어 무슨 청승이냐고 빈정거렸는데 이에 대하여 황상은 일사필연 과골삼천(日事筆硯 踝骨三穿)이란 말로 응수했다.

> 정(丁) 부자께서는 20년 적거 중에도 '날마다 붓과 벼루를 사용하여 복사뼈가 세 번이나 파였다오.'(日事筆硯 踝骨三穿) 나에게 '삼근계'를 주시고 늘 하시는 말씀이 '내가 부지런해서 이것을 얻었다.'라고 하셨지요. 몸으로 가르치고 말씀으로 주신 것이 어제인 듯 가까워 눈과 귀에 머물러 있는데 관에 뚜껑을 덮기 전에야 지성스럽고 핍절(逼切)한 가르침을 어찌 등질 수가 있겠소. ──「與襄州三老」

내가 정약용의 역학으로 무슨 논문이랍시고 데데한 글 한 편을 쓰느라 끙끙거리고 있던 무렵이었다. 정약용의 읍중(邑中) 여섯 제자들이며 다산초당 열여덟 제자들(茶信契 18제자)을 찾아 한창 상우(尙友)하고 있던 어느 봄날, 황상의 『치원유고』(巵園遺稿)를 뒤적거리다가 「회주 삼로에게 드림」(與襄州三老)이란 글에서 '복사뼈가 세 번 파였다.'는 '踝骨三穿' 네 글자를 대하자 나는 숨이 턱 막혔다. 정약용의 저술에는 여러 제자들이 동원되어 자료를 챙기고, 받아쓰고, 교정을 보고, 제본을 하는 등 말하자면 분업적으로 치다꺼리를 했지만 진리를 탐구하는 정약용의 창조적 노고를 어찌 이런 것들에 비하랴! 그예 과골삼천이 되었던 모양이지만 그냥 과골삼천이 아니었다. 그는 장기에 가고 몇 달 안 되어 중풍에 걸렸는데 강진에 오고 10년쯤 되어서는 거의 폐인이 되어 버렸다고 정약용 스스로 토로했다. 그러한 과골삼천이었다.

과골삼천의 스승도 스승이거니와 제자 황상은 「임술기」에서 이렇게 말했다.

내가 이때 열다섯 살이었다. 아이였고 관례도 치르지 않았다. (삼근의 가르침을) 뼈에 새기고 마음에 새겨 감히 잃을까 염려하였다. 그때부터 지금까지 61년 간 읽기를 폐하고 쟁기를 잡았을 때에도 마음에 품고 있었는데 지금은 손에서 책을 놓지 않고 붓과 먹 속에서 세월을 보내고 있다. 비록 이룩한 것은 없으나 뚫고 미욱함을 소통하기를 삼가 지키고 또한 '병심확'(秉心確) 세 글자를 능히 받들어 이었다고 할 수 있을 따름이다. 그러나 지금 나이가 일흔다섯이라 남은 날이 많지 않다. 어찌 가히 마구 달려 도를 어지럽힐 수 있으랴! 지금 이후로도 스승이 주신 것을 잃지 않기를 분명히 한다. 자식들에게도 저버리지 않고 행하게 하겠다. 이에 임술기를 적는다.

열다섯 살 황산석이 정약용의 문하에 든 지 61년째, 스승이 세상을 뜬 지 27년째로 접어들었는데도 옛날 스승의 가르침을 저버리지 않고 받들어 이어가는 황상의 만년의 절개가 눈물겹고 아름답다. 하지만 남은 날이 많지 않다고 황상이 스스로 말했듯이 그의 문집을 아무리 들춰보아도 그의 기록이「임술기」를 쓴 그 이듬해(1863)까지만 나타나 있을 뿐이니 아마도 그 해에 이승을 떠난 것으로 추정된다.(향년 76세)

나는 강진이 아직 관광지로 그다지 알려지지 않았던 옛날에 그 곳에 두어 번 간 적이 있었는데 주마간산 격이었다. 다음에 가거들랑 만사를 제쳐놓고 우선 정약용이 거처했던 그 주막집의 집터부터 찾을 것이다. 고독한 적객(謫客) 정약용과 불우한 열다섯 살 소년 황산석이 만나는 장면을 그려 보면서 오래도록 서성거릴 것이다. 그리고 한잔할 것이다. 내친김에 황상의 발자취를 찾아 천개산으로 들어가 볼까 하지만 들리는 소리로는 천개산이 큰 저수지로 가려졌다고 한다. 그가 은거했던 백적동(白磧洞)의 집이며 만년에 그 집 근처에 따로 지었다던 일속산방(一粟山房)은 집터라도 남았는지 모르겠다.

나는 젊은 날 이 산속 저 산속에 당호도 문패도 없는 두 채의 오두막을 지었다. 무슨 공부를 이루었는가. 세상에 나가 무슨 일을 했는가. 어떤 스승을 만났는가. 어떤 제자를 두었는가. 그리고 누구를 사랑했는가. 무엇이 남는가.──오평생(誤評生), 호호백발이 되었다. 어영부영 세월만 보내다가 이리 되고 말았다.

황상의 시 한 수를 읊조려 본다.

내 평생을 내 스스로 헤아려 보아도

남도 웃겠고 나 역시 우습다

백년 시름에 나 홀로 빠져 있다한들

조정에 무슨 손상이 되겠나

我生我自算

人笑我亦笑

百年愁獨洽

何傷於廊廟 ──「自歎」抄

정약용도 황상도 가신 지 오래지만 어이하여 여향(餘香)은 이리도 표일한가. 오늘따라 나는 조금 운다.

정약용과 혜장선사의 만남 ―九六論辨―

정약용(丁若鏞)이 강진에 귀양살이할 당시에 대둔사(大芚寺 : 해남에 있는 大興寺)에 한 승려가 있었는데, 그는 본래 해남의 한미한 출신으로 27세에 병불(秉拂 : 절에서 불법을 가르치는 首座)이 되자 제자가 백 수십 명에 이르렀고 30세에는 둔사(芚寺)의 대회(大會 : 이 대회는 오직 팔도의 大宗匠이 된 뒤에야 개최한다)를 주재했다는 기록이 보인다. 그가 바로 혜장선사(惠藏禪師)다.

혜장은 희대의 학승이었다. 재주가 발군하여 종횡무진, 불학뿐만 아니라 유학에도 조예가 깊었다. 천품이 자유분방하고 기고만장했다. 어려서부터 스승을 좇아 불경을 배웠으나 어떤 스승의 가르침에도 그는 늘 불만이었다고 한다.

정약용이 강진에 와서 한 주막집 곁방에서 고적하게 지낸 지 5년째가 되던 해(純祖 5, 乙丑, 1805), 그러니까 정약용의 나이 마흔네 살이 되던 해 봄에 정약용보다 십년 연하인 혜장선사가 만덕사(萬德寺 : 白蓮社〈寺〉)에 와서 묵고 있었다. "목마르게 나를 보고 싶어 했다."(渴欲見余)라는 정약용의 말로 미루어 보면 이때 혜장은 정약용을 무척 사모하고 있었던 것 같다. 그 해 가을(「上仲氏」〈辛未冬〉)에 하루는 정약용이 신분을 감추고 한 야로(野老)를 따라가서 혜장을 만나 그와 더불어 한 나절까지 이야기를 나누었지만 혜장은 정약용인 줄을 알 턱이 없었다. 작별을 하고 돌아서서 정약용이 북암(北菴)에 이르렀을 때는 땅거미가 어둑어둑 지고 있었다. 이때 혜장이 헐레벌떡 좇아와서 머리를 조아리고 합장을 하면서,

"공께서 어찌하여 이처럼 사람을 속이십니까? 공은 정대부(丁大夫) 선생이 아

니십니까? 빈도는 밤낮으로 공을 경모했는데(日夜慕公) 공이 어떻게 이러실 수가 있습니까?"라고 했다. 손을 끌어 그의 방에 가서 묵기를 간청했다. 밤이 깊어지자 정약용은,

"듣자니 그대는 『역경』(易經)을 본디 잘한다던데 그것에 의심이 없는가?"라고 하니 혜장이,

"정씨(程氏)의 전(傳:『伊川易傳』)과 소씨(邵氏)의 설(說:『皇極經世書』)과 주자(朱子)의 본의(本義:『周易本義』)며 계몽(啓蒙:『易學啓蒙』)에는 모두 의심이 없습니다만 오직 경문은 잘 모르옵니다."라고 했다.

정약용이 『역학계몽』(易學啓蒙)에서 수십 장을 가려 그 뜻을 묻자, 혜장은 그것에 대해 정신이 환히 밝고 입에 익어서 한 번에 수십 수백 마디를 외우기를, 흡사 공이 언덕에 구르듯, 병이 물을 쏟듯 도도하게 그칠 줄 몰랐다. 정약용은 크게 놀라 혜장이 과연 숙유(宿儒)임을 알게 되었다.

이윽고 혜장은 제자를 불러 회반(灰盤)을 가져오게 하고서는 거기에다가 낙서구궁(洛書九宮)[1]을 그리니, 본말(本末)를 분석함에 있어서 참으로 방약무인하였다. 팔을 걷어붙이고 젓가락을 잡아 왼쪽 어깨에서부터 그어서 오른쪽 발에까지 이르니 15였고, 오른쪽 어깨에서 그어 왼쪽 발에까지 이르니 15였다. 마치고 나서 가로 세로 세 줄씩 긋고 어디로 쳐도 15가 되었다. 문밖에 서서 이 광경을 지켜보던 많은 비구들이 숙연해지지 않는 자가 없었다.

밤이 깊어 베개를 나란히 하고 누우니 서쪽 창에 달빛이 낮과 같았다. 정약용이 혜장을 당기며 "장공, 자는가?"라고 하니, 그는 "아닙니다."라고 했다. 정

1

4巽	9離	2坤
3震	5中	7兌
8艮	1坎	6乾

약용이 "건괘(乾卦)에서 초구(初九)라 함은 무슨 말이지?"라고 하니, 혜장이 "九는 양수(陽數)의 끝입니다."라고 했다. 정약용이 "음수(陰數)는 어디에 그치지?"라고 하니, 그는 "十에 그칩니다."라고 했다. 정약용은 "그렇다면 곤괘(坤卦)는 왜 초십(初十)이라고 말하지 않았을까?"라고 하니, 혜장이 오랫동안 생각하다가 벌떡 일어나 옷깃을 여미고 호소하기를, "산승(山僧)이 20년 동안 역(易)을 공부한 것은 모두 헛된 물거품이었습니다. 곤괘의 초육(初六)은 어찌하여 초육(初六)이라 한 겁니까?"라고 하였다. 여기서 정약용이 곤초육(坤初六)을 물은 것은 시초(蓍草:筮竹)를 세어 괘(卦)를 구하는 과정에서 어째서 九는 노양(老陽)의 수(數)가 되고 육(六)은 노음(老陰)의 수(數)가 되는지, 이른바 '삼천양지'(三天兩地)의 이치를 알고 있느냐는 물음이었다.[2] 조금 전까지만 해도 횡행천하(橫行天下)하던 그 기개는 다산의 한칼에 양단되고 만 거다. 그래도 혜장쯤 되니까 이럴 수나 있었으리라. 곤초육(坤初六)을 묻는 혜장에 대해 정약용은 "모르겠는데, 귀기(歸奇)의 법이 맨 뒤의 셈은 四나 二로써 기(奇)로 삼는데 二와 四는 우수(偶數)가 아닌가?"라고 했다.[3] 여기서 일단 말머리를 "모르겠는데"라고 한 것은 혜장이 아무리 영리하다 하더라도 이를 이해시키려면 많은 말을 해야 되겠기에 한 말일 거다. 이어서 정약용이 귀기(歸奇)를 말한 것은 실로 놀라운 우회적 테스트다. 여기의 奇는 '짝을 이룬 한 쪽'을 뜻하는 것일 뿐만 아니라 '남은 수'(畸)의 뜻이기도

---

2 九六의 論辨이 뜻하는 자세한 내용에 대해서는 졸저『周易反正』(서울 : 學古房, 2013) pp. 341~342. pp. 383~385 참조. 외람된 말이겠으나, 졸저를 이해하지 못하고서는 비록 역학자라 하더라도 이 '九六之辯'에 대해서는 땅띔도 못할 것이다. 정약용과 혜장선사의 논변을 이야기하면서 '九六之辯'을 빠뜨린다면 그 글은 보나마나 팥소 빠진 찐빵이요, '九六之辯'의 해설을 잘못한다면 그 글은 굴타리먹은 호박이다. 정약용의 爻變論을 모르고서는 '九六之辯'의 진정한 의미를 안다고 할 수가 없다. 이것이 한국 역학과 문단의 수준이라고 나는 감히 말한다. 정약용의 爻變論에 대해서는 전게서, pp. 356~395 참조.

3 蓍草〈筮竹〉를 네 개씩 세어나가 그 나머지를 손가락 사이에 끼우기를 두 번 하는 것.『周易』「繫辭上傳」의 '歸奇於扐(귀기어륵)'을 지칭. 졸저 전게서, pp. 336~348 참조.

함을 알고 있느냐는 물음이었다. 그런 줄을 알 리 없는 혜장은 처연히 한숨을 내쉬며 "우물 안 개구리와 초파리(醯鷄)는 정녕 스스로 슬기로운 체 할 수 없구나!"라고 하고서 더 가르쳐 달라고 했으나 정약용은 더는 응하지 않았다.

이해 겨울에 정약용은 보은산방(報恩山房 : 高聲寺)에 있었는데, 혜장이 자주 들러 서로 역(易)을 이야기하였다. 그 무렵은 정약용이 『주역사전』(周易四箋) 을축본(乙丑本)을 한창 고쳐 쓰고 있던 때였으니 『주역』에 대한 정약용의 열정이 오를 대로 올라 있었다. 4년이 지난 봄(1808, 戊辰) 정약용이 귤동의 다산(茶山 : 만덕사 서쪽에 있는 처사 尹博의 山亭)으로 거처를 옮겼는데 대둔사와는 가깝고 성읍(城邑)과는 멀어서 혜장의 왕래가 더욱 잦아졌던 모양이다.

혜장은 성품이 매우 고집스러웠다고 한다. 하루는 정약용이, "어린아이처럼 유순해질 수가 있겠는가?"라고 하니, 이에 혜장은 스스로 호를 '아암'(兒菴)이라고 했다.

혜장은 불법을 독실하게 믿으면서도 『논어』와 『맹자』를 매우 좋아하였기에 중들이 그를 미워서 김선생이라 불렀다.(그의 본은 金씨) 그러한 그가 정약용으로부터 『주역』의 원리를 듣기 시작하고부터는 역(易)에 대해 전에 공부했던 걸 모두 팽개치고 '구가(九家)의 학⁴을 탐구하게 되었고, 몸을 그르친 걸 후회하며 실의에 빠져 즐기는 기색이 없었다.(自聞易理 自悔誤身 忽忽不樂) 시를 별로 좋아하지 않던 그가 갑자기 시를 탐하고 술에 취해 비틀거리기를 사오년(「上仲氏」〈辛未冬〉에는 육칠년이라고 되어 있음) 만에, 마침내 신미 년(순조 11, 신미, 1811) 가을에 술병으로 배가 불러 9월 기망(幾望:14일)에 북암(北菴)에서 시적(示寂)하니 법랍은 고작 40세였다. 그

---

4 九家之學이란 「荀爽集」에 나오는 京房, 馬融, 鄭玄, 虞飜, 陸績, 姚信, 宋衷, 翟(적)子玄, 荀爽 등 9家의 易學을 말한다. 이 九家를 筍九家라고도 하는데 그들의 易學은 모두 象數易이다.

가 죽을 무렵에 여러 번 혼자말로 無端兮(무단혜)라고도 하고 夫質業是(부질업시)라고도 했다니 전자는 '무단히'의 방언이요, 후자는 '부질없이'의 뜻이겠다. 둘 다 가슴 깊이 뉘우치는 소리가 아닌가. 죽기 한 해 전인 경오 년(純祖 10, 1810) 봄에 혜장이 정약용에게 「장춘동잡시」(長春洞雜詩) 20수를 보내주었는데 둘째 연에서 이렇게 읊었다.

백수공부에 누가 득력했나
연화세계 다만 이름만 들었네
미친 노래 늘 근심 속에 부르며
맑은 눈물 자주 취한 뒤에 흐르네

柏樹工夫誰得力
蓮花世界但聞名
狂歌每向愁中發(孤吟每自愁中發—上仲氏〈辛未冬〉)
淸淚多因醉後零

위의 내용은 혜장이 죽은 그 해에 정약용이 지은 「아암장공탑명」(兒巖藏公塔銘)(정약용 50세, 순조 11, 辛未, 1811)과, 같은 해 겨울에 정약용이 그의 중형인 정약전(丁若銓)에게 부친 「중씨께 올림」(上仲氏〈辛未冬〉)이라는 서찰에 나오는 얘기다.

z위에서 두 사람의 대화를 얼더듬어 보았지만 나는 『역경』에 대해서도 석씨의 학에 대해서도 깊은 온축을 이루지 못한 사람이다. 이 얼치기 학인의 눈에는, 혜장의 제자들이 지켜보는 앞에서 방약무인하게 지껄이는 치졸하기 그지없는 혜장의 열변을 잠자코 듣고만 있는 정약용의 태도가 과연 조선조

제일의 학자답고, 얼른 알아보고 무릎을 꿇는 혜장의 경지 또한 아득하게 보일 뿐이다. 혜장이 아니라 원효였더라면 무릎을 꿇은 자는 원효가 아니라 정약용이었을 거라며 냉소를 짓는 사람이 있었다. 이런 사람과 더불어 무슨 말을 하겠는가. 정약용과 혜장. 두 사람의 세계를 곡진히 안다고 하기엔 나는 정말 우물 안 개구리며 초파리에 지나지 않겠지만, 혜장이 정약용으로부터 『주역』의 원리를 듣고 "몸을 그르쳤음을 후회했다."라고 하는 것은 승려가 된 걸 후회했다는 말인 것 같다는 생각을 떨쳐 버릴 수가 없다.

"곤괘는 왜 초십이라고 말하지 않았지?"라는 의표를 찌르는 정약용의 촌철살인 이 한마디에 무너져 버린 혜장선사! 승려로서 승려가 된 걸 후회하게 되었다면 미친 노래 근심 속에 부르고 취한 뒤에 맑은 눈물 흘리는 건 오히려 인지상정일 거다. 이 구절은, 읽는 사람으로 하여금 많은 것을 생각하게 한다.

만남이란 더러는 운명이 되는 모양이다. 어떠한 만남에서도 흔들리지 않는다면 진정한 자유일 것이다.

다산의 여자

1810년 9월 어느 날 순조 임금의 능행(陵行) 길에 미친 듯이 징을 치는 한 사나이가 있었다. 아버지의 사면을 호소하는 다산의 장자 정학연이었다. 이른바 이 격쟁(擊錚)으로 해서 마침내 임금으로부터, 석방시켜 주마는 약속을 받았다. 다산초당은 말할 것도 없고 온 강진 고을이 술렁거렸다. 귀양살이한 지 10년 만에 이로써 끝나는가 싶었다.

그러나 누가 알았으랴! 이제나저제나 애타게 기다려도 석방 통보가 오지 않았다. 악당들의 농간 때문이었다. 다산과 그 제자들은 차차 초조해지고 급기야는 낙담하고 분노하고 체념하고 절망하기에 이르렀다. 한번만 허리를 굽혀 악당들과 타협하기를 장자 학연이 다산께 간하였으나 다산은 진노했다. 그렇게 세월이 8년이나 흐른 뒤 이태순(李泰淳)의 절절한 상소로 1818년 8월에서야 석방 통보가 도달했다. 이것이 당시 집권세력 노론 벽파의 작태였으니 나라꼴은 알만하지 않는가.

초당 사람들은 강진을 떠날 준비를 꼼꼼히 진행하였다. 8월 그믐날 밤에 다산의 제자 윤종기(尹鍾箕)가 주축이 되어 모임을 갖고 계를 만들기로 했다. 회원은 이유희 이강희 형제, 정학연 정학유 형제, 초당 주인 윤단(尹慱)의 손자인 윤종기, 윤종벽, 윤종심, 윤종두, 윤종삼, 윤종진 그리고 정수칠, 이기록, 이택규, 이덕운, 윤아동, 윤자동, 윤종문, 윤종영 등 이른바 초당 18제자이다. 「다신계절목」을 살펴보면 누가 그 스승에 그 제자 아니랄까 봐서 그 절목이 주도면밀하기 그지없었다. 다산이 「다신계절목」을 보완하고 추인하면서 그 벽두에서 이렇게 말했다. "사람을 귀하게 여기는 것은 신의가 있기 때문이다."
신의를 안 지키면 짐승과 다를 것이 없다고도 했다. 사람이 신의를 안 지켜
짐승이 된 짐승한테 수없이 해코지 당했던 다산이 아니었던가. 또 「다신계절
목」끝에 「읍성제생좌목」(邑城諸生座目)을 추가하게 했다. 손병조, 황상, 황경, 황
지초, 이청, 김재정 등 가장 어려웠던 사의재 시절에 고락을 함께 했던 제자
여섯이다. 이것이 이른바 다신계(茶信契)이다. 다산은 18년 동안에 다섯 곳에 열
여덟 마지기 땅을 소유하고 있었다고 하니 참으로 놀라운 인물이 아닌가. 한
편 제자들은, 1810년 임금의 사면 약속이 있자 오늘 같은 날을 대비하여 매월
얼마씩 돈을 모으고 있었는데 이제 그들은 스승의 행장에 곗돈 35냥을 꿰어
드리고 스승의 분부대로 토지를 계답(契畓)으로 전환했다.[1]

다산은 백련사와 대둔사의 승려들과도 「전등계」(傳燈契)를 맺고 있었다. 이
계의 내용은 기록이 없어 자세히 알 수가 없지만 아암(兒菴) 혜장(惠藏)과 초의(草
衣) 의순(意恂)을 비롯한 승려들과의 사제의 인연은 두터웠다. 아암은 7년 전에
입적했지만 초의 등 다른 승려들과는 이별을 하게 되었다.

다산이 강진을 떠나던 날 이청(李晴)을 비롯한 제자 몇몇이 부급종사(負笈從師)

---

1 계답으로 전환했다고 해서 소유권이 넘어간 것은 아니다. 다산은 해마다 다신계의 회계
보고를 받으며 자신을 위한 상당한 지분을 챙겼던 것 같고 그 가운데는 다봉(茶封) 즉 차
도 포함되어 있었다. 세월이 흐르자 이 약조는 잘 지켜지지 않았을 뿐만 아니라 제자들
은 스승에게 청을 넣어 한자리 해 보겠다고 너도나도 들떠 있었다. 다산은 졸리다 못해
전라도로 내려가는 과거 시험관에게 부탁해 볼 것이니 한 사람만 선정해 달라고 한 적
이 있었는데 제자들은 서로 다투며 노골적으로 스승에 대한 불만을 터트리기도 했다. 오
랜 세월 스승을 받들며 장차 스승이 해배되면 스승의 연줄로 벼슬길에 나아가게 되려니
했었지만 조정의 상황은 이미 변해서 다산의 인맥은 소원해진 터라 각주구검(刻舟求劍)
이랄까, 제자들은 닭 좇던 개 울 쳐다보는 처지가 되어버린 거다. 이렇게 되자 사제의 관
계는 단순한 이해관계로 전락하게 되었다. 茶信契는 無信契가 되었노라고 다산은 탄식
했다. 茶山學團은 드디어 와해되고 만 것이다.(정민, 『삶을 바꾼 만남』, 서울:문학동네,
2011. pp. 386~398 참조)

했다.

다산은 고향으로 돌아가는 길에 만감이 교차했다. 귀양살이 한 지 만 17년 6개월이 아니던가.

이른바 신유옥사(辛酉獄事)에 연루되어 갓 마흔 살이 되던 1801년 3월 초아흐렛날에 경상도 장기현 마산리로 귀양을 갔다가 그해 구월에 황사영 백서사건(黃嗣永帛書事件)이 터지자 다시 조정으로 끌려와 문초를 받고 혐의가 없음이 밝혀졌으나 동짓달 추운 날에 강진으로 이배되었다. 엄동설한에 살 맞은 궁조(窮鳥)가 되어 거처를 못 정하고 이리저리 기웃거리며 시골 무지렁이한테 박해를 당하다가 어렵게 깃들인 곳이 밥도 팔고 술도 파는 동문 밖 한 노파의 집(東泉旅舍)이었다. 이후 한때는 절간으로 한때는 제자 이청(李晴)의 집으로 이리저리 떠돈 세월이 햇수로 8년, 마침내 다산의 외족 윤단(尹傳)의 산정인 다산초당으로 거처를 옮기고 다시 흐른 세월이 햇수로 10년, 회고하면 참으로 스산한 유락(流落)의 세월이었다.

처음 8년은 떠돌이 생활로 마음이 흔들렸지만 다산초당 시절은 신변이 비교적 안정되어 저술에 몰두할 수가 있었다. 하지만 거처가 조금 나아졌다고 해서 우환을 떨쳐 버릴 수는 없었다. 초당으로 올라와서 지었던 「다산팔경사」(茶山八景詞)가 그때의 고적한 심경을 잘 말해 준다 할까. 제4수를 옮겨 본다.

황매 피고 가랑비가 수풀 가지에 젖을 때
천 개의 물방울이 수면에 일지
저녁 밥 두세 덩이 일부러 남겼다가
등나무 난간에 기대어 고기 새끼 밥을 주노라

黃梅微雨著林梢

千點回紋水面交

晚食故餘三兩塊

自憑藤檻飯魚苗

　　그러나 제자의 수가 아들 둘을 비롯해서 18명에 이르렀고 혜장이며 초의 같은 승려들도 무시로 들락거렸겄다. 다산초당의 살림살이는 번다할대로 번다해졌다. 세 끼 식사만 해도 그렇고 빨래며 청소도 그랬다. 초당에 정착하고부터 혜장의 배려로 어린 중 하나가 수발을 들었으나 일이 벅차서 나중엔 종을 들였는데 이 녀석이 워낙 게을러서 쫓아냈다. 저술에 바쁜 사내들만으로는 갈마들며 번을 들긴 했지만 감당하기가 어려운 지경에 이르게 되었다. 해배는 이미 물 건너 간 것 같고 다산은 지병인 중풍이 악화되어 폐인이 되다시피 되었다. 다산은 죽어서 강진 땅에 묻힐 작정을 하고 있었다.

　　이때 살림을 맡아 할 여자를 들여야겠다고 윤단의 아들 윤규노(尹奎魯)가 간곡하게 권했다. 다산은 듣지 않고 한두 해 더 견뎌내다가 마침내 산궁수진처(山窮水盡處)에 이르자 도리 없이 주위의 권유에 응하고 말았다. 1812년경, 강진 포구의 남당(南塘)에 살던 정씨 여인을 들였다.[2] 이 여인이 속칭 '홍임(弘任) 모'이다. 이 여인의 몸에서 태어난 여자 아이가 홍임이다. 예로부터 전해오는 이야기로는 다산이 처음 기거하던 주막집 노파의 딸을 첩실로 들였다고 하지만 근거가 없었는데 후술하는 「남당사」(南塘詞)의 발굴로 해서 주막집 딸은 아니지만 다산이 소실을 들인 것만은 사실로 판명되었다. 「남당사」는 성균관대학교 임형택 교수가 인사동 문우서림 김영복으로부터 구해 논문으로 발표

2 정민 전게서, pp. 357~358 참조.

한 것이다.[3] 다산이 십팔 년간의 우환에 침몰하지 않은 것은 이름도 전해지지 않은 홍임 모의 눈물겨운 사랑과 헌신의 공덕이 컸을 것이다.

두릉에 도착한 날이 9월 14일이었다. 홍임 모는 이때 동행했는지 나중에 홀로 왔는지는 모르나 「남당사」에 의하면 홍임 모가 두릉에 온 것만은 분명하다. 그녀의 운명은 장차 어찌 될 것인가? 한편 다산의 본처 홍씨 부인은 또 얼마나 황당했겠는가? 남편을 유배지로 보내고 임을 그리며 밤을 지새우길 몇 했는데, 믿었던 사람이 절룩거리는 대머리 늙은이가 되어 돌아오면서 젊은 첩을 끼고 그것도 혹까지 달고 왔으니, 이미 듣고는 있었지만 막상 눈앞에 나타나자 억장이 무너질 노릇이었다. 다산의 처첩 간에 어떤 일이 벌어졌는지, 그에 대한 기록은 없다. 그러나 다산이 죽은 며느리 심씨를 위한 「효부심씨묘지명」(孝婦沈氏墓誌銘)에서, "시어머니의 성품이 속이 비좁아 마음에 덜 들었다."(姑性隘少可意)라고 한 것이라든가, 학유가 강진에서 고향으로 돌아갈 때 써 준 「신학유가계」(贐學游家誡)에서, "나와 네 어머니는 지기다. 다만 속이 좁은 것이 흠이다."(吾汝慈之知己 嘗曰吾內無病 唯量狹爲疵)라고 한 것 등으로 미루어보건대 홍임 모는 아마도 홍부인의 투기와 구박을 견뎌낼 수가 없었을 것 같다는 견해가 그럴듯하지 않는가.

홍임 모는 쫓겨났다. 그 후의 그녀의 사정은 작자 미상의 「남당사」 16수가 잘 말해 주고 있다.

「남당사」의 서문을 옮겨 본다.

다산의 소실이 내침을 당해서 양근(陽根) 사람 박생(朴生)이 가는 편에 딸려

---

3 정민 전게서, p. 359 참조. 임형택, 「신발굴자료 南塘詞에 대하여」, 『민족문학사연구』 20권, 민족문학사학회, 2002. pp. 438~448 참조.

강진의 남당 본가로 돌아가게 되었다. 박생은 그녀를 데리고 장성 읍내에 이르자 그 곳 부자인 김씨와 짜고 그녀의 절개를 꺾으려 했다. 그녀가 이 사실을 알고 크게 울면서 마침내 박생과 단절하고는 곧바로 금릉(金陵, 강진의 별칭)으로 갔는데 남당의 친정으로 가지 않고 곧장 다산초당으로 갔다. 날마다 연못이며 누대며 초목 사이를 서성거리며 서러워하고 원망하는 마음을 부쳤는데 금릉의 악소배(惡少輩)들이 그곳 경내를 감히 한 발짝도 넘보지 못했다. 나는 이런 사실을 듣고서 매우 마음이 아파 「남당사」 열여섯 절구를 지었다. 가사는 모두 여인의 마음을 파악해서 나타낸 것일 뿐 하나도 보탠 말이 없다. 읽는 이들이 살피기 바란다.

「남당사」16수를 여기에 옮겨 본다.

1.

남당포 강 위가 저의 집인데
어인 일로 귀의하여 다산에 머물렀나
낭군이 앉아 있던 곳 알고자 한다면
연못가에 손수 심은 꽃이 여태도 있단다

2.

남당의 어린 여자가 뱃노래를 해득했는데
밤이면 강루에 올라 흰 물결을 희롱했네
장사꾼은 먼 이별을 그리 쉬이 한다지만
장사꾼은 그래도 왕래나 자주 하지

3.

돌아갈 생각만 하는 임 이내 마음 슬퍼

밤마다 피운 향불 하늘에 닿았으리

어이 알았으랴 온 집안이 환영하던 날

도리어 어린 여자 명도가 기박해질 것을

4.

어린 딸 총명함이 제 아비와 같아

아비를 부르며 왜 안 돌아오냐고 우는구나

한(漢)나라 소통국(蘇通國)은 속량(贖良)되어 왔다는데

무슨 죄로 어린 딸이 또 귀양살이 한단 말인가[4]

5.

정씨 집서 월족(刖足)하고 김씨한테 단비(斷臂)하니

사람 시켜 강포하니 원망 어이 깊지 않으리

어이 알았으리 못된 장난 다시 만나

양근 박가(朴哥) 돌아와 이 마음 들어낼 줄을[5]

---

4 蘇通國은 漢나라 때 蘇武가 흉노한테 19년 동안 억류되어 지낼 때 蘇武와 胡女 사이에 난 아들이다. 뒤에 아버지를 따라 중국으로 돌아와 宣帝로부터 郎中을 제수 받았다. 다산의 「자찬묘지명」(집중본)에도 蘇武에 대한 언급이 있다.

5 刖足 : 발꿈치를 베는 고대의 형벌. 斷臂 : 五代 때 王凝의 아내가 남편의 시신을 모시고 귀향하던 중 어느 여사에서 유숙을 청하자 주인이 그녀의 팔을 잡고 밖으로 내쳤다. 그러자 그녀는 수절의 몸을 더럽혔다고 자책하며 도끼로 자신의 팔을 잘랐다는 고사.

6.

베 짜기와 바느질은 도무지 관심 없고
일없이 등불 돋워 밤이 하마 깊었구나
곧바로 오경에 이르러 닭울음소리 파한 뒤
옷 입은 채 벽에 떨어져 홀로 신음하네

7.

절대문장에 세상에 드문 재주시니
천금으로도 한번 접하기 오히려 어려우리
겨울 까마귀 봉황을 짝했으니 원래 짝이 아닌 것을
천한 몸 과한 복이 재앙 될 줄 알았다오

8.

흙 나무 마음인가 돌사람인가
고금을 통틀어서 끝내 짝 어려워
깨진 거울 다시 둥글 수 없다 하여도
그대 집 부녀 천륜 차마 어찌 끊을까

9.

흩어진 화장 떨군 비녀 남이 볼까 두려워서
웃다가 찡그림을 단지 홀로 안다네
낭군 마음 그래도 그리움이 있다면
반쪽 침상에 때로 꿈에나 올 때가 있을지

10.

물 막히고 산 막혀 기러기 또한 소원하니
해가 가도록 광주 편지 받아 보지 못했네
어린 여자 오늘에 천만 가지 고통은
낭군께서 떠나기 전의 처음만 생각나네

11.

석 자 칼로 그어 이 가슴 쪼개면
가슴속에 임의 모습 뚜렷이 보이리
이용면(李龍眠)의 솜씨로 그린다 하더라도
정성이 저절로 하늘 조화를 빼앗으리

12.

홍귤촌 서쪽에는 월출산인데
산머리 바위가 흡사 돌아올 사람 기다리듯
이 몸 만 번 죽어도 오히려 한이 남겠거니
원컨대 산머리의 한 조각 돌이 되려오

13.

엄자산(崦嵫山) 햇빛조차 그대 위해 슬퍼하니
늙기 전에 못 만나 한이야요
해와 달을 묶어 둘 재주 없지만
여생의 생이별을 어이 견딜거나

14.

외로운 집 사람 없이 그림자 안고 자니
등불 앞 달빛 아래 옛 인연이구나
서루(書樓)와 침실이 꿈결에 희미하고
베갯머리 절반에 울던 흔적 남아 있네

15.

남당 봄물에 안개가 절로 일고
모래섬 버들 물가엔 꽃이 객선을 덮는구나
하늘가 곧장 가서 길이 하나 통한다면
가는 편에 아이 태워 소내에 닿을 텐데

16.

남당가의 노래 곡조 여기서 그치리니
노래 곡조 소리마다 절명의 가사라요
남당가 곡조를 부르지 않아도
마음 등진 사람은 스스로 등진 마음 알리라

다산 본가에서 내침을 당한 홍임 모는 도중에서 하마터면 훼절마저 당할 뻔했다. 가라는 친정으로는 안 가고 임의 체취가 배어 있는 다산의 초당으로 가서 일편단심, 임을 그리며 칭얼거리는 어린 딸 홍임이와 한 맺힌 세월을 보내게 되었다.

누가 이 「남당사」를 지었을까? 다산이 지었다는 사람도 있지만 나는 1820

년 무렵 강진 문인의 작이라고 보는 견해에 찬동한다. 다만 「자찬묘지명」(집중본)에서 다산은 회고하길, "당초 신유 년(순조 1, 1801) 봄 옥중에 있을 때 하루는 시름에 겨워 있는데 꿈에 한 노부(老父)가 꾸짖기를 '소무(蘇武)는 십구 년을 인내했는데 지금 그대는 십구 일의 고통을 못 참는가?'라고 하였다."라는 꿈 이야기가 나오는데 이 이야기와, 「남당사」제4수에서 소무의 아들 소통국을 들먹인 것을 연계시켜 본다면 다산의 작일 수도 있지 않을까 싶기도 하다.

전해오는 믿을 만한 얘기로는 홍임 모녀는 먼 훗날 서울서 살았다는 말도 있고 보면 다산이 그녀를 끝내 저버리진 않았는지도 모를 일이긴 하다.

한편 다산이 귀양살이에서 풀려나 향리로 돌아온 지 5년째가 되던 1823년 첫 여름, 다산초당의 제자 윤종삼(尹鐘參, 자 旗叔)과 윤종진(尹鐘軫, 자 琴季) 형제가 경기도 마현으로 선생을 찾아뵈었다.

제자가 떠날 때 다산이 써서 준 글이 한 편 전해지고 있다.[6]

다산초당의 제생(諸生)이 나를 열상(洌上, 다산의 고향을 뜻함)으로 찾아와서 인사말을 나눈 다음에 나는 물었다.

"금년에 동암은 이엉을 새로 이었느냐?"

"이었어라우."

"홍도는 시들지 않았느냐?"

---

6 이 자료는 임형택 교수로부터 얻었다. 茶山諸生, 訪余于洌上, 敍事畢, 問之, 曰; "今年葺東菴否?" 曰; "葺." "紅桃竝無橋否?" 曰; "蕃鮮." "井甃諸石, 無崩否?" 曰; "不崩." "池中二鯉益大否?" 曰; "二尺." "東寺路側種先春花, 竝皆榮茂否?" 曰; "然." "來時摘早茶, 付曬否?" 曰; "未及." "茶社錢穀, 無哺否?" 曰; "然" "古人有言云, 死者復生, 能無愧心. 吾之不能復至茶山, 亦如死者同. 然倘或復至, 須無愧色焉可也." 癸未 □夏 道光三年 洌上老人 贈旗叔. 琴季二君. 다산과 제자와의 대화에서 전라도 사투리는 정찬주의 『다산의 사랑』(서울:봄아필, 2012)을 참조했다.

"곱더라우."

"우물 쌓은 돌들은 무너지지 않았느냐?"

"무너지지 않았어라우."

"못 속의 잉어 두 마리는 더 자랐느냐?"

"두 자나 자랐어라우."

"백련사 가는 길섶에 심은 선춘화(先春花, 동백)는 모두 다 번성하냐?"

"그래라우."

"올적에 일찍 딴 차 잎을 말렸느냐?"

"말리지 못했그만이라우."

"다신계의 전곡(錢穀)은 결손이 없느냐?"

"축나지 않았그만이라우."

"옛 사람 말에 '죽은 사람이 다시 살아나도 능히 부끄러운 마음이 없어야 한다.'고 하였다. 나는 다시 다산초당에 갈 수 없는 몸이니 죽은 사람과 마찬가지다. 그러나 내가 혹시 다시 가게 되는 날 모름지기 부끄러운 빛이 생기지 않도록 힘써야 할 것이다."

두 제자가 원하는 대로 글 말미에 "기숙과 금계 두 사람에게 준다."라는 말까지 붙였다.

다산초당의 지붕이며 돌 하나, 꽃 하나, 나무 하나, 연못의 잉어까지 안부를 물어보면서도 제자에게 준엄한 어조로 인간의 도리를 당부할 뿐 홍임 모녀에 대해선 끝내 입을 떼지 못하는 다산, 그 심중이 어떠했을까? 하지만 오늘따라 나는 왜, 다산이 이리도 미워지는지 모르겠다.

하피첩(霞帔帖)

1810년(순조 10년 庚午) 그러니까 다산의 나이 49세가 되던 해에 고향 두릉에서 부인 홍(洪)씨가 서찰과 치마 하나를 부쳐왔다. 다산은 그 헌 치마의 말기를 조심조심 뜯어내고 알맞게 마름하고 배접한 뒤 손닿는 대로 두 아들에게 보낼 근검(勤儉)을 가르치는 교훈을 적었다. 「우시이자가계」(又示二子家誡)에 근검의 구체적 내용이 나온다. 이른바 「하피첩」(霞帔帖)이다. 모두 세 책이다. 하피(霞帔)란 홍군(紅裙)의 전용된 말이다. 즉 붉은 치마이다. 이 「하피첩」이 2006년 4월 2일 KBS 명품진품 시간에 처음으로 출품되어 나는 선생을 대한 듯 깜짝 놀랐다. 그 첫 면에 문집의 「제하피첩」의 내용과 똑 같은 글이 실려 있다.

내가 강진에서 귀양살이를 하고 있을 때 병든 아내가 헌 치마 다섯 폭을 보내왔는데, 그것은 시집올 적에 가져온 훈염(纁袡, 시집갈 때 입는 활옷)으로서 붉은빛이 담황색으로 바래서 서본(書本)으로 쓰기에 적당했다. 잘라서 조그마한 첩(帖)을 만들고는 손이 가는 대로 훈계의 말을 써서 두 아들에게 준다. 훗날 이 글을 보고 감회를 일으켜 어버이의 흔적과 손때를 생각하게 된다면 틀림없이 마음이 뭉클해질 것이다. 이것을 하피첩이라 이름 붙였는데 이는 붉은 치마를 바꿔 말한 것이다. 가경(嘉慶) 경오년(순조10, 1810) 초가을에 다산의 동암에서 쓴다.

「하피첩」의 앞부분에 쓰여 있는 시를 옮겨 본다.

妻病寄敝裙　병든 아내가 헌 치마를 보냈으니

千里托心素　천리에 애틋한 마음 부쳤네

世久紅已褪　세월이 오래 되어 붉은 빛 바랬으니

悵然念衰暮　늙어 쇠약해짐이 한이로구나

裁成小書帖　마름질해서 작은 서첩을 만들어

聊寫戒子句　아들을 가르치는 글을 적노라

庶幾念二親　바라건대 어버이 마음에 품고서

終身鐫肺腑　종신토록 패부에 새길지어다

다산은 귀양살이하는 가운데도 자식 걱정을 놓을 수가 없었다. 폐족이 되었으니 자식의 장래가 늘 걱정이 되어 혹시라도 잘못될까 싶어 한시도 마음을 놓지 못했던 것 같다. 여기서 나는 다산의 애틋한 부정과 그의 꼼꼼하고 다정다감한 성품을 읽는다.

다산의 매조도

방병성주(蚌病成珠), 조개가 병들어 진주를 이룰 수도 있듯 가치는 우환(憂患)의 소산인 경우가 많다. 우환은 더러 도저한 철학을 낳고 그 철학이 수렴하여서는 시가 되기도 하고 펴서는 그림이며 저술이 되기도 한다. 정다산(丁茶山)의 '매조서정도'(梅鳥抒情圖) 또한 이와 다르지 않다.

내가 지금 들여다보고 있는 이 매조서정도는 고려대학교 박물관에 소장되어 있는 걸 손바닥만 하게 축소하여 영인한 거다.

매화 그림은 새를 등장시킨 매조도이든 매화만을 그린 것이든 대개 나무는 험상궂은 고목(古木)으로 그려서 풍상에 찌든 노인을 연상케 하고 꽃은 단엽으로 그려 그 청초함이 정녀(貞女)를 떠올리게 하는데, 이 그림에서 다산은 나무의 몸체와 밑동은 그려 놓지 않았다. 왜 그랬을까?

이 그림을 보면 세로로 기다란 모양을 하고 있는데 전체의 3분의 1이 채 안 되는 위쪽만 두 개의 매화 가지로 안배되고 있을 뿐 나머지는 여백인데 그 여백은 크고 작은 글자들로 꽉 메워지다시피 되어 있다. 여백이 여백으로만 남겨지는 여느 매화 그림과는 다른 면모를 보여준다. 왜 그랬을까?

낭창거릴 듯 두 개의 가느다란 매화 가지가 그림의 상단 오른쪽 귀퉁이에서 완만하게 아래로 처지면서 왼쪽으로 뻗었다. 절지(折枝)는 한없이 어려도 드문 착화(著花)를 보면 풍상의 세월이 흐를 대로 흘렀다. 고매(古梅)이다. 아랫가지의 한 중간쯤에 앉아 있는 두 마리의 새는, 아랫도리는 사북에서 교차되는 두 개의 벌어진 가위다리처럼 엉거 있고 몸통은 가위 다리를 벌린 듯 갈라져 있지만 부리를 치킨 대가리는 두 마리가 다 같이 왼쪽을 향해 무언가를 응시하는 모습이다. 사북을 축으로 한, 가위의 두 다리가 금방이라도 접치어지고 다시 벌어질 듯 그렇게 새들은 앉아 있다. 이것은 아마도 스스로 야광주(夜光珠)에 비겼던 그의 역저 『주역사전』(周易四箋)에 나오는 이른바 「반합」(牉合)[1]의 뜻을 그림에 담으려 한 것이 아니었을까 싶다. 가위다리를 친 아랫도리는 '혼배행례'(婚配行禮)를, 한 방향으로 응시하는 자태는 '부부정가'(夫婦正家)의 원리를 나타내어 그의 이른바 「반합」의 뜻이 드러난 듯 숨은 듯하다. 이 그림은 『주역사전』이 완성된 5년 뒤, 그의 나이 52세(순조 13, 계유, 1813) 때에 이루어진 것이기 때문에 이른바 야광주는 이 그림 속에서도 그 광채를 발하고 있을 터이지만 오늘날의 사람들이 제대로 알아보지 못한다. 어쩌면 이 두 마리 새는 딸에게 부부의 도리를 그림으로 가르치려 한 것일 수도 있다. 다산의 숱한 가계(家誡)에서 보듯, 자식을 바로 가르치려 하는 다산의 열의는 적거의 처지가 되고부터 더 절절했던 것 같다. 이 그림의 왼쪽 여백에 씌어 있는 작은 글씨의 후기에서도 그렇다.

내가 강진에 귀양살이한 지가 수년이 넘었다. 홍(洪)부인이 헌 치마 여섯 폭을 보내 왔는데 해가 묵어서 붉은 빛이 바랬다. 이것을 잘라 네 개의 첩(帖)으로 만들어 두 아들에게 보내고 그 나머지로 작은 가리개를 만들어 딸아이에게 보낸다. —— 余謫居康津之越數年 洪夫人寄 敝裙六幅 歲久紅襦 剪之爲四帖 以遺二子 用其餘爲小障 以遺女兒.

다산은 딸을 강진으로 데려와서 강진에 사는 친구 윤서유(尹書有)의 아들이

---

1 牉合에 대해서는 졸저 『周易反正』(서울: 學古房 2013), pp. 303~306 참조.

자 자신의 제자인 윤창모(尹昌模, 1795~1856)에게 시집보내고 난 뒤 울적한 심정을 달랠 길 없었던 모양이다. 이 그림은 시집간 딸을 위해 그린 거다. "가경 18년(순조 13, 계유, 1813) 7월 14일에 다산의 동암에서 쓰다."라고 하였으니 다산은 갓 마흔 살에 아내와 이별한 지 12년이 되었고, 풍병을 앓고 있는 것도 12년, 너무 일찍 일그러진 52세의 초로가 되어 버렸다. 예나 이제나 늙어지면 외로운 법인데 하물며 귀양살이하는 죄인이겠는가. 이들 내외는 한창 좋은 시절을 이렇게 하여 다 보낸 거다. 붉은 빛이 바랜 그 치마는 시집올 때 입고 온 다홍치마[紅裳, 紅裙]였고 그것을 보내는 마음이나 받는 마음이나 가만히 생각해 보면 가슴이 저려 온다. 부인의 체취라곤 이 치마뿐인데 이제 그 치마 여섯 폭(「霞帔帖題」에서는 '敝裙五幅'이라고 되어 있다. 착각일 뿐 같은 치마다.)을 잘라서 두 아들에게는 3년 전(다산 49세, 순조 10, 경오, 1810)에 '하피첩'(霞帔帖)을 만들어 거기에 근검(勤儉)을 가르치는 교훈을 써서 보내고[2] 딸에겐 매조도를 그려 보내고는 있지만, 통한의 세월을 살아 온 그의 심신은 푹 썩어 허물어져 가는 늙은 매화의 밑동처럼 되고 말았으리라. 행서체와 초서체를 섞어서 연달아 내리쓴 화제(畵題), 그 시어들이 여백의 대부분을 차지하는 데에서 도리어 그의 적적한 심정을 읽기란 그다지 어렵지 않다. 여백이 여백으로만 남겨지지 않은 건 까닭이 여기에 있으리라. 사언으로 끊어서 번역문과 함께 적어 본다.

翩翩飛鳥　홀쩍 날아온 새
息我庭梅　내 집 뜨락 매화나무에 사는구나

有烈其芳　아름다운 그 향기에
惠然其來　즐거이 왔나 보다
爰止爰棲　머물기도 하고 깃들기도 하여
樂爾家室　제 집인 양 즐기는구나

華之旣榮　꽃 피어 흐드러졌으니
有蕡其實[3]　많은 열매 맺겠네

　다산 가신 지 170년(2006년 기준), 나는 다산의 이 시에 외람되게 한 수를 덧붙여서 읊어 본다.

　누가 내 그림에 둥치가 없다 하는가
　풍상에 썩은 밑동 내가 차마 못 그린다

　아내가 미워지고 딸한테서 서운한 생각이 들 때면 나는 가끔 이 매조도를 들여다본다. 갑자기 창 밖에는 봄볕이 가득하고 나는 스르르 낮잠이 늘어진다.

---

3 '惠然其來'는 『詩經』, 「邶風」의「終風」章에 나오는 '惠然肯來'에서, 爰止爰棲'는 「邶風」의
　「擊鼓」章에 나오는 '爰居爰處'에서, 樂爾家室' 有蕡其實'은 「周南」의 「桃夭」章에 나오는
　"桃之夭夭 有蕡其室 之子于歸 宜其家室"에서 각각 원용한 것으로 생각된다.

다산의 두 번째 매조도

다산의 매화 그림은 고려대학교 박물관에 소장되어 있는 것만이 아니었다. 개인이 소장하고 있던 또 하나의 매화 그림이 2009년 6월에 세상에 공개되었다. 크기는 고려대학교 박물관 소장의 것과 똑 같고 구도는 아주 닮았다. 그림의 3분의 2가 넘어 뵈는 아래 부분의 여백이 여백으로 남지 않고 시와 그 옆에 덧붙인 작은 글씨로 꽉 채워진 것도 전의 그림을 빼닮았다.

그림의 오른쪽 상단에서 약간 아래로 처지면서 왼쪽으로 뻗은 가지는 전의 그림보다 훨씬 성기고 단조롭다. 활짝 핀 백매화 꽃이 여덟 송이 가량 되고 봉오리는 열 개쯤으로 보인다. 드문 착화(著花)를 보면 고매(古梅)가 분명하다. 전의 것은 두 마리의 새가 서로 어긋매껴 있지만 이번 그림에는 한 마리뿐이다. 새가 바라보는 방향도 전의 그림은 왼쪽인데 반해 이 그림은 오른쪽이다. 둥치 쪽이다. 보관상태가 좋아서 그런지 전의 그림과는 비교가 안 될 만큼 선명하고 아름답다. 그러나 이상하다. 풍기는 느낌이 전의 그림과는 판이하다. 전의 그림은 아늑한 기분이 드는데 반해 이번 것은 바라보고 있노라면 어쩐지 마음이 짠해진다. 외롭게 보이는 한 마리 새 때문인 것 같다.

시와 그 옆의 글을 옮겨 본다.

묵은 가지 쇠하고 썩어 그루터기 되려더니(古枝衰朽欲成楂)
뽑아낸 푸른 가지가 꽃을 피웠네(擢出青梢也放花)
어디서 날아온 채색 깃 작은 새(何處飛來彩翎雀)

다소곳이 머무는 한 짝이 천애에 떨어졌구나(應留一隻落天涯)

가경 계유 팔월 십구일 자하산방에서 써서(嘉慶癸酉八月十九日書于紫霞山房)
혜포 터앝에 씨 뿌린 늙은이에게 주려고 한다(擬贈種蕙圃翁)

자하산은 다산이란 산의 다른 이름이니 자하산방이란 다산초당이다. 계유년이면 1813년이니 고려대학교 박물관 소장의 매조도와 같은 해에 그린 것이다. 7월 14일에 딸에게 줄 그림을 그리고 불과 한 달 남짓 후에 이 그림을 그린 것이다.

다산이 1801년 동짓달 추운 날에 강진에 와서 거처를 못 정해 이곳저곳 기웃거리다가 동문 밖 한 노파의 주막집에 거소를 정한 뒤 한때는 절간으로 한때는 제자 이청(李晴)의 집으로 이리저리 떠돈 세월이 8년, 마침내 다산의 외족 윤단(尹慱)의 산정인 다산초당으로 거처를 옮기고 다시 흐른 세월이 10년, 회고하면 참으로 스산한 유락(流落)의 세월이었다. 처음 8년은 떠돌이 생활로 마음이 흔들렸지만 다산초당 시절은 신변이 비교적 안정되어 학문에 몰두할 수가 있었다. 그러나 제자의 수가 아들 둘을 비롯해서 18명에 이르렀고 혜장이며 초의 같은 승려들도 무시로 들락거렸것다, 다산초당의 살림살이는 번다할 대로 번다해졌다. 세 끼 식사만 해도 그렇고 빨래며 청소도 그랬다. 초당에 정착하고부터 혜장의 배려로 어린 중 하나가 수발을 들었으나 일이 벅차서 나중엔 종을 들였는데 이 녀석이 워낙 게을러서 쫓아냈다. 저술에 바쁜 사내들만으로는 갈마들며 번을 들긴 했지만 감당하기가 어려운 지경에 이르게 되었다. 해배는 이미 물 건너 간 것 같고 다산은 지병인 중풍이 악화되어 폐인이 되다시피 되었다. 다산은 죽어서 강진 땅에 묻힐 작정을 하고 있었다.

이때 살림을 맡아 할 여자를 들여야겠다고 윤단의 아들 윤규노(尹奎魯)가 간곡하게 권했다. 다산은 듣지 않고 한두 해 더 배겨내다가 마침내 산궁수진처(山窮水盡處)에 이르자 도리 없이 주위의 권유에 응하고 말았다. 1812년경, 강진 포구의 남당(南塘)에 살던 정씨 여인을 들였다. 이 여인이 속칭 '홍임(弘任) 모'이다. 이 여인의 몸에서 태어난 딸이 홍임이다.

줄기 하나에 두 개 이상의 꽃이 피는 것을 혜(蕙)라 하고 줄기 하나에 한 개의 꽃이 피는 것을 난(蘭)이라 하지만 통상 둘 다 난이라 한다. 또 여기의 포(圃)는 정(庭)의 뜻이다. 둘 다 담장 밖의 텃밭이 아니라 담장 안의 터앝이다. 혜포(蕙圃)는 난정(蘭庭)과 같은 말인데 자식을 뜻한다. 종(種)은 '씨를 뿌린다.'는 뜻인데 여기서는 '자식을 낳는다.'는 뜻이 된다. 따라서 '종혜포옹(種蕙圃翁)' 즉 '혜포 터앝에 씨 뿌린 늙은이'란 말은 '자식을 낳은 늙은이'란 말이 된다.

혜포가 자식(子息)을 뜻한다면 딸을 시집보낸 뒤 한 달 만에 자식을 둔 셈이 되겠는데 그 자식은 누군가. 새로 들인 소실의 몸에서 태어난 홍임이 말고는 없다. 따라서 '혜포 터앝에 씨 뿌린 늙은이'란 다산 자신이다. 농와지경(弄瓦之慶)을 은유했다고나 할까. 이 그림은 새로 태어난 어린 딸을 위해서 그렸으니 응당 딸에게 줘야겠지만 딸이 아직 어리니 그 어미에게 줬어야 마땅할 텐데 주지 못한 모양이다.

전의 그림은 딸에게 준다고 분명히 말했는데 이 그림에서는 딸에게 준다는 말 대신에 '혜초 터앝에 씨 뿌린 늙은이'(種蕙圃翁) 곧 다산 자신에게 '주려고 한다'(擬贈)라고 했다. 무슨 말인가?

홍부인이 보내온 다홍치마를 잘라서 아들에게 교훈을 써서 만든 「하피첩」(霞帔帖)을 보낸 3년 뒤 그 자투리로 시집가는 딸에게 매조도를 그려 보내고도 남은 천이 또 있었던 모양이다. 새로 태어난 딸을 위해 그림을 그렸으나 홍임이는 아직 어리고 홍임이 모에게 이 그림을 주려했으나 그녀는 이 그림을 받지 않았을 것 같다는 생각이 든다. 그림의 바탕이 된 천은 본처인 홍부인의 치마이기 때문이다. 전처가 쓰던 가구는 모조리 치워버리는 것이 후처의 마음이라 하는데 하물며 홍부인이 서슬이 시퍼렇게 살아 있지 않는가. 같은 여자로서의 미안한 마음과 투기, 그리고 두려움 같은 것이 뒤엉켜 홍임이 모는 그 그림을 얼른 받을 수가 없었던 거다.

이 그림에서 다 썩어가는 둥치는 다산이요, 새는 홍임이다. 이때 다산은 3년 전에 장자 학연의 격쟁(擊錚)으로 해서 임금으로부터 해배 약속을 받고 통보만 기다리고 있던 때이다. '내가 여길 떠나고 나면 저 어린 것은 천애의 고아처럼 되겠지……'라는 애틋한 심정이 왜 안 들었겠나. "다소곳이 머무는 한 짝이 천애에 떨어졌구나!"라는 시구는 바로 다산의 그런 심정을 나타낸 것이라 하겠다.

이 그림은 9년 동안 다산 자신이 갖고 있다가 다산의 과거시험 동기인 이인행(李仁行)에게 주었다고 한다. 왜 그랬을까? 그 무렵 홍임이가 아홉 살이나 열 살쯤 되었을 텐데 그때 홍임이가 죽었거나 홍임이의 신상에 큰 변고가 생겼던 것이 아닌가 싶다. 다산은 해배 후 18년의 세월이 귀양살이 하던 18년보다 마음이 더 아팠을 것 같다는 생각이 든다.

제7편

두 책

　　중학 2학년 때의 일이니 오십 년도 훨씬 넘은 셈이다. 그때 나는 친척 집에 기식하고 있었는데 이 집에 일본 책 영어사전이 한 권 있었다. 三省堂에서 출간한 『コンサイス 英和辞典』이었다. 소녀의 살결만큼이나 보드라운 살색 가죽 표지와, 얇으면서도 질긴 인디아페이퍼(India paper)의 야들야들한 촉감과, 선명하고 깔끔하게 인쇄된 깨알 같은 글씨들, 누가 그랬을까 어쩌자고 진한 향수 냄새가 사람을 어지럽게 만드는, 손 안에 들어올 듯 말 듯 한 크기의 요정 같은 이 책, 이런 책을 난생 처음 만나자 나는 첫눈에 반해 버렸다. 어떻게 해서 그럴 수가 있었는지는 잘 기억이 나지 않지만 어쨌든 이 책을 나는 바지의 뒤 포켓에 꽂고 향수 냄새를 풍기며 학교에 다닐 수가 있었다.

　당시 우리나라의 책의 꼴은 형편없는 수준이어서 영어사전이래야 내용이나 형태나 조잡하기 그지없었는데, 내가 이런 멋진 『英和辞典』을 갖고 다니는 것은 친구들의 선망이 되기에 족했고 또 내가 일본어를 잘하는 줄로 알고 더러는 눈을 똥그랗게 뜨고 나를 바라보기도 했다.

　나는 차차 이 책을 나의 소유로 하고 싶어졌다. 이런 나의 눈치를 알아차렸는지, 뒤 포켓에 꽂고 다니는 것이 불안하게 보였는지 친척 집에서 돌려 달라고 했다. 돌려주기는 했지만 어린 나를 흔들어 놓은 이 책은 여자를 알지 못한 그때의 나에게는 지금 생각해 보면 차라리 여자와도 같은 것이었다. 얼마 동안 통 밥을 먹지 못하고 공부가 제대로 되질 않았고 그 책에 대해 엉뚱하게도 이상한 배신감마저 갖게 되었던 것 같다.

　그러다가 고등학교 1학년 때인 성싶다. 어느 날 조잡한 영한사전에 짜증이 나서 옆 자리의 친구에게 그 책 이야기를 하게 되었던 것인데 뜻밖에도, 자기 집에서는 일본에 연락하여 얼마든지 구할 수가 있다고 했다. 구할 수 있다는 그 소리에 나는 귀가 솔깃해져서 돈은 나중에 줄 터이니 빨리 구해 달라고 했다.

　얼마 후 책이 왔다. 그러나 내가 기다리던 그 책이 아니었다. 이 책이 조금 더 두꺼웠다는 것 밖에는 이상하게도 이 책에 대한 기억은 뚜렷하지 못해서 책의 이름도 출판사의 이름도 모두 확실치 않지만 아마도 旺文社의 것이었던 것 같다.

　전자가 매화라면 후자는 국화라고나 할까. 나는 매화를 더 좋아하지만 이 국화라도 갖기로 했다. 책 값이 얼마였는지는 기억이 나지 않지만 나는 이 책을 받고도 약속한 날짜가 지나도록 책 값을 갚지 못했다. 아버지 앞에 얼른 입이 떨어지지 않았기 때문이다.

　책 값을 갚지 못하자 집에 와서도 늘 수심에 잠겨 즐기는 기색이 없었던 모양이다. 그러던 어느 날 아버지가 나직한 목소리로 무슨 걱정이 있느냐고 물으셨다. 나는 기다렸다는 듯이 이 책을 아버지 앞에 내놓았다. 아버지의 다음 말씀을 침을 삼키며 기다렸다.

　"안 사면 안되나?"

　아버지의 얼굴에는 짙은 우수가 서려 있었다. 나는 아무 대꾸도 할 수가 없었고 이 책은 속절없이 돌려주어야 하게 되었다. 지금이야 초등학생도 한 달에 얼마씩 정해 놓고 용돈을 타는 세상이 되었으니 요즈음 같으면 용돈을 아껴서라도 얼마든지 그런 책쯤은 살 수가 있을 테지만 그때는 매월 얼마씩 정해 놓고 용돈을 탄다는 것은 듣지도 보지도 못하던 시절이었다.

친구는 언짢은 표정으로 책을 돌려달라고 했지만 돌려주기가 싫어졌다. 엉뚱하게도, 그냥 내게 선물로 줄 수는 없을까라는 생각도 하면서 그 친구가 야속하게 느껴졌다. 이 책이 다른 사람의 손에 들어갈 것을 생각하니 가슴이 답답하였고 멍하니 아무 것도 할 수가 없어졌다.

몇 번 약속한 날짜를 어기게 되자 친구의 독촉은 잦아졌다. 나는 책을 찢어 버리고 싶기도 하고 찢어서 한두 장이라도 갖고 싶기도 했다. 그러다가 한 장인지 두 장인지 나는 실지로 책장을 찢고 말았다. 순간 이상하게도 찢은 그 책장을 갖고 싶은 생각이 싹 없어졌고 찢긴 그 책은 주검과도 같아 보였다. 찢은 책장을 갈기갈기 더 찢어 버렸다. 나는 도둑질을 한 걸까. 아니다. 더 나쁜 짓을 한 것이다. 이 사실을 그 친구에게 고백하지 못 한 채 고등학교를 졸업하였고 다시는 그 친구를 만날 수가 없었다.

오십여 년이 지난 지금에 와서 나는 최근에 이 두 가지의 『英和辞典』의 최신판을 구입했다. 뒤의 책은 그때 그 책과 같은 책인지가 분명하지 않아서 조금 아쉽기는 하지만 어쨌든 이 두 책을 공부하는 데는 전혀 쓰지 않고 책장에 넣어 두고 옛날의 그 책을 대하듯 가끔씩 꺼내어 펼쳐 보고는 한다.

보면 볼수록 옛날의 그 책이 더욱 생각난다. 고 작지만 청초한 자색이 어쩌자고 사람을 몽롱하게 만들어 놓고는 뒤돌아보지도 않고 매정하게 떠나던 그때 그 책, 나에게 능욕을 당하고 버림을 받았던 또 하나의 그때 그 책, 이 두 권의 책은 지금쯤 어떻게 되어 있을까? 남아 있기나 할까? 아득한 옛일을 떠올려 보기나 했을까? 더욱이, 나를 믿었다가 능욕당하고 버림받았던 그 책은 나에게 원한을 품었을 것 같고 더럽혀진 몸이라고 누구한테서 진작 또 한 번 버림을 받았을지도 모를 일이다.

아마도 책을 능욕한 죄는 일생을 두고도 씻을 수 없을 터인데도 어찌하여 나는 그 책의 확실한 이름조차 잊어버리고 말았을까? 그리고 또, 그 두 권의 책 가운데 어느 것을 더 사랑하느냐고 묻는다면 나는 서슴없이, 내게 능욕당하고 배신당한 책이 아니라 나를 고혹(蠱惑)시키고 떠나 버린 앞의 책이라고 말할 것 같다.

매화 같은 앞의 책, 나의 혼을 빼먹은 그때 그『コンサイス 英和辞典』을 떠올릴 때면 언제나 그 책 위에 포개지는 어린 여자 얼굴이 하나 있다. 이 책을 사지 말 걸 그랬다.

슈우벨라 슈우 씨

드골 공항에 은빛 날개를 접었을 때 소낙비가 매정하게 퍼붓고 있었지만 불편은 없었다. 빠리의 한국인 가이드는 우산이 되고도 남았다. 큼지막한 관광버스를 대기시켜 놓고 우리 일행을 기다리는 그는, 어딘가 우수에 잠긴 듯한 그러나 다정한 얼굴이었다. 쓸쓸한 목소리로 세느강처럼 유유히 흘러나오는 유머러스한 안내는 열세 시간의 비행 피로를 풀어 주고도 남았다. 어쩜 학자 같고 어쩜 시인 같고 어쩜 슬픈 사랑의 과거를 가진 사람 같은 빠리의 가이드가 빠리의 나흘간을 감미롭게 했다. 기창 밖으로 전개되는 망망한 운해 속으로, 빠리를 두고 나는 떠나가지만 눈 감으면 그의 얼굴이 연인처럼 떠올랐다.

로마로 향하는 기내에서 나는 미지의 로마를 동경하기도 했지만, '로마의 가이드는 어떤 사람일까.' 그것이 더 궁금했다. 그러나 로마의 가이드 또한 그 나름대로는 이태리의 정치 경제 사회 문화의 모든 영역을 다 꿰뚫고 있는 것 같아 안심이 되었다. 빠리의 가이드가 예술적이라면 로마의 가이드는 정치적 사회적이라 할까. 신화며 역사를 유창하게 들려주는 아테네의 남매 가이드도, 모차르트며 베토벤을 들먹이는 비엔나의 가이드도, 음담패설 같은 중국말을 부끄럼 없이 가르쳐 주는 대만의 아주머니 가이드도 모두가 우리 일행을 압도했다.

그러나 우리를 매료시킨 이들 가이드보다도 더 잊을 수 없는 사람이 내겐 따로 있다.

겉모습부터가 감자나 고구마처럼 수더분하게 생긴 관광버스 운전기사. 나이는 묻지 않았지만 삼십대 후반이나 사십대 초쯤 되었을까. 이태리에 머문 5일 간, 나폴리며 소렌토, 폼베이의 관광도 이 운전기사로 하여 더 유쾌했다.

가이드가 이태리에서 꼭 필요한 이태리 말 몇 가지를 가르쳐 주었다. 우선 '차오'라는 말이다. 바른손을 어깨 높이만큼 치켜들고 자기 자신을 향해 아기가 쥠쥠할 때처럼 손바닥을 오므렸다 폈다 하면서 상대방을 향해 "차오"라고 말한다. 이때 '오'의 억양을 높인다. 상대방도 똑같은 방법으로 응수한다. 참 좋은 인사법인 것 같다. 낮이나 밤이나 남녀노소를 막론하고 통용되는 이 차오라는 인사말을 일행은 퍽 신기한 듯 반복하여 외쳐대고 있었다.

이어 이 관광버스 기사를 소개하면서 가이드가 시키는 대로 우리는 기사의 이름을 합창해서 부르며 "차오"라고 외쳤더니, 기사는 기다렸다는 듯 싱글벙글 웃으면서 "차오"로 답했다. 그러더니만 느닷없이 "슈벨라 슈우"라고 외치지 않는가. 그러고는 껄껄 웃어댔다. 순간 그의 시선이 꽂히는 차창밖에는 아리따운 여자 하나가 막 지나가고 있었다. '슈벨라'는 아름답다는 뜻이고 '슈우'는 빨리라는 뜻이라고 가이드가 설명해 주었다. 이태리 대사관에 들렀을 때 이 말이 점잖지 못한 말이란 걸 알고 조금 주춤했지만, "슈우"라고 끝의 음을 높이며 껄껄 호탕하게 웃어대는 이 운전기사를 따라 우리는 차 안에서는 거침없이 슈벨라 슈우를 연발하고 있었다. 지칠 줄 모르며 잠시도 쉬지 않고 슈벨라 슈우를 외쳐대는, 어린아이처럼 순진해 보이는 이 기사로 하여 이태리의 5일 간이 참으로 즐거웠다. 그 기사의 이름을 기억하지 못하지만 슈벨라 슈우라고 이름 붙여 본다.

눈감으면 떠오르는 슈벨라 슈우 씨. 조금 무식해 보이고 잘생기지도 못한 이 운전기사가 말 잘하고 아는 것 많고 잘살아 보이는 빠리의 가이드보다도 오래도록 내 가슴속에서 떠나지 않는 까닭이 뭘까? 나는 아무래도 잘못 산 것 같다. 내가 혹애했던 그 사람이 말없이 내 곁을 떠난 까닭을 생각해 본다.

벤치를 지킨 선수

당초의 계획을 바꿔 몇 시간 앞당겨 빈에 내렸다. 이른 새벽이었다. 빈에서는 비행기만 갈아타는 걸로 돼 있으나, 우리는 아침 몇 시간이 아깝기도 하거니와 공항에서 그냥 보내기에는 무료할 것도 같아 빈 시가를 한 바퀴 돌아보기로 했다.

모차르트, 베토벤, 슈베르트 등이 묻혀 있는 묘지를 둘러보고 난 후 아침 식사를 하려고 식당에 도착해 보니 식당 주위에 사우나 간판이 보였다. 유럽 여행에서 사우나 한 번 제대로 못하고 열흘을 넘긴 일행은 눈이 번쩍 뜨이는 모양이었다.

"여긴 혼탕인데요."

빙그레 웃음을 흘리며 대수롭지 않게 툭 던지는 가이드의 이 한 마디가 처음에는 믿어지지 않았던지 일순 침묵이 흘렀지만 이윽고 그 파문이 대단했다. 이게 웬 떡이냐는 둥, 베토벤이 고국을 떠나 여기서 살다가 여기서 생을 마친 것은 스승 모차르트가 좋아서였다는 가이드의 말이 말짱 거짓이라는 둥, 국제회의가 여기서 자주 열리는 것도 알조라는 둥 일부러 억지소리를 해 가면서 혼탕에 가야 한다고 눈빛을 번득이는 젊은 축과, 고국의 아내를 생각하는지 애써 무표정하게 관광이나 더 하자는 노틀 축으로 편이 갈려 찌그럭거리고 있었다. 일행은 남자뿐인 데다가 30대에서 50대까지 뒤범벅이 되었으니 좀 시끄럽겠나. 이 여행에서 나는 단장이라는 책무를 맡았지만 섣불리 나의 의견 같은 걸 말하기보다는 잠자코 있는 것이 상책이다 싶었다. 가이드는 달랐다. 지금 목욕탕에 가 봤댔자 젊은 여자들은 일터에 나가고 늙은 여자와 아이들뿐이라고 했다. 은연중 관광 쪽으로 몰고 가려는 눈치다. 외국여행에서 흔히 겪는 일이지만, 안내를 한답시고 단골집 상품 안내에 열을 올리는 것도 그들의 하는 일이고 보면, 자칫하면 쇼핑 시간도 없겠다 싶었던 모양이다.

결국 혼욕은 말로만 하고 말았지만 아쉬움을 남긴 일행이 한둘이 아니었으리라. 아내와 같이 사우나에 가면 친구도 그 부인과 같이 알몸으로 만나게 된다든가, 사무실 여직원과 같이 혼탕에 가는 것도 예사라든가, 듣기조차 낯간지러운 말들이 어쩌자고 아직도 귀에 쟁쟁해서, 그때의 보름 동안의 유럽여행과 한 번의 혼욕을 맞바꾸자고 한다면 쉽게 거절 못할 것 같다는 어느 일행의 말이 잊히지 않는다.

나는 이다음에 일주일쯤 빈에 가서 아낼랑 호텔에 감금시켜 놓든지 하고 그 일주일을 몽땅 사우나탕에 들어박혀 보면 참 좋겠다는 생각도 해보는 것이다.

우리는 이보다 앞서 빠리에서 마지막 날 밤에 나체쇼를 본 적이 있었다. 두 패로 갈리어 가각 다른 쇼를 보았던 것인데, 각양각색의 미희가 현란한 불빛 아래 미친 듯 춤을 추며 거침없이 드러내 보이는 수백의 젖가슴을 보았노라고 옆방이 떠나갈 듯했지만, 끌어안아 보았다든가, 키스를 당했다든가 하는 말이 없는 걸로 보아 우리 쪽이 본 것만큼은 본격적이지 못했던 모양이다.

교실 하나 넓이가 채 안 되는 작은 공간에서 벌어지는 광경이란 문자 그대로 스릴과 서스펜스였다. 나체와 나체 섹스와 섹스 그런 것들이, 공문(空門)에 든 적이 없건만 이 속인을 너무도 쉬이 무아(無我)에 이르게 했다.

시쳇말로 콧대가 높은 여자를 뭐에 금테 둘렀느냐고 하지만 정말 금테를 두른 여자를 보았다. 부위가 부위인 만큼 구리는 아닌 것 같고 황금이 분명했다. 성냥개비 굵기만한 황금 철사로 그곳을 삥 둘러 홈질해 놓았으니 금테 두른 여자임에는 틀림없겠는데, 콧대가 높긴커녕 벌거벗고 관객의 품으로 기어들고 있었으니…….

우리는 빠리의 나체쇼에서 질식하다시피 했지만 해보지 못한 빈에서의 혼욕만큼은 여운을 남기지 않는다. 관객이기보다는 연기자가 되고 싶었던 것 같다.

연기자가 되고 싶었던 적은 이것뿐이 아니었다. 로마에서의 마지막 밤이었다. 태극기를 꽂으려 나간다며 술렁거렸다. 그 말은 외국 여자와 관계를 갖는다는 뜻이다. 단장이 안 나가면 말이 되느냐고 대들다시피 했다. 이번 여행에서 나는 처음으로 정색하고 단장으로서 한마디 했다. "혹 잘못되더라도 단장이 그런 것을 안했다면 단장이 나서서 변명이라도 할 수 있겠지만 단장마저 그러다가 무슨 일이 생기면 나라 망신이 아니겠느냐?" 이 말은 한낱 핑계에 불과했지만 모두가 잠잠해졌다. 고마워하는 눈치도 보였다. 핑계를 대는 나의 가슴속을 누가 알겠는가. 나도 잘 모른다. 다만 고국의 한 여자의 얼굴이 떠올랐을 뿐이다.

호텔에서 혼자 남아 텔레비전을 보았다. 말을 알아들을 수는 없지만 축구·농구·배구·탁구·골프 등에 대한 해설을 하는 모양이었다. 그까짓 구멍에 공 넣는 짓이 뭐 그리 신이 날까. 갑자기 밖이 떠들썩하다. 경기를 끝내고 벤치로 돌아오는 운동선수들인가?

파도는 여태도 슬피 운다

나는 지금 홀로 동해안의 장사 해변을 거닐고 있다. 송도 해변도 북부 해변도 모두 아름답고 칠포, 월포, 화진의 바다도 고적하긴 하지만 여기를 그냥 스치고 영덕의 장사 해변에 차를 세우기를 좋아한다. 거대한 바위에 부서지는 파도 소리를 여기 말고는 영일만 일대에서는 들어 보기가 어려울 것이다.

옛날에 4년 넘어 포항에 머물 때 나는 자주 여기에 왔었다. 혼자서도 오고 누구와 같이도 왔었다.

"바다가 생각날 때 불쑥 포항에 갈 겁니다." 대구에서 어쩌다 나를 만나면 늘 이렇게 말하는 여류 문인이 있었다. 좀 이상하게 들릴지는 모르지만 나는 그 말이 싫지가 않았다. 어느 날 예고도 없이 그녀가 포항에 왔다. 바다를 안내해 달라는 그녀를 장사 해변으로 데려갔다. 산기슭에 개나리가 활짝 피어 있지만 바람 끝이 차가운 사월 초였다.

그날따라 날씨는 우중충했고 성난 파도의 목소리는 높았다. 해변을 얼마간 거닐면서도 여느 때와는 달리 그녀는 통 말이 없었다.

침묵은 이상하게도 사람을 긴장케 하는 모양이다. 술을 한잔 하자고 제의했다. 팔면이 유리로 된 2층에서 도다리 회를 안주로 술을 마시고 파도를 마셨다. 술이었을까, 바다였을까, 그녀로 하여금 가슴을 열게 한 것은…….

그녀는 대학 시절 남자 친구와 바로 이날 여기에 왔었다. 저기 산 위에 올라갔다. 바다와 하늘과 구름과 그리고 꿈을 바라보았을 거다. 그들은 서로 깊이 받아들이게 됐다. 그때 주머니에서 동전 몇 닢이 떨어졌는데 그날의 기념으로 그 자리에 묻었다. 사랑의 토우(土偶)가 된 동전이었건만 슬프게도 뒷날에 그 뜻을 잃고 말았다. 더듬더듬 분노처럼 내뱉는 그녀의 사연을 들으며 나는 바다가 생각나면 포항에 올 거라던 그녀의 말을 떠올렸다.

누가 먼저랄 것도 없이 약속이나 한 듯 슬픈 노래를 나직이 불렀다. 더러 함께 부르기도 했다. 그녀는 어깨를 달막대며 흐느꼈고 나는 나대로 울었다. 그녀로 해서 내가 우는 줄로 그녀는 착각했으리라. 파도 또한 무슨 슬픔이 있는가. 저만치서 파도는 어둠을 삼키며 더 슬피 더 절절히 흐느끼고 있었다.

그렇게 한식경은 지났을까. 안 되겠다 싶어 기분을 전환시키려고 내가 먼저 말문을 열었다. 아닌 밤중에 홍두깨처럼 '장사상륙작전'을 아느냐고 툭 던져 보았다. 여기가 격전지였다니, 그녀는 놀라는 기색이 완연했다. 그녀는 6 · 25 때 태어나지도 않았으니 그럴 것이라고 생각되었다.

6 · 25 때 맥아더 장군은 인천상륙작전을 하루 앞 둔 1950년 9월 14일에 인민군의 시선을 다른 곳으로 돌리려고 이 해변에서 상륙작전을 감행했다. 미처 훈련도 제대로 받지 못한 학도병 772명을 주축으로 구성된 유격대였지만 이들은 9월 19일까지 6일 간의 악전고투 끝에 이 전투에 승리함으로써 인민군의 보급로를 차단하고 인천상륙작전에 결정적인 도움이 되었다고 한다. 이른바 성동격서(聲東擊西)요, 양동 작전(陽動作戰)이었다. 비정규군이었지만 맥아더 장군은 이들을 기리는 친필 비문을 이곳에 남겼다.

"소대장님 노리쇠가 후퇴하지 않습니다."라는 말은 6 · 25 때 생겨난 말이다. 노리쇠를 후퇴시킬 줄 모르면 총을 쏠 수가 없다. 훈련도 제대로 받지 못했으니 포연탄우(砲煙彈雨) 속에서 그런 단말마(斷末魔)의 비명이 나왔을 밖에. 이 학도병들도 더러 그랬을 것이다.

이 학도병들은 대부분 지금 내가 살고 있는 대구 지방의 학생들이었다고 한다. 그때 내 나이가 열일곱 살이었으니 내 나이와 엇비슷한 어린 학생들이었다. 6·25 당시 인민군은 어린 병사들이 퍽 많았었는데 여기서 섬멸당한 인민군도 이 학도병 또래의 꽃다운 나이였다고 한다. 나는 깊은 생각에 잠긴다. 내가 때로 고독을 느낀다든가 우수를 머금는다든가 하는 것들이 슬며시 부끄러워진다. 파도는 여태도 슬피 운다.

영일만(迎日灣) 돌팔매

눈 감으면 아련히 떠오르는 애틋한 그 이름 포항(浦項). 나는 옛날에, 천리 밖에 여덟 식구를 남겨두고 가족을 먹여 살릴 생화를 찾아, 나 혼자 영일만 나그네로 오랫동안 약약한 세월을 삭거(索居)한 적이 있었다. 이 해곡(海曲)에 머문 동안 한 해에 두어 번씩 숙소를 옮겼으니 나는 천생 낭인(浪人)이 아닌가.

포항, 하면 '포항 종합 제철'이다. 더러는, 송도 바다가 오염되었다고 혀를 찬다. 창틀에 먼지가 수북이 쌓인다고 눈살을 찌푸리기도 한다. 포항 제철 탓을 한다. 그러나 밤하늘에 핏빛 불을 뿜어대는 포항의 괴물, 용광로의 그 휘황찬란한 야경을 보게 되면 열린 창문을 얼른 닫지 못할 것이다. 뭔가 부정하고 싶을 때 이 고로의 장관을 바라보노라면 포항제철이야말로 포항의 긍정이며 상징이며 자존심이란 걸 깨닫게 되리라.

엶일만 언저리는 풍치가 아름답다. 포항에서 영덕 쪽으로 천첩옥산(千疊玉山) 감고 도는 해변 도로의 주변 경치는 영남 굴지의 풍광명미(風光明媚)라 할 만하다. 신운이 감도는 내연산의 유벽(幽僻)한 운림(雲林), 폭포며 보경사가 자주 보아도 싫지 않고 칠포, 월포, 화진으로 차례차례 병풍처럼 펼쳐지는 고운 바다가 나그네 마음을 사로잡는다. 산과 바다가 톱날인 양 들락거렸으나 건너뛰면 닿을 만하고 동으로 내닿는 산줄기들이 바다에 부딪쳐 멈칫, 안간힘을 쓰다가 남긴 기기묘묘한 바위가 물속에 들락날락 자맥질한다. 황홀하다 할까, 현란하다 할까. 꼬불꼬불 이곳을 달리고 있노라면 여길 오길 잘했구나 하는 생각이 든다.

여기를 그냥 스치기는 아쉽다. 영덕행 차표가 아깝긴 하지만 더러는 화진쯤에 내린다. 파닥거리는 돈지회도 일품이긴 하지만 진미는 따로 있다. 도다리를 포항 사람들은 돈지라 한다. 전복물회. 물회가 이미 포항의 명물인데 더하여 전복물회라니 값도 비쌀 테지만 호기심이 절로 난다. 여기다가 소주 한 잔 곁들이고 나면, 그까짓 도주(陶朱) 의돈(猗頓)의 부(富)는 썩은 흙이요, 삼공(三公) 육경(六卿)이 한낱 소꿉장난으로 보인다. 득의한 듯 바다에 대고 한참 동안 돌팔매질을 한다. 숨은 차오르는데 마음은 어찌하여 점점 더 허전해지는지 모를 일이다.

영일만을 소요하면서 가끔은 부두에 나가 본다. 뿌웅, 뿌웅, 뱃고동 소리에 그리움을 달래다가 뜻밖에 울릉도를 다녀오는 서울 친구를 만날 때면 소매를 끌고 죽도 시장으로 들어간다. 회집이 즐비하다.

"보이소. 오이소. 아나고, 돈지 물 좋니더." 수더분한 아지매가 목이 쉬었다. 붕장어를 포항 사람들은 아나고라 한다.

아직은 해가 한 발은 실히 남았는데 담배 연기 자욱한 목롯집 구석에는 하급 노무자 같은 사나이들이 지친 어깨를 맞대고 안주도 없이 술잔을 기울이고 있다. 하는 일이야 저들과 달랐지만 나 또한 젊은 시절 땀에 절은 옷을 오래도록 입지 않았던가. '서비스인 척하고 아나고나 돈지 한 접시를 저 술판에 내주라고 해야지.' 마음속으로 지갑을 열어 본다.

"너무 비싸이더."

"아따 그 양반, 돈 없으면 외상으로 디립시더." 생판 낯선 사람한테 외상을 긋게 하다니, 아지매의 유별난 풍정(風情)이 분위기를 푸근하게 한다.

포항의 인심은 이러하다. 뱃사람의 기질이 조금 거칠다고 해서 이를 폄훼

하는 사람이 있다면 그는 아직 바다를 모르는 사람일 거다. 백곡(百谷)을 모두 담고 청탁을 두루 삼키는 바다. 투박한 사투리며 호탕한 웃음, 일호 탁주에 건곤을 논하는 영일만 사나이. 옷 잘 입고 교양 있는 멋쟁이 여자, 여자, 여자. 포항물회와 더불어 오래오래 잊지 못하리.

나는 지금 구만리 바닷가를 어슬렁거리고 있다. 오는 길에 구룡포 바다를 바라보면서도 시린 눈을 주체하지 못했는데 구만리 바다에서는 해천일벽(海天一碧), 바다와 하늘이 하나로 푸르다고 밖에 더 할말을 찾지 못한다. 수탉이 암탉을 호리듯 빙그르르 돌며 작은 돌멩이 하나를 바다에 휙 집어던진다. 먼 구름이 외롭다.

지도에서 토끼 꼬리라고도 하고 범의 꼬리라고도 하지만 토끼 꼬리는 왜놈들이 억지로 붙인 명칭일 뿐 범의 꼬리가 옳다고 한다. 그 꼬리가 호미곶이며 구만리는 그 꼬리의 맨 끝 부분에 해당하는 작은 마을이다. 바다가 구만리여서 구만리라는 동네 이름이 붙었을까.

횟집도 있고 가게도 있지만 어딘가 폐허처럼 쓸쓸한 구만리. 주택이며 행색이 초라해 보인다. 호미곶등대 곁에는 관광객도 있고 젊은 남녀가 무슨 게임 같은 것도 벌이고 있어 꽤나 왁자지껄하건만, 그런데도 왜 이리 호젓하고 쓸쓸할까.

철썩, 철썩, 파도는 흰 머리를 치키며 연방 바위에 부딪친다. 장렬하게 부서지며 잔해인 양 물보라를 날린다. 포말로 맴돌며 머뭇거리다가 쓸쓸히 물러난다. 파도 소리 바람소리가 한데 어우러져 모두가 파도요, 바람이요, 그리고 하늘이 있을 따름인데 나는 왜, 만나고 사랑하고 헤어지고 그리워하는 덧없는 인간의 일들을 생각하고 있는가. 실팍한 돌멩이 하나를 집어 바다로 힘껏 던져 본다. 하찮은 거리에서 침몰하고 만다. 자신의 한계를 깨닫는 건

괴롭고, 체념은 슬프다.

눈을 감는다. 한참 동안 가만히 서 있다. 파란 바닷물이 가냘프게 떨리는 눈꺼풀 사이에서 쭈르륵 하고 금방 쏟아져 내릴 것만 같다.

감았던 눈을 떠 본다. 저쪽에서 스무 살쯤 돼 보이는 남녀 한 쌍이 내 곁으로 다가온다. 사진 좀 찍어 달라고 카메라를 내민다. 바다를 업고서 그들은 부둥켜안는다.

"아저씨, 사진에 갈매기도 넣어 주세요."

이 젊은이들이 포항을 알까? 역사를 알까? '연오랑 세오녀'의 설화는 들었다고 치자. 송시열과 정약용이 장기면 마현리로 귀양을 오게 된 사연은 장기 초등학교에 나란히 서 있는 두 사람의 사적비를 보고 알았는지도 모른다. 6·25 때 안강전투와 포항여중전투와 장사해변전투에서 처절하게 산화해간 학도병들이, 이 젊은이들의 동생뻘 되는 어린 학생들이었다는 사실도 알고 있을까? "소대장님, 노리쇠가 후퇴하지 않아요." 이 말은 이 때 생겨난 말이다. 노리쇠를 후퇴시킬 줄 모르면 총을 쏠 수가 없다. 훈련도 제대로 받지 못했으니 포연탄우(砲煙彈雨) 속에서 그런 단말마의 비명이 터져 나왔을 밖에. 갑자기 나는 바다에 대고 미친 듯 연거푸 돌팔매질을 해댄다. 그럴수록 마음은 더 슬퍼진다.

바다엔 낙조가 비낀다. 저 멀리 어화(漁火)가 깜빡인다. 등대에도 불이 켜졌다. 파도 소리는 점점 높아져 간다. 쉿! 신음 소리다. 영일만, 해를 잉태한 바다가 진통이 뭔지를 모를 리 없다. 신산(辛酸)을 겪은 사람이라면 고독이 뭔지를 모를 리가 만무하리라.

기념품 가게에 가 볼까. 수건 한 장도 주뼛주뼛하면서 마지못해 받던 어린 얼굴이 하나 떠오른다. 이 바닷가에서 내가 하루 종일 누구 생각을 했는지 안다면 더 머뭇거릴 텐데, 그 사람은 홀연히 종적을 감췄고 세월은 참 많이도 흘렀다. 그 옛날, 멀리 포항까지 왔건만 영일만 바다를 앞에 두고도 끝내 구린 입도 안 떼던 그 사람. 나는 머쓱해져서 어떻게 하면 그녀의 말문이 열릴까 싶어 무심한 돌멩이만 바다에 대고 하염없이 던졌었지. 그날 이후 나는 포항이라는 두 글자를 떠올리기만 해도 마음속으로 바다에 대고 돌팔매질을 하는 것이 아주 발이 되어 버렸다. 선물할 데는 없지만 수건이나 한 장 살거나.

낙화암(落花巖)

천야만야한 낙화암 낭떠러지 아래를 굽어본다. 백마강에는 산그늘이 반쯤 내렸고 조각배며 유람선은 졸고 있다. 바위에 의지하여 제비집처럼 용케도 붙어 있는 고란사는 마냥 고즈넉한데 녹향을 스치는 바람 소리 새 소리가 한데 어우러졌다.

정자 한 채가 천하절염인 양 조금은 오연하게, 조금은 도도하게, 낙화암 바위 위에 여섯 모 추녀를 펼치고 사뿐히 앉았다. 백화정(百花亭)이란 현판이 잘 어울린다. 꽃잎처럼 떨어져간 삼천 궁녀의 넋을 어찌 이 작은 정자 하나만으로 다 기릴 수가 있으랴만 후세 사람들이 그냥 있기가 너무 애틋해 정자라도 하나 세우자 했겠지.

고사란의 뒷벽에는 특이한 그림들이 보인다. 의자왕이 위장병이 있었는데 부소산에 자생하는 고란초를 달여 먹었다는 전설이 있다. 그 고란초를 달인 탕액인지 약수인지 궁녀가 그걸 의자왕께 바치는 그림이 보이고, 서기 518년 '시마메' '도요메' '이시이'라는 일본 소녀 셋이 비구니가 되기 위해 고란사로 찾아들었다는 소설 같은 설명이 붙은 그림도 보인다. 하지만 궁궐이 불타고 뒤에는 적군이 좇아오고 삼천궁녀가 치마를 뒤집에쓰고 낙화암에서 떨어지는 광경을 그린 그림이 다른 그림들보다 눈에 확 들어온다.

일생 동안 임금의 손길 한 번 스치지 않아도 치마끈 한번 풀지 못하고 고독하게 생을 마쳐야 했던 궁녀들은, 두 눈에 핏발 선 적군에 의해 더럽혀지느니 차라리 낙화처럼 하르르 내려앉으려 했겠다. 하지만 막상 낙화암에서 천길

벼랑 아래로 몸을 던지려 할 때 얼마나 무섭고 얼마나 떨렸을까. 그때를 떠올리니 가슴이 저려 온다. 그 슬픈 낙화의 의미를 오늘날의 시각으로는 어떻게 헤아려야 할지 나는 알지 못한다.

고란사 아래 샘물이 솟아난다. 나를 보조하는 어린 여자와 나는 서로 물그릇을 양보하느라 작은 소요를 피운다. 이 광경이 뭐가 좋은지 저만치서 한 동료가 급히 카메라를 들이댄다. 물을 마시고 난 그녀가 나를 보며 배시시 웃는다. 웃음이 딴 사람한테 들킬까 봐 얼른 손등으로 입을 가리고 얼굴을 돌린다. 아, 나는 의자왕이 되었으면 좋겠다. 삼천 궁녀가 다 무슨 소용인가. 그 가운데 초선(貂蟬)이나 왕소군(王昭君) 같은 천하의 우물(尤物)이 왜 없었겠나, 그 하나면 되는 것을.

천하의 우물이 누구였던가? 백마강을 굽어보니 유유히 떠 있는 배들은 무슨 말이라도 있을 리 없고 저멀리 흰 구름만 무심히 흐르고 있다. 낙화암에 얽힌 삼천 궁녀 이야기는 후세 사람들이 꾸며낸 설화일 뿐 역사적 사실이 아니라고 한다. 그렇다 하더라도 오늘날의 실사(實事)인 듯 사람의 가슴을 이리도 아프게 하는 까닭이 뭘까. 차마 떠나기가 서운하다.

우웅, 우웅 범종 소리가 등 뒤에서 울려온다. 아마도 고란사의 종소리일 게다. 텅 빈 가슴에 어쩐지 슬픈 메아리로 울린다. 좋은 구경했다면서 일행은 떠들썩하지만 나는 말이 싫다. 내 곁을 따르던 어린 여자는 날 보고 어디 아프냐고 조심스레 묻는다. 초선이며 왕소군의 뺨을 치고도 남을 이 여자는 오늘 하루 종일 내 곁에서 무슨 생각, 누구 생각을 하고 있었을까.

이별

딸아이가 '달룡'이란 이름을 가진 강아지를 얻어 와서 삼 년을 키우다가, 모녀가 짜고 나 없는 사이에 없애버렸다. 없애버렸다는 그 말을 듣는 순간 나는 그 자리에 픽 주저앉아 일어서질 못했다. 갑자기 혈압으로 쓰러졌나 싶어 모녀는 깜짝 놀라 달려왔다.

달룡이가 간 곳은 남쪽 저 멀리 월출산 아래라고 한다. 젊은 부부의 고급 승용차를 타고 간 모양이다. 마당도 아주 넓고 이미 개도 한 마리 있는 집인데, 개를 두고 두 아이가 서로 차지하려고 다투어서 한 마리 더 구할까 싶어 인터넷을 살펴보게 됐다고 하더란다. 그런 말을 듣고도 마음이 놓이지 않아 오래오래 키워 달라고 신신당부를 했더니 달룡이가 보고 싶거든 언제든지 놀러오라며 전화번호를 알려 주더라고 했다.

팔려간 것은 아니지만 달룡이도 얼마나 슬펐을까. 성리학자들은 이른바 '인물성동이'(人物性同異)라 하여 인성과 물성이 같다느니 다르다느니 하고 다투었지만 나는 그런 걸 잘 모른다. 달룡이가 나를 좋아했다는 것만 알 뿐이다. 딸아이를 제일 좋아하고 그 다음이 나였다. 딸아이를 더 좋아하는 것은 목욕도 시켜 주고 데리고 외출도 했기 때문인 것 같았다. 딸이 시집을 간 뒤로부터는 그 정이 나한테로 쏠렸다. 좋아하는 데도 차등을 두고 상황에 따라서 변하는 것은 흡사 사람 같았다.

달룡이는 참 불쌍하게 살았다. 강아지 적부터 송아지만하게 될 때까지 쇠줄에 목이 늘 매여 지냈다. 어쩌다가 풀어주면 껑충껑충 뛰면서 어쩔 줄을 몰랐다. 그런 모습이 매여 있을 때보다 더 안됐었다. 집 안 구석구석을 몇 차례 헤매고 다닌 뒤 현관 가까이에서 안을 들여다보며 늘 그렇게 앉아 있었다. 그것이 제 소임을 다하는 거라고 생각하는 것 같았다.

달룡이는 맹인 인도견이라고 했다. 그래설까, 달룡이는 참으로 순했다. 잠시도 혼자 있지를 못하고 사람한테 너무 붙따랐다. 내가 2층에 올라오면 따라와서 한 시간이고 두 시간이고 밖에서 앞발을 죽 뻗고 나를 기다리든가, 아니면 어디 갔다가도 내가 나오는 기미를 용케도 알고 달려와서 미안하다는 듯이 꼬리를 흔들었다. 내가 먹이를 주면 한두 번 먹이를 입에 넣다가 말고 고맙다는 듯이 한참씩 나를 쳐다보았다. 내가 화를 내면 목을 길게 빼고 그 큰 귀를 축 늘이고 젖은 눈을 멀뚱거렸다. 화를 내어도 토라지지 않으니 속 좁은 사람보다 낫다고 생각되었다.

달룡이가 차를 타자마자 내 딸과 아내는 거들떠보지도 않고 새 주인 아주머니한테 안겨서 꼬리를 흔들고 온갖 애교를 부리는 꼴이 얄미웠단다. 얄밉다니, 새 주인 곁이 얼마나 서먹서먹하고 불안했으면 그 녀석이 그랬을까. 그때의 장면을 상상해 보면 나는 아직도 가슴이 아리다.

달룡이를 보내고 계절이 한 차례 바뀌었을 무렵, 내가 사료 한 부대를 샀다. 월출산으로 간다고도 하지 않았는데 뜻밖에도 아내와 딸이 너도나도 따라나섰다. 달룡이는 우리를 보자마자 끙끙거리며 어쩔 줄을 몰랐다. 사람을 알아보는 듯했다. 눈물이 핑 돌았다. 나는 내내 속으로 울면서 왔다.

개의 수명은 얼마 되지 않는다고 한다. 달룡이 나이가 올해로 몇인가. 아홉 살이 아니면 열 살이지 싶다. 아마도 이 사바를 떠났을 것 같다.

글쎄 여기서 월출산이 어디라고, 나는 가끔 멍하니 남녘 하늘을 바라보곤 한다. 옛날 그 사람은 나를 개만큼도 여기지 않았었는가.

화차(火車)

나는 『천자문』을 배울 무렵부터 할아버지를 따라 기차를 화차라고 했다. 먼 철둑길 모롱이를 박차고 화통에 하얀 연기를 토해 내며 소리치고 달려오는 화차를 바라볼 때면 화차 대가리 속에 뭐가 들었을까, 그것이 궁금했다.

나는 중년이 되어서 또 다른 화차를 하나 보았다. 짤따랗고 몽탕하고 새카만 모습이, 높은 소리를 내는 모습이, 연기처럼 일렁이는 하얀 손수건이 모두 화차 대가리였다. 이름하여 루치아노 파바로티.

무대 위에 나타날 때면 언제나 왼손 손가락 사이에 끼우고 나와서 팔을 벌리기도 하고 흔들기도 했던, 땀을 닦기도 했던 파바로티의 하얀 손수건. 그 손수건만큼이나 밀접한 사이였던 파바로티의 개인 여비서 니콜레타 만토바니를 기억하는 사람은 아직 많다.

1993년, 대학생이었던 만토바니가 용돈을 벌어 보겠다고 파바로티의 신변에서 아르바이트를 하게 되었을 때 그녀는 스물세 살이었고 파바로티는 쉰아홉 살이었다. 아무리 파바로티가 눈부셔 보인다 하더라도 서른여섯 해나 연상인 늙은이에게 어린 그녀가 무슨 딴 마음이 들었겠는가. 게다가 그녀는 오페라를 좋아하지도 않았고 음악 팬도 아니었다고 한다.

파바로티와의 첫 마남에서 만토바니가 인사를 했을 때 파바로티는 인사를 받지 않았다. 사실은 만토바니의 음성이 너무 작아서 파바로티가 알아듣지 못한 거지만 그런 줄을 알지 못한 그녀는 몹시 화가 났다. 남녀 사이란 게 참

이상하지, 파바로티가 따뜻하게 대해 주자 그 노여움은 사랑으로 바뀌었다고 한다. 한 번 기울어진 그녀는 파바로티 화차의 화실(火室)에 석탄이 되어 불탔다. 세상이 떠들썩했다.

한편 1961년에 결혼한 파바로티의 본처 아두아 베로니는 파바로티의 타고난 황음(荒淫)의 바람기는 잡기가 어렵겠다고 일찌감치 체념해 버렸던지, 주로 남녀의 애정을 다루는 오페라에 출연하여 여자들 속에 묻혀 지내는 파바로티의 직업 때문에도 어쩔 도리가 없는 일이다 싶었던지, 가정의 평화를 위해서였던지, 오랜 세월 파바로티 주위의 여비서들이며 여자 가수들과의 숱한 스캔들을 알고도 눈감아 주었다. 그러나 만토바니와의 관계만은 언론에 너무나도 크게 보도되었기 때문이었는지 그 부인은 2000년에 파바로티와 헤어지고 말았다.

기다렸다는 듯, 삼년 뒤 2003년 12월 13일에 만토바니와 파바로티가 결혼식을 올려 또 한 번 세상의 매스컴을 떠들썩하게 했다. 두 사람이 만난 지 십년, 만토바니는 서른세 살이었고 파바로티는 예순아홉 살이었는데 생후 11개월 된 딸이 있었다. 그러나 결혼한 지 4년도 못 되어 파바로티가 죽었다. 2007년 9월 4일이었다 화차가 증기를 내뿜으며 흡사 탄식이라도 하듯 푸우, 하고 이름 모를 어느 철둑길에 멈춰서고 말았다고나 할까. 누가 이 화차에 돌을 던질 것인가?

나는 지금 팔공산 꼭대기에 올라왔다. 눈보라가 휘몰아치고 있는 팔공산 동봉. 병을 고친다면 눈보란들 마다하겠나. 맥을 짚던 한의사가 이것저것 묻더니 내 병을 이십년도 넘은 아주 오래 된 심화라 했다. 심화가 뭐냐고 물었더니 화병이라 했다. 이십년이 넘은 병이라니, 이제 나는 죽는구나 싶었다. 등산을 하면 입맛이 돌아오고 답답한 가슴도 트이게 된다기에 설경도 볼 겸

나섰던 거다. 이번이 세 번짼데 두 번은 이십년 전이다. 그때나 지금이나 혼자 왔다. 이번이 마지막이 되지 싶은 생각이 들어 이를 악물고 더러는 엉금엉금 기어오르기도 했다. 옛날 중앙선 화차가 미끄러졌다가 기어오르고, 미끄러졌다가 기어오르길 몇 차례나 반복하며 똬리굴을 돌고 돌아 죽령을 넘던 그때가 생각나서 피식 웃기도 했다.

눈을 쓸고 바위에 앉았다. 땀이 마르고 나니 몸이 오싹하다. 바람 끝이 맵다. 어디선가 새소리가 난다. 이 엄동설한에 이렇게 높은 산꼭대기에서 저 미물들이 하는 말이란 뭘까. 그리움일까, 원망일까, 눈물일까. 나 또한 나직이 뇌어 본다. "만토바니 만토바니……." 괜히 눈물이 핑 돈다. "만— 토— 바— 니——" "만— 토—바— 니——" 몇 번이고 몇 번이고 목이 터져라 외쳐 본다. 나는 영락없는 화차이건만 이런 줄을 누가 알까. 저승의 파바로티가 알까. 이승의 만토바니가 알까. 인물로 따진다면 만토바니보다 백배 더 나은 옛날의 그 사람이 알까. 그 사람, 만토바니에 덧놓이는 그 사람.

나는 눈을 툭툭 차며 공연히 화가 나 있다.

<h1 style="text-align:center">우 수 _(憂愁)</h1>

바람만바람만 당신을 좇아 얼마를 걸었던가?

당신은, 저의 많은 원고를 또박또박 원고지에 옮겨 써 주기도 하셨고, 퇴고 과정에서 글을 소리 내어 읽어 주기도 하셨습니다. 「책연기」라는 글을 보시고는 거짓말 같다며 웃기도 하셨고, 「산방일몽」이란 글을 보시고는 혼자말로, "이 글 쓰면서 마음이 아팠겠다."라고도 하셨지요. 그때 저를 바라보시는 당신의 눈에 하나 가득 담겨 있던, 눈물과도 같은 연민의 정을 제가 어찌 잊을 수가 있었겠습니까?

소식 모르고 살 때에는 다시는 못 볼 줄 알았는데 십 년이 훨씬 지난 뒤에 이렇게 만나다니요. 꿈같아요.

창문을 열면

머언 산 봉우리가

우르르 내 방으로 들이닥치고

눈감으면 가슴 그득 그대뿐이네

이런 푸념 같은 걸 시라 할 수 있을까요? 당신 생각이 날 때 그저 염불처럼 많이도 중얼거렸던 말일 뿐입니다. 저의 휴대폰의 컬러링이 되었던 차이콥스키의 「안단테 칸타빌레」며 「동심초」 같은 애절한 음악을 듣기도 했었고 제가 뭘 잘못했는지 곰곰이 생각해 보기도 했었죠.

이제 우리가 다시 만났다고는 해도 저의 원고를 정리해 주시고 글을 평해 주시던 당신의 그런 자유로운 모습을 다시는 볼 수 없겠군요. "우리는 갈 길이 서로 달라서요." 그 옛날 당신의 편지에서 저를 눙치듯 한 당신의 이 말씀이 오늘따라 왜 이리도 저의 가슴을 새삼스레 아프게 하는지…….

어떤 이는 저의 글에서 알퐁스 도데적인 분위기가 느껴진다고 합니다. 황공하게도 그것이 사실이라면 저의 글이 더러는 소설적 구조인 데다가 어느 정도 슬프게, 어느 정도 아름답게, 어느 정도 리얼하게 보여서 그런지는 모르겠습니다. 이것은 제가 문재(文才)가 있어서가 아니라 오랜 세월 저의 가슴속에 뭉쳐 있는 염증과도 같은 우수 때문일 거예요. 꿈에서라도 한 번 저는 당신으로, 당신은 저로 바꾸어 태어났으면 좋겠어요.

바람이 많이 불던 날

바람이 많이 부는 가을날이었다. 플라타너스 낙엽이 휘날리는 어느 공원 옆 한길 가에 우두커니 서 있었다. 누가 내 어깨에 손을 살짝 얹기에 돌아보니 플라타너스 낙엽이었다. 낙엽이 아니라 바람이 아닌가. 바람은 놓치고 그 낙엽을 가만히 주었다. 그때, 저만치서 한 묘령의 여자가 큼지막한 누런 봉투 서너 개를 들고 걸어오고 있었다. 어깨가 비딱해진 것이 퍽 힘겨워 보였다. 울면서 길을 걷고 있었던지 가까워지자 손등으로 눈물을 닦으며 더 흐느껴 울었다. 그 눈빛이 내게 뭔가를 간절히 호소라도 하는 듯 했다. '백주 대로에 다 큰 처녀가 앙앙 울면서 길을 걷다니……'

왜 우느냐고 물어 보았다. 답이라고 하는 말인즉슨 같잖은 오만이었다. 직장 사람들이 자기한테만 심부름을 시킨다는 거였다. 분을 삭이지 못하는지 울면서도 계속 숨을 할딱거렸다. 아버지는 얼굴도 모를 때 타계했고 포장마차를 하는 어머니, 남동생, 세 식구라고 했다. 찻잔만 만지작거리며 묻는 말에 답을 할 뿐 얼굴은 어딘가 냉소를 띠었지만 청순가련하기 그지없었다. 그 냉염(冷艶)은 이미 세상을 다 알아버렸다는 도도한 태도가 아닌가 싶었다.

한없이 청초한 애리애리한 자태에 등을 뒤덮은 산발한 적발이라니, 담탕(淡蕩)히 흐르는 이국정취가 요기스러웠다. 머리털을 간신히 헤집고 드러난 갸름한 얼굴에 어리는 복사꽃 빛이 예사스럽지가 않았다. 눈물이 글썽글썽한 쌍꺼풀진 커다란 눈은 알 수 없는 슬픔을 머금었고, 늘 찡그리는 양미간에는 깊은 우수의 그림자가 드리워져 있었다. 장수는 목이 없고 미인은 어깨가 없다는 말 누가 했더라, 학처럼 가느다란 긴 목에서부터 처진 듯 조붓한 어깨를 타고 흘러내리는 곡선은 꿈처럼 몽롱했다. 조금 미숙한 듯한 그 곡선은 아래로 내려가면 전혀 예상을 깨고 손가락으로 살짝 건드리기만 해도 물이 질퍽해질 듯, 잘 익은 수밀도가 되어 있을 것만 같았다.

만난 지 햇수로 팔 년 만에 그녀는 무단히 소식을 뚝 끊어 버렸다. 그때는 아직 휴대폰이 나오지 않았을 때라서 사무실로 전화를 해보았더니 어떤 사내가 당장 덤벼들 듯이 통명스러운 말투로, 퇴직했다고 했다. 갑자기 발아래가 푹 꺼지는 듯했다. 긴가민가했지만 찾아가 본다든가 하지는 않았다.

스쳐간 인연이려니 하고 쓰라린 가슴을 눌렀다.

세월이 흘러 열두 해 만에 연말이 가까운 십이월 어느 날 그녀한테서 전화가 왔다. 순간, 이상하게도 숨이 턱 막혔다. 부들부들 떨면서 아무개 맞느냐고 다시 한 번 확인했다. "아, 하느님 감사합니다."라는 말이 나도 모르게 툭 튀어나왔다. 팔공산 돌부처한테 빌어놓고 하느님을 찾은 거다. 퇴직하지 않았으면서 왜 거짓말을 했었느냐고 했더니 자기는 전혀 모르는 사실이라고 했다. 직장이 보험회사가 아니지만 가끔 보험설계사 업무를 해야 한다며 은근히 에둘렀다. 모호한 말투는 조금도 변하지 않았다.

그녀를 데리고 어느 한적한 일식집에 들어갔다. 그녀는 뜻밖에도 다음을 기약하는 말부터 꺼냈다. 대략 한 달에 한 번 꼴로 만나자고 했다. 내가 하고 싶었던 말이 아닌가. 꼭 꼬집어 주고 싶었다. 이윽고 그녀는 어떤 여자 얘기에 여념이 없었다. 다음부터는 셋이서 만나자느니, 둘이서는 만나지 않겠다는 말이 아니라느니 했다. 비틀어 주고 싶었다.

그녀의 부탁거리에 대한 서류를 작성하려고 그녀가 식탁을 둘러 내 곁으로 왔다. 나의 인적 사항을 받아쓰면서 그녀의 왼손 손끝이 두어 번 내 오른손 손등 살갗에 가볍게 스쳐 몸이 옹송그려지도록 자리자리했다. 아까 서운했던 마음이 일시에 확 풀렸다.

자리를 파하고 바깥에 나오니 추적추적 비가 내렸다. "아, 비오네." "저도 비가 좋아요." 쓸쓸한 겨울 비! 올 때처럼 그녀의 자그마한 승용차 옆자리에 앉았다. 차 안은 어둡고 적막한데, 희미한 가로등 불빛이 유리창에 흐르는 빗물을 핥고 있었다. 그녀는 미처 라이트를 켜지 못했다. 열쇠를 꽂았지만 손은 떨고 있었다.

"할아버진 무슨, 아저씨지." "저도 젊진 않잖아요?" 배시시 웃으며 던지는 이런 말은 사람을 설레게 했고, 두 손으로 공손히 잔을 받드는 섬섬한 자태가 술보다 더 사람을 취하게 했다.

취한 사람을 그녀는 노고지리 개 속이듯 번롱(翻弄)했다. 붉은가 싶으면 노랗고 노란가 싶으면 파랗고 파란가 싶으면 하얬다. 그녀는 늘 바람에 날리는 낙엽이었다고나 할까. 플라타너스 낙엽.

바람이 본디 정한 곳이 없거늘 어찌 낙엽의 심사를 매어 둘 수 있었으랴! 한갓되이 세월만 저 홀로, 흐를 대로 흘렀다.

바람이 많이 부는 가을날이다. 지향 없이 뒹굴던 플라타너스 낙엽이 차바퀴에 휘감긴다. 참 스산하다. 아까부터 바람이 거세진다 싶더니 갑자기 미친 듯이 휘몰아친다. 이쪽으로 걸어오던 한 여자의 짧은 치마가, 우산이 바람에 훌렁 뒤집히듯 한다. 순간, 옛날의 그녀가 이 여자에 오버랩되면서 치마가 훌렁 뒤집힌다.

무언처(無言處) /

무언처(無言處)

1. 강에 잉어가 뛴께

뭔가를 버리고 나면 가슴이 후련해지는 법인데 후련해지기는커녕 한바탕 드잡이를 놓은 듯 도리어 가슴이 더부룩해질 때가 있다. 책을 버릴 때이다.

나의 성명을 틀리게 쓴 책은 우편함에 그대로 둔 채 '수취거부'라는 빨간 글씨를 쓴 딱지를 붙여 둔다. 내 이름을 잘못 써서 기분이 언짢기도 하거니와 이런 책이, 보낸 사람이 지은 것이라면 보나마나 그 내용이 정밀하지 못할 것 같기 때문이다.

정밀하지 못한 건 많다. 이를테면 '계간평'이라고 되어 있는 계간 문예지가 있다. 그런 책을 내 서재에 둔다면 다른 책들의 자존심을 상하게 할 것이다.

내용이야 어떻든 책을 마구잡이로 버리기도 한다. 문단 간부의 선거 때가 되면 평소에는 송아지 개 보듯 하던 사람들이 책을 시새우듯 보내 준다. 뱃속이 빤히 들여다보인다. 불결하여 다른 사람을 찍든지 기권을 하게 되는데 그 책을 내가 공짜로 가질 수야 없지 않는가.

불결하지는 않더라도 냉소를 짓게 될 때가 있다. 지나치게 과장하거나 미화된 기념문집 같은 것을 대하면 엉터리 송덕비나 날조된 묘비를 보는 것 같아서다.

냉소를 짓게 하는 경우는 많다. 사람은 자칫 말과 행동이 일치하지 않듯, 글은 이론과 실제가 일치하기가 쉽지 아니한 모양이다. 수필문학의 한 이정표를 세웠다는 평가를 받은 적이 있었던 윤오영의 경우만 해도 그렇다. 윤오영은, "문장은 또 평이해야 한다.…(중략)…남의 말을 빌려 오는 것이 탈이요, 다 아는 것을 혼자 아는 체하는 것이 탈이요,…(후략)…"라고 했다.(尹五榮,「隨筆文學 入門」「문장과 표현」, 서울:관동출판사, 1975) 짧은 글인 수필에 남의 말을 장황하게 늘어놓을 겨를이 없다는 건 옳은 말이다. 그러나 그의 글은 어떤가? 흔히 수작으로 꼽히는 「염소」에서는 총 1,169 자 가운데 방소파의 말 61 자와 페이터의 말 187 자를 합치면 248 자가 되어 인용문이 글 전체의 5분의 1(약 21.21%)을 웃돈다. 인용이 없는 글이 없다시피 그의 수필에는 인용이 많다. "採菊東籬下 悠然見南山"(陶潛,「飲酒」), "桐千年老恒藏曲 梅一生寒不賣香(月到千虧餘本質 柳經百別又新枝)"(申欽,『象村集』「野言」), "無邊落木蕭蕭下 不盡長江滾滾來"(杜甫,「登高」), "蝸牛角上爭何事 石火光中寄此身(隨富隨貧且歡樂 不開口笑是癡人)"(白居易,「對酒五首詩」), "風來疎竹에 風過而竹不留聲이요, 雁渡寒潭에 雁去而潭不留影"(洪自誠,『菜根譚』)과 같은 한문을 출처도 밝히지 않은 채 번역도 하지 않은 채 원문 그대로 인용하기도 한다. 인용에 관한 그의 지론을 스스로 파기한 거다. 이러한 인용은 독자에 따라서는 '평이'하게 느껴지지 않을 수도 있고 반면에 '다 아는 것을 혼자 아는 체하는 것'으로 비칠 수도 있다.

　이런 시문(詩文)을 원전에서 인용한 자가 윤오영만은 아니겠지만 윤오영이 인용하고 나서부터 이런 인용이 부쩍 많아졌을 뿐만 아니라 인용문의 원전을 물으면 대답을 못하거나 얼버무리는 걸 보면, 원전에서 인용한 것이 아니라 남이 인용한 것을 말도 없이 재인용한 것으로 보인다. 윤오영 덕분에 수필게에는 제법 유식하게 된 에피고넨이 수두룩하게 된 거다. "강에 잉어가 뛴께 사랑방 목침이 뛴다."더니 무슨 이곳을 보겠다고 남의 꽁무니를 따라다니는지 모르겠다. 젊은이라면 장래성이 없고 늙은이라면 추하다. 뿐만 아니라 지금까지 나와 있는 한국의 수필 이론서며 수필 논설이란 것들이 하나같이 앞에 말한 윤오영의 『隨筆文學入門』을 교묘히 변형시켰거나, 단장취의(斷章取義)의 수법이랄 수 있을지는 모르지만 여기저기에서 글을 따 와서 조각보를 만들었거나 하는 수준이 아닌 걸 나는 아직 만나보지 못했으니 딱한 현상이 아닌가.

2. 더 높은 곳에서 내려다보는 눈이 있다

"문장은 간결해야 한다. '문단의장'(文短意長), 글은 짧고 뜻은 길어야 함축이 있고 여운이 있다.…(중략)…한 자라도 덜 써도 효과가 같으면 덜 쓰는 게 글이다.…(중략)…속뜻은 깊어도 말은 알기 쉬워야 한다.…(중략)…별것도 아닌 것을 부질없이 현학적인 말을 늘어놓거나, 괴이한 변칙적인 표현을 하는 것은 이미 올바른 글이 아니다.…(중략)…간결한 속에도 문장의 기복이 있어야 그 변화에서 오는 힘이 있고, 농담이 있어야 무의미하지 않고 아름다우며, 기경(奇警)과 해학이 약간 곁들여 문장의 조화 속에 윤기가 흐르면 진실로 성공한 글이다.…(중략)…평범한 내용을 평범한 문장으로 표현하면 이것은 평이한 것이 아니라 무의미한 것이다." 이상은 윤오영의 말이다.(尹五榮, 前揭書, pp. 89~93)

"문장은 간결하고 진솔한 게 좋다. 글은 짧고 뜻은 깊어야 함축이 있고 여운이 있다. 그리고 속뜻은 깊어도 문장은 알기 쉬워야 한다. 별것도 아닌 것을 가지고 공연히 어렵고 괴이하게 표현하는 것은 이미 올바른 글이 아니다. 그렇다고 무조건 간결하게만 쓰면 안 된다. 간결함 속에서도 문장의 기복이 있어야 한다. 그 변화에서 오는 힘이 있고, 짙고 옅음이 있어야 무미건조하지 않고 아름다우며, 풍자와 해학이 약간 곁들인 문장의 조화 속에 윤기가 흐르면 좋은 글이라 하겠다. 아무튼 평범한 이야기를 평범한 문장으로 표현하면 무의미한 글이 되고 만다." 이상은 대구문협 회원 김종욱의 「쓴다고 해서 다 문학인가」라는 글에 나오는 말이다.(『대구문학』, 2006, 겨울호, 대구:대구문인협회, p. 86. 이 이상의 두 문장을 대조해 보면 알 수 있듯이 김종욱은 윤오영의 문장에서 필요한 구절을 따와서 조각보를 하나 만들었다. 출처를 밝히지도 않고 따옴표도 쓰지 않은 이 글, 이 조각보의 타당성에 대해서는 논란의 여지가 없지 않겠지만 김종욱은 같은 글에서 다음과 같이 단호하게 쐐기를 박았다. "발표한 작품에 대해서는 책임을 져야 한다. 어떠한 해명이나 변명도 용납되지 않는다."

글을 읽다가 쾌재의 문장을 만나면 벌떡 일어나서 방안을 이리저리 왔다 갔다한다는 어느 교수의 문장을 두고 입에 침이 마르도록 찬탄한 어느 여류 수필가의 글을 읽고 나는 모처럼 박장대소를 했던 적이 있다. 이덕무(李德懋, 1741~1793)는 「간서치전」(看書癡傳)에서 이런 말을 했다. "심오한 경지를 만나면 기쁘기 그지없어 일어나서 돌아다닌다."(得其深奧 喜甚 起而周旋) 그 교수는 이덕무의 이 글에서 얻어 왔을 뿐인데 뭘 그리 놀라는가? 하지만 그 교수의 경우는 김종욱의 경우와는 달라서 그리 나무랄 일은 아니다.

3. 해시불변(亥豕不辨)

이이(李珥)의 「역수책」(易數策)에 있는 '天津鵑叫'(천진견규)의 天津은 天津이라는 지명이 아니라, 지금은 없어졌다지만 낙양의 남쪽 낙수(洛水)에 있었던 부교(浮橋)인 天津橋를 뜻한다. 내가 이를 알지 못한 것은 『소씨문견록』(邵氏聞見錄)을 읽지 않았기 때문이다.(朴籌丙, 『까치밥』, 서울:미래문화사, 1995. p. 234, p. 320)

공덕룡이 "지나침(過猶)보다 미치지 못함(不及)이 속편하다"라고 하여 '지나침'을 '過猶'라 한 것이라든가,(『에세이문학』「계절의 미각, 요리」, 2006, 겨울호, 서울:에세이문학사. p. 208. 이하『에세이 문학』이라 한다) 심경호가 "낙백(落魄)한 문인들은 노랗고 둥근 국화를 동전에 비유해 자조하고 스스로를 위안했다.”에서 낙탁(落魄:零落)이라 해야 할 경우에 낙백(落魄:넋을 잃음)이라 한 것은 아마도 실수인 것 같다.(李御寧 책임 편찬,『국화』, 서울: 종이나라, 2006, p. 80)

김규련이 「개구리 소리」에서, “열반이라 함은 번뇌의 불길을 불어서 끈다는 취소取消(nirvana)의 뜻이 아닌가.”라고 했다.(金奎鍊,『강마을』, 서울:汎友社, 1982 / 金奎鍊,『귀로의 사색』, 대구:도서출판 그루, 2003 / 金奎鍊,『즐거운 소음』, 서울:좋은수필사, 2007) 여기서 取消는 吹滅이라야 옳다. 굳이 ‘취소’라고 하려면 吹消라고 하면 모를까. 한낱 단어 하나를 두고 트집잡는다 할지 모르지만, 이 문장은 이 단어가 틀리면 문장이 아니요, 이 문장은 이 글의 추뉴(樞紐)의 하나이기 때문에 문제삼지 않을 수 없다. 이 오류는 실수가 아니라 무지의 소치인 것 같다. 이 글이 그가 내세우는 대표작의 하나일 뿐만 아니라 오랜 세월을 두고 여러 지면에 실렸기 때문이다. 그만큼 김규련 자신이 이 글을 살펴볼 기회가 많았다는 말이다.

같은 글 서두에 나오는 “서성거려 본다.”는 “어정거려 본다.”로 해야 바른 표현이 된다. 사전에 보면 ‘서성거리다’라는 말은 “자꾸 서성서성하다”라는 뜻인데 ‘서성서성’이란 “[어떤 일을 결단하지 못하거나 불안하여] 한곳에 서 있지 못하고 왔다갔다하는 모양”이라는 뜻으로 되어 있다. 그런데 이 글 서두에는 어떤 일을 결단하지 못한다거나 불안하다거나와 같은 그런 상황이 전혀 나타나 있지 않기 때문이다.

또 이 글에서, “개구리 소리를 밤이 이슥하도록 혼자 듣고 섰으면 드디어 열반의 경지에서 불사선(不思善) 불사악(不思惡)을 느끼는 순간을 맛보게 된다.”라고 한 것은 적절치 않다. 불학에 판무식인 나 같은 사람도 아는 얘기이긴 하지만, 우선 “선도 생각하지 말고 악도 생각하지 마라.”(不思善 不思惡)라는 이 말과 관련하여 불문에 전해져 내려오는 이야기 하나를 지루하나마 다시 음미해 보기로 한다.

의발(衣鉢)을 빼앗으려는 혜명상좌(慧明上座)한테 육조(六祖) 혜능(慧能)이 남방으로 쫓겨 대유령(大庾嶺)에 다다랐다. 혜명상좌가 당도한 것을 알아차린 육조는 의발을 바위 위에 놓고 이렇게 말했다. "이 의발은 믿음을 표시하는 것인데 완력으로 어찌 다툴 것인가. 그대가 가지고 가려거든 가지고 가라." 혜명상좌가 그것을 들려고 하니 산과 같아서 움직이지 않았다. 깜짝 놀라 벌벌 떨면서 말했다. "내가 법을 구하러 왔지 의발 때문은 아니오. 원컨대 행자 육조는 가르쳐 주시오." 혜명은 상좌요 육조는 행자였지만 깨달음에 있어서 그런 지체며 위계 같은 것이 무슨 소용이 있겠는가. 이에 육조가 말하기를, "선도 생각하지 말고 악도 생각하지 마라. 이러할 때 어떤 것이 (혜명)상좌의 본래면목인가?"(不思善不思惡 正當恁麼時 那箇是上座本來面目)라고 했다.(『無門關』제23칙 抄)

위에서 "내가 법을 구하러 왔지 의발 때문은 아니오. 원컨대 행자 육조는 가르쳐 주시오."라는 혜명상좌의 말끝에 육조가 한 말이, "선도 생각하지 말고 악도 생각하지 마라."였다. "내가 법을 구하러 왔지 의발 때문은 아니오."라는 혜명상좌의 말은 겁에 질려서 한 거짓말이었다. 실은 의발을 빼앗으려고 온 것이 아니었던가. 이것이 육조가 말한 악이다. "원컨대 행자 육조는 가르쳐 주시오."라는 혜명상좌의 말은 잘못을 뉘우친 말이다. 이것이 육조가 말한 선이다. 요컨대 육조는, 비단 선악뿐만 아니라 일체의 상대적 분별심에서 초탈하여 자신의 본래면목을 깨쳐야 한다는 뜻으로 '불사선 불사악'이란 말을 한 것이었다. 부모미생전(父母未生前)이니 천지미분전(天地未分前)이니 하는 말들 또한 이 본래면목이란 말과 맥락을 같이 하거니와, '불사선 불사악'이 되어 자신의 본래면목을 깨쳐야만 구경의 경지인 열반에 이를 수 있는 것이거늘, "열반의 경지에서 불사선(不思善) 불사악(不思惡)을 느끼는 순간을 맛보게 된다."

라는 김규련의 말은 갑자을축이 을축갑자가 되었으니 우습지 아니한가. 이 말 한마디를 잘못 하는 바람에 김규련의 「개구리 소리」는 귀때 떨어진 주전자요, 족자리 깨진 중두리며, 굴타리먹은 호박이 되고 말았다.

김규련은 같은 글에서, "문명의 소리가 동動이라면 자연의 소리는 정靜이다. 그리고 개구리 소리는 선禪인지도 모른다."라고 한껏 멋을 부렸다. 개구리 소리도 자연의 소리다. 개구리 소리만을 자연의 소리에서 분리하여 선의 소리라고 하고 이를 자연의 소리에 대비시킨 것은 논리에 어긋난다. 논리에 맞지 않으면 이미 문장이 아니다. 한낱 무문농필(舞文弄筆)에 불과하다.

김규련이 「자괴의 독백」이란 글에서 '導骨三穿'이라 한 것을 보고 박장대소를 했다.(『수필세계』, 2009, 가을호, 대구:수필세계사, 이하 『수필세계』라 한다) '踝骨三穿'이 옳다. 이 말은 정약용(丁若鏞)의 고족제자(高足弟子)인 황상(黃裳)이 스승을 추모하면서 "日事筆硯 踝骨三穿."(날마다 붓과 벼루를 써서 복사뼈가 세 번이나 구멍이 파였다)이라 한 데서 유래한다.(「與襄州三老」)

김규련이 난(蘭)의 향기를 암향(暗香)이라 한 것은 암향은 매화에, 유향(幽香)은 난초에 쓰는 전례(典例)로 미루어 보면 암향이란 말이 거꾸로 인쇄된 글자가 되어 버렸다.(『隨筆公苑』「蘭을 바라보며」, 통권 4호, 서울:태양사, 1983, 이하 『隨筆公苑』이라 한다)

김규련이 「성찰의 계절」이란 글에서 "늘그막에는 하동포구에서 풀꽃을 따며 소꿉질하던 유년의 동심으로 돌아가 하늘의 구름처럼 살고 싶다."라고 했다.(『수필세계』, 2009, 겨울호, p. 51) 이미 여든 살을 넘은 노인이 '늘그막에는'이라니 맞지 않는 말이다.

역시 같은 글에서 "송백과 향나무는 엄습하는 혹한을 이겨내고 청신한 녹색으로 만고심을 드러내고 있다."라고 한 문장은 애매모호하다. 만고심이란 단어 때문이다. 만고심이란 단어가 어찌 된 영문인지 우리나라의 각종 사전에는 나오지 않는다. '萬古心'이란 말은 한국의 수필문단에서는 내가 처음으로 사용했거니와,(『계간 수필』「萬古心」, 2008, 겨울호, 서울:수필문우회. 이하 『계간 수필』이라 한다.) 만고심이란 "천만년 옛날부터 지금까지, 그리고 영원한 장래를 생각하고 그리워하는 마음"을 의미한다.(諸橋轍次, 『大漢和辭典』, 東京:大修館書店. 平成 11年) 따라서 조금 전의해서 쓴다 하더라도 '만고의 그리움' '만고의 시름' '만고의 한(恨)' 등과 같은 뜻으로 쓸 수는 있어도 나무가 만고심을 드러낸다고는 할 수 없다. 고인의 글에서 용례를 보기로 한다. 관다산(菅茶山)의 「동야독서시」(冬夜讀書詩)에서는 "閑收亂帙思疑義 一穗靑燈萬古心"이라 했고, 주희(朱熹)의 「무이도가」(武夷棹歌)에서는 "林間有客無人識 欸乃聲中萬古心(茅屋蒼苔魏闕心)"이라 했다. 윤선도는 「어부사시사」에서 주희의 '欸乃聲中萬古心'을 그냥 옮겨다 놓았다. 요즘 같으면 표절의논란이 있겠다.

또 김규련이 「말이 없는 친구들」이란 글에서 "이런 나에게 아침마다 살가운 미소로 반겨 주는 너희들이 있어 고졸한 내 생활에 기쁨이 그윽하다."라고 했다. 자신의 생활을 두고 '고졸한'이라 표현한 것은 귀에 거슬린다. '고졸하다'는 말은 "(작품이나 분위기가) 기교는 없으나 예스럽고 멋이 있다."라는 뜻인데자기의 생활을 고졸하다고 말하는 것은 겸손한 태도가 못 된다.(『수필세계』, 2010, 봄호, p. 20)

김규련이 「용골(龍骨) 없는 문학」이란 글에서 '讀破書萬卷'은 '讀書破萬卷'의오류다.(『奉贈韋左丞丈二十二韻』(『대구문학』, 2010, 통권 85, p. 11) 讀破란 말은 두보의 이 시어에서 유래하거니와, 한시는 글자 한 자 한 자가 놓일 자리에 놓여야 한다. 또같은 글에서 '語不驚人 雖死不休'에서 雖자는 빼는 것이 바람직하다. 원래 이말은 칠언고시에서 한 말이기 때문이다.(『江上值水如海勢聊短述』)

김규련이 「겨울 산책」이란 글에서 "……엄동설한에도 흠향할 수 있는 계절의 향취가 있음에랴.''라고 했다. 살아 있는 사람이 흠향(歆饗)한다고 한 것은 고금에 없는 망언이다.(『수필세계』, 2010, 겨울호, p. 21)

이희승이 「책을 아끼자」라는 글에서, "책은 적어도 아버지와 같은 정도로 소중히 여겨야 한다는 말이다.''라고 한 것도 망언이다.(李熙昇,『벙어리 냉가슴』, 서울:일 조각, 1957, p. 198) '적어도'라니 말이 되는 소릴 해야지.

자신의 아버지를 두고, "나의 아버님은 천수(天壽)를 누리셨다.''라는 망발을 서슴지 않는 자가 있으니 상제가 방립(方笠)을 쓰는 뜻조차 알지 못하는 사람일 거다.

양주동이 「객설이 문학인가」라는 글에서 "…(전략)…注意와 공갈을 섞어 말한 셈이었으나…(후략)…''라고 했다. 여기서 '공갈'은 '협박'이라 해야 한다. 이 글의 전후를 살펴보면 금품을 뜯어내거나 하는 목적이 없기 때문이다.(梁柱東,『文酒半生記』, 서울:新太陽社, 1960, p. 153) 그는 다른 글에서 "잃어진 고기가 가장 크게 보인다.''라고 했다. 여기서 '잃어진 고기'는 '잃어버린 고기' 또는 '놓친 고기'라 해야 옳다.(梁柱東,『无涯詩文選』, 서울:耕文社, 1960, p. 133) 이 말들이 자칭 국보 양주동의 말이라면 누가 곧이듣겠는가.

양주동의 고제(高弟)인 이어령이, "'국화를 따면서 먼 남산을 바라본다.'는 도연명의 유명한 「귀거래사」에도 남산이 나오고,…(후략)…''라고 한 말에서 「귀거래사」는 「잡시」 또는 「음주」라고 해야 옳고,(李御寧 책임 편찬,『소나무』, 서울:종이나라, 2005, p. 12) 대나무는 뿌리를 깊이 박지 않는 법인데, "동북아시아의 대나무들은 밑뿌리가 땅속으로 꾸불꾸불 깊이 뻗어 있어…(후략)…''라고 한 것은 허풍이 되고 말았다.(李御寧 책임 편찬,『대나무』, 서울:종이나라, 2006, p. 12)

장백일이 "庸言之信 庸行之謹''이란 말을 庸이란 글자가 들어 있다고 해서 그랬는지 『주역』에 있는 말인 줄 모르고 『중용』에 있는 말이라고 한 것은 이

른바 '추측 운전'이 사고를 낸 것과 같다.(『에세이 문학』「매화가 심어준 가훈」, 2002, 봄호)

정약용이 '죽란시사'(竹欄詩社)라는 시인 단체를 만든 것은 유배되기 전의 일이며 '죽란'(竹欄)은 대나무를 잘라서 만들었는데, 정목일은, "정약용이 귀양지에서 만든 시 동인회가 '죽란시사'다. 집 뜰에 대나무 난간을 둘러 사람들이 다닐 적에 옷에 댓잎이 스친다 하여 죽란이라 불렀다."라고 했다.(『에세이문학』, 2002, 여름호, p. 197) 정약용이 강진 유배지에서 많은 저술을 하였으니 죽란시사도 강진에서 만들었을 것으로 추측을 한 거다. 여기서 '죽란'(竹欄)을 '대나무 난간'이라 한 것은 엉터리다. 난간이란 계단 툇마루 다리 따위의 가장자리에 만드는 것이지 평평한 마당에 만드는 것은 난간이 아니다. 여기의 란(欄)은 '울타리'의 뜻이다. 欄에도 울타리(籬)의 뜻이 있다. 따라서 '죽란'이란 '죽리'(竹籬) 곧 '대나무 울타리'다.

그는 또 지식과 지혜를 준별하여 지식은 간접체험에서, 지혜는 직접체험에서 나온다고 단언하면서 수필은 지식과 정보를 걷어내고 지혜에서만 나와야 한다고 했다.(『月刊文學』, 2003, 12월호, 서울:한국문인협회 월간문학사, pp. 688~692. 이하 『月刊文學』이라 한다) 그러나 그의 주장은, 지혜와 지식은 인식방법의 문제이지 대상의 문제가 아니란 것을 간과했다. 같은 말도 지혜일 때가 있고 지혜가 아닐 때가 있을 뿐이다.

지식과 지혜를 대상의 문제로 본다 하더라도 그의 주장은 글의 지반을 도외시한 같잖은 도그마에 불과하다. 고저(高低)가 있어 산이 되고 곡직(曲直)이 혼재하여 수풀을 이루고 청탁이 합쳐 바다가 되는 줄 정목일은 진정 모르는가. 그의 주장대로라면, 지혜는 지식과는 전혀 무관한 것인지, 수필이 오로지 지혜만의 소산이라야 하는지, 그런 수필이 있기나 하는 것인지, 수필이 지혜에서 나오기만 하면 '죽란시사'를 정약용이 유배지에서 만들었다고 하고 '죽란'

을 대나무를 잘라서 만든 것이 아니라 살아 있는 대나무 난간이라 하고 '울타리'를 '난간'이라 해도 되는 것인지 모를 일이요, 또 사실과 전혀 다르게 지어낸 가짓말을 지혜라고 할 수 있을 것인지 더욱 모를 일이다. 만약 정목일이 수필을 말하면서 툭하면 지혜를 들먹이는 것이 감히 반야(般若)를 염두에 둔 것이라면 과욕이요 부회(附會)다. 반야는 예사 지혜가 아니기 때문이다. 그의 지론대로 글이 지혜에서만 나오려면 문자반야(文字般若)를 이룬다면 모를까. 수필은 불립문자(不立文字)도 아니요, 선사의 게송(偈頌)도 아니다. 문자반야를 이루어야 되는 것은 더욱 아니다.

정목일은 「차 한 잔」이란 글에서 이런 말을 했다. "찰나 속에 영원이 담기고 영원은 찰나 속에 숨을 쉰다."(정종명 외, 『숨은 사랑』, 서울:도서출판 청어, 2010). 이 말을 들으면 『화엄경』(華嚴經)의 정수라고나 할, 의상대사의 「법성게」(法性偈:華嚴一乘法界圖)에 나오는 "無量遠劫卽一念　一念卽是無量劫"이란 말을 연상하는 사람이 퍽 많을 것이다. 정목일이 알고 한 소린지 들은풍월인지는 모르겠으나, 그의 말은 「법성게」의 '무량원겁'을 '영원'으로, '일념'을 '찰나'로 바꾸고, '담긴다' '숨을 쉰다'라는 말로 연막을 친 결과가 되어 버렸다. 이 성형한 얼굴을 알아볼 사람이 없을 거라고 생각했다면 그 추측은 독자를 얕잡아 본 거다. 표절의 논란이 없지 않을 것이다. 만약, "영겁은 일념에서 떨어져 있지 않다." "영겁과 찰나는 둘이 아니다."등으로 말한다면 이는 이미 일반화된, 불학의 지식(상식)을 말한 것일 뿐 탈잡을 일이 못되지만, 여기서 정목일의 말을 문제삼는 까닭은 그의 표현 방식이 「법성게」를 번역한 것과 진배없기 때문이다.

장백일이며 정목일의 경우처럼 추측 운전이 사고를 내는 일은 비일비재하다. 한계주가 「〈적벽부〉를 통해서 본 인간 소동파」라는 글에서, "소동파인들 자신의 경륜을 마음껏 펼치고 싶은 마음이 왜 없었겠는가. 그러나 그는 타고 난 자유인으로 평생을 유배생활을 할망정 소신을 굽히지 않았다. 〈아우에게 주는 회답시〉에 그는 정처없이 떠도는 자신의 삶을 '기러기, 눈밭에 잘자국 남기기'라 표현했다."라는 글이 그렇다.(『에세이문학』, 2009, 여름호) 한계주가 말하는 〈아우에게 주는 회답시〉란 「면지에서의 옛일을 생각하며 자유에게 답한다」(和子由澠池懷舊)라는 시를 뜻한다. 우선 〈아우에게 주는 회답시〉에서 낫표 안의 말이 정확하지 않다. 낫표를 하지 않는다면 모를까, 낫표를 할 때에는 반드시 「면지에서의 옛일을 생각하며 자유에게 답한다」라는 식으로 가급적 원문의 뜻을 정확하게 나타내야 한다.

소식(蘇軾)은 그의 나이 스물여섯 살 때 봉상부첨판(鳳翔府僉判)으로 부임하기 위해 면지를 거쳐 봉상(鳳翔, 지금의 섬서성 봉상)으로 들어가고 있었는데, 이때 「면지의 일을 생각하며 자첨 형님께 보냅니다」(懷澠池寄子瞻兄)라는 동생 소철(蘇轍)의 시에 대한 화답으로 위의 시를 지었다. 오년 전 동생과 함께 아버지(蘇洵)를 따라 수도 개봉으로 과거시험을 보러 가면서 겪었던 어려운 일을 회상한 시다. 소식이 이 시를 짓던 당시는 막 환로에 나아가기 시작할 무렵이었고 정처없이 떠돈 적이 전혀 없었다. 유락의 길로 들어서기 시작한 것은 이 시를 지은 지 십년 후인 서른여섯 살 때부터이다. 한계주의 말은 허풍이 되고 말았다.

맹난자가, '原始反終'을 "시작된 근원으로 마침을 돌이킴이니……(후략)"라고 한 것은 한문의 문리에 어긋난다.(『月刊文學』, 2009, 3월호, p. 254) 原始와 反終처럼 대칭 어구인 경우에는 두 어구가 문법적으로 대등하다. 反 자는 동사로 쓰고 原 자는 형용사로 쓰는 법은 없다. 原 자 또한 마땅히 '찾다' '근본을 캐다' '추구하다' 등 동사로 해석해야 한다. 따라서 原始反終이란 "시작을 캐고 마침을 돌이킨다."라고 해야 한다. 이와 비슷한 말로 原始要終이 있다. "시작을 캐고 마침을 추구한다."로 해야지 "시작된 근원으로 마침을 추구한다."로 해석하면 말이 뜻에서 배돈다. 학자들도 마찬가지다. 주자의 『易學啓蒙』의 '原卦畫'(원괘획)에서의 原 자 또한 '찾다' '근본을 캐다' '추구하다' 등 동사로 해석해야 하는 줄 알지 못하고 이상한 소리를 한 번역들뿐이다. 또 맹난자가 "지뢰복(地雷復)괘의 괘사 '복(復)에 그 천지의 마음을 본다(復其見天地之心乎)'에서……"라고 했다.(『月刊文學』, 2010, 8월호, p. 320) 여기서 '본다'는 '볼진저!'라고 해야 한다. '-ㄹ진저'는 종결 어미로서 '마땅히 그러 해야 한다'는 뜻을 감탄조로 장중하게 나타내는 말이다. 말의 뉘앙스를 맹난자는 알지 못했다. 괘사(卦辭)는 단전(彖傳) 또는 단사전(彖辭傳)이라 해야 옳다. '전(傳)'은 '사(辭)'를 풀이한 것이다. 괘사(卦辭)는 단사(彖辭)라고도 하거니와 괘사(단사)와 단전(단사전)을 구분하지 못했다는 것은 「십익」(十翼)을 정확하게 모르는 소치다. 또 '其'를 '그'로 해석한 것은 적절하지 않다. 여기서의 其는 '아마(도)'라는 뜻인 줄을 요즘 학자들은 말할 것도 없거니와 선유 가운데도 아는 자가 거의 없었다. "其有聖人乎" "作易者其有憂患乎"와 같은 문장에서도 其는 모두 '아마(도)'의 뜻이다.

『주역』을 잘못 읽으면 미친다는 말이 있다. 문단에 『주역』을 공부한 사람이 더러 있는 모양이지만 거개가 미친 소리만 하고 있다. 다만 김동리(金東里)는 다르다. 「天命을 즐긴다」라는 그의 수필이 이를 말해 준다. 하지만 그는 이 글에서 天命이란 말을 구차하게도 「계사전」(繫辭傳)의 "旁行而不流 樂天知命"이라는 문장에서 이끌어 내었을 뿐 天命이란 말은 「계사전」의 이 말에 앞서 천뇌무망괘(天雷无妄卦)의 단전에 "天命不祐行矣哉"라고 하고 있음을 알지 못했다. 김동리의 주장은 애석하게도 한갓 요동시(遼東豕)가 되었다 할까.(金東里, 『생각이 흐르는 강물』, 서울:甲寅出版社, 1985, pp. 171~180)

손광성이, "매화는 일생 추위에 떨어도 그 향기를 팔지 않고, 거문고는 천년이 지나도 그 소리를 바꾸지 않는다."라고 한 것이 "桐千年老恒藏曲 梅一

生寒不賣香”이라는 신흠(申欽)의 시에서 얻어 온 말이라면 큰 흠이랄 수는 없다할지 모르지만 말의 앞뒤가 바뀌었고, ‘오동’을 ‘거문고’로 표현한 것은 비약이 지나쳤다.(孫光成,『하늘잠자리』, 서울:을유문화사, 2011, p. 229) “한약에서 감초는 빠져도 대추는 빠지는 법이 없다.”는 말은 틀렸다.(孫光成, 前揭書, p. 222)『동의보감』『경악전서』『방약합편』등등 어떠한 의서를 보아도 대추가 들어가지 않는 한약 처방이 대추가 들어가는 한약보다 훨씬 더 많기 때문이다. “그리고 여인의 치맛자락이 스치는 소리와…(후략)…”에서 ‘여인’은 ‘여자’나 ‘여성’으로 하는 것이 합리적이다.(孫光成, 前揭書, p. 39) 왜냐하면 여인이란 ‘성년이 된 여자’를 뜻하기 때문이다. 손광성의 말대로라면 미성년인 여자의 치맛자락은 포함되지 않게 되는데 과연 손광성은 그런 생각이었을까? “은은한 향기는 멀수록 더욱 맑다.”에서 ‘은은한’을 ‘그윽한’으로 바꿔야 옳다. ‘은은한’이란 낱말은 소리를 두고 쓰는 말이지 향기를 두고 쓰는 말이 아니다.(孫光成, 前揭書. p. 140)

염정임이「한 장의 사진」에서, “몇 년 사이에 두 선생님은 앞서거니 뒤서거니 영원을 향해 떠나셨다.”라고 한 문장에서 ‘앞서거니 뒤서거니’는 적절치 않다.(『月刊文學』, 2009, 10월호, p. 176) ‘앞서거니 뒤서거니’란 말은 이를테면 A와 B 두 사람이 A(앞)B(뒤)가 되기도 하고 B(앞)A(뒤)가 되기도 한다는 뜻인데 저승길을 앞서거니 뒤서거니 갔다니 참 괴이한 소릴 다 듣겠다.

정혜옥이 “옛집과의 해후는 그렇게 허망하게 끝이 났다”에서 ‘해후’는 옳지 않다.(정혜옥,『강물을 만지다』, 서울:선우미디어, 2008, p. 55) 해후란 우연히 만나는 것인데 이 글에서 필자가 옛집을 만나는 것이 우연이 아니기 때문이다. 또 “짚을 엮어 만든 신은…(중략)…엮은 끈이 떨어지면…(중략)…짚신 같은 걸 엮었을 것이다”에서 ‘엮어’는 ‘겯어’로, ‘엮은’은 ‘결은’으로, ‘엮었을’은 ‘결었을’이나 ‘삼았을’로 각각 바꿔야 더 친절하다.(정혜옥 전게서, p. 98)

처음부터 벼슬길에 나아가지도 않았을 뿐만 아니라 종신불취(終身不娶)였던 임포(林逋)를 두고, "벼슬살이와 처자를 버리고 서호에서 은둔하면…(후략)…."라고 한 조희웅의 말은 사실에 어긋나고,(『매화』, 서울:종이나라, 2005, p. 84) "벼슬 버리고…(후략)…"라고 한 김규련의 말은 애매모호하다.(『계간 수필』, 2007, 가을호, p. 3)

두보(杜甫)의 「등고」(登高)에 나오는 "無邊落木蕭蕭下 不盡長江滾滾來"에서도 마찬가지겠지만, 구활(具活)이 소식(蘇軾)의 「적벽부」(赤壁賦)에 나오는 "哀吾生之須臾 羨長江之無窮"에서의 '長江'을 '긴 강'이라고 번역한 것이 옳지 않은 것은 백두산(白頭山)을 '흰 머리 산'이라고 번역해서는 아니 되는 것과 같다.(『한국수필가』 「赤壁을 노래한 蘇東坡를 그리며」, 2005, 겨울호, 서울:한국문인협회 계간한국수필가, 이하『한국수필가』라 한다)

중국에 적벽(赤壁)이라 일컬어지는 산 이름이 넷이고 강 이름이 하나인데 산 이름 가운데 하나는 호북성(湖北省) 가어현(嘉魚縣) 동북 쪽, 양자강 가에 있는 적벽으로 주유(周瑜)가 조조(曹操)를 격파한 곳이다. 또 하나는 호북성(湖北省) 황강현(黃岡縣) 성(城) 밖에 있는 적벽으로 흔히 적비기(赤鼻磯)라고 부르거니와 소식이 이 적비기에 찾아와서 주유와 조조가 싸웠던 그 적벽인 줄로 잘못 알고 「전후적벽부」(前後赤壁賦)를 지었던 건데, 오늘날 글을 쓴다는 사람들이 적벽이 여러 곳인 줄을 알지 못하는지 소식이 적벽대전이 벌어졌던 적벽에서 「적벽부」를 지은 걸로 잘못 알고 있으니 우습지 아니한가.

"십합혜 짚신은 씨줄 열 개를 나란히 하여 짚으로 촘촘하게 날줄을 넣은 것이어서 단단하고 질겼다. 그러나 오합혜는 다섯 개의 씨줄에 날줄을 듬성듬성하게 엮은 것으로 보기에도 어설프고 수명 또한 짧았다."라는 구활의 문장은 진사 열두 번 해도 모를 소리다.(『대구펜문학』「오합혜 짚신과 산꿩」, 통권 제7호, 대구:도서출판 그루, 2007, p. 260. 이하『대구펜문학』이라 한다) 우선 씨줄과 날줄을 혼동했고, 십합혜 오합혜를 정반대로 설명했다. 나이 열 살에 손수 삼은 짚신을 신고 일제의 '국민학교'에 다녔던 나 같은 사람도 못 알아듣는 이 말을 짚신 삼는 걸 보지도 못한 사람들이 알아들을지 모르겠다.

또 구활이 '聞香'을 '향기를 듣는다.'라고 한 것과(『수필세계』「연꽃 필 때 들리는 소리」, 2009, 겨울호) 법정 화상이 "꽃향기는 맡는 것이 아니라 듣는다. 옛 글에도 문향(聞香)이라 표현했다. 이 얼마나 운치 있는 말인가."라고 한 것은 적절치 않다.(법정, 『홀로 사는 즐거움』, 서울:샘터, 2010, p. 26) 이때의 聞자는 '들을문 자'가 아니고 '맡을문 자'이다. 국어사전에도 문향(聞香)을 "향기를 맡음"이라 했다. 법정 같은 이름 있는 승려가 설마 황벽선사(黃蘗禪師)의 박비향(撲鼻香)을 몰랐을까.(不是一番寒徹骨 爭得梅花撲鼻香/『五燈會元, 龍門遠禪師法嗣, 道場明辯禪師』)

법정이 '동족상쟁'이라 한 것은 말이 되지 않는 것은 아니나 '동족상잔'(同族相殘)이라 해야 '聞香'을 두고 그가 한 말마따나 운치 있는 표현이 된다.(법정, 『버리고 떠나기』, 서울:샘터, 2010, p. 264)

미륵을 두고 석인(石人)이라 한 윤자명의 말을 들으면 무덤 앞에 세운 돌로 만든 사람이 제 이름 빼앗겼다고 입을 비죽할지도 모를 일이다.(윤자명, 『도요 속의 꽃』, 부산:도서출판 전망, 2006, p. 194)

김진식의 "봉황은 오동나무의 열매만 먹는다지 않는가."라는 문장에서 '오동나무의 열매'를 '죽실(竹實)'로 바꿔야 옳다.(『계간수필』「복伏들이 산간의 하루 그리기」, 2008, 가을호)

수필 평론을 한다는 강돈묵의 "소각시켜야 할 것에 음식물을 집어넣는 양심도 보이고, 제대로 분리하여 내어놓는 깔끔한 성격도 만난다."라는 글에서 '양심'은 '비양심'이라 해야 옳다.(『계룡수필』「재를 치우며」, 2008, 제6집)   '홀아비'란 말은 '과부'와 대칭되는 낱말로 아내가 없는 사람을 일컫는 말인데 아내가 있는 사람이 아내와 떨어져 지낸다 해서 "홀아비답게 간소한 아침 식사가 끝났다."

라고 한 김태길의 말은 적절치 않다.(金泰吉,『窓門』, 서울:汎友社, 1976, p. 66) 아내가 있는 사람은 '홀아비답게'가 아니라 '홀아비처럼'이라고 하는 것이 옳다.

신부나 목사는 자신을 일러 신부님이니 목사님이니 하지 않는데 중은 자신을 일러 스님이라 한다. 지위의 고하를 막론하고 중들 거의가 그 모양이다. 스님이라 함은 '중'을 높여서 이르는 말인 줄 설마 모르고 하는 소릴까? 법정 스님은 열권이 넘는 그의 저서에서 한 번도 자신을 스님이라 하지 않은 걸 보면 중노릇 제대로 한 사람인 것 같다.

임산부(姙産婦)라 함은 아이를 밴 여자 곧 임부(妊婦/姙婦)와 해산한 지 얼마 되지 않은 여자 곧 산부(産婦)를 아울러 이르는 말인데 임부나 산부를 가리켜 임산부라 하는 사람이 문인 행세를 한다. 참으로 개탄할 현상이다. 전교(全校)라 함은 예컨대 고등학교는 1학년부터 3학년까지를 뜻하는 말인데 3학년 전체에서 1등을 한 학생을 전교 1등이라 하는가 하면, 날다람쥐의 털을 청설모라 하는데 날다람쥐를 청설모라고 하는 사람이 많다. 세상은 말세다, 전교와 학년도 분간 못하는 사람이 누구 말마따나 '교사의 꽃'이라는 장학사를 했는가 하면 털모자(毛)도 모르는 사람을 수필의 우상으로 떠받든다.

박용수는, "면도하는 일이란 수려한 얼굴을 보는 일이었고,……"라고 하여 자신의 얼굴을 수려한 얼굴이라고 하였는데 이 글에서는 자신의 얼굴을 '수려한'이라고 말할 계제(階梯)가 아닌 것 같다.(『수필세계』, 2013 여름호, p. 148) 유혜자는, "사람의 운명이 주어진 시간의 그물망 속에서 엮어지듯이 시력도 망막에 의해 빛이나 태양의 빛을 흡수하는 감광(感光) 현상이 일어나야 가능한 것임을 절감하는 시간이었다."라고 했다.(전게서, p. 21) "사람의 운명이 주어진 시간의 그물망 속에서 엮어지듯이"라는 말은 운명을 해설한 꼴이 되겠는데 운명이란 말을 그렇게 쉬이 해설할 수가 있을까? 방만한 표현이 종잡을 수 없이 모호하다. 망막의 작용을 말하기 위해 시간의 그물망을 먼저 말한 것은 억지다. 운명과 시력을 비유하는 것 자체가 무리다.

'일체 끊고'라고 한다든가,(安大會,『선비답게 산다는 것』, 서울·푸른역사, 2007. p. 18) '일절 갖추고'라고 한다든가, 딱한 경우를 들기로 한다면 한이 없다.

4. 사전을 보지 않는 사람들 / 사전이 틀린 줄을 모르는 사람들

'전호기'를 '신호기'로 고친다.(『수필문학』「간이역에서」, 1995, 11월호, 서울: 수필문학사) 이럴 때는 웃고 만다. '傳號旗'라는 한자를 쓰지 않은 건 내 불찰이기도 하니까. 그러나 "백년(百年)의 직장"에서의 '백년'(百年)을 '100년'으로, '백일'(百一)이란 백 마디 말 가운데 참말은 한 마디가 될 둥 말 둥한 가짓말쟁이를 일컫는 말인데 '백일'을 '101'로, '구천'(九泉)을 '9천'으로, "가슴을 허빈다."를 "가슴을 후빈다."로, "인물도 좋것다, 학벌도 좋것다."에서 '것다'를 '겄다'로, "이제 곧 이별이렷다."에서 '렷다'를 '렸다'로, "유리창을 깬 것이 분명 너는 아니엇다."에서 '엇다'를 '었다'로, '어리비치는'을 '얼비치는'으로, "아무나 할 수 있는 일이 아니다. 무엇이 씌기라도 해야 한다."에서의 '씌기라도'를 '씌우기라도'로, '터알'을 '텃밭'으로, '에부수수한'이니 '메부수수한'을 '매우 수수한'으로, '짬짜미'를 '짬짬이'로, '꾀죄한'을 '꾀죄죄한'으로, '외돌토리'를 굳이 '외톨'로, '설을 쇠다'를 '설을 쉬다'로, '고 계집애'를 '그 계집애'로, '그득한'을 '가득한'으로, '가짓말'을 '거짓말'로,(『대구문학』「맞선꼴」, 2007, 봄호) '2^{n-1}'을 '2n-1'로,(『대구문학』「맞선꼴」, 2007, 봄호) '길래'를 '길게'로,(『에세이문학』, 2007. 겨울호, p. 344) '제물에 무너져 내린다'를 '제풀에 무너져 내린다'로,(『에세이문학』, 2007. 겨울호, p. 347) '하늘땅'을 '하늘∨땅'으로,(『에세이문학』, 2007. 겨울호, pp. 345~346) '탄핵소추한 것이'를 '탄핵소추∨한 것이'로,(『에세이문학』, 2010, 겨울호, p. 225) '이아침'을 '이∨아침'으로 고쳐 놓기가 예상사다. 이렇게 고치면 그 글은 급전직하 죽지 부러진 새로 전락해 버리는 줄을 그들이 알 턱이 없다. 반점을 아무데나 수없이 찍어서 문맥을 난도질해 버리기도 하고, 문단을 무수히 나누어서 시의 형태를 만들기도 한다. 어중이떠중이 문예지는 말할 것도 없고 한다한 종합문예지도 다르지 않다. 물론 다 그렇다는 말은 아니다. "계곡을 뻐개고 흐르는 물줄기"를 "계곡을 타고 흐르는 물줄기"로, "나는 참 나쁜 사람이다."를 "나는 참 나쁜 사람이 아닌가."로 고치기도 한다. 오리의 다리를 늘이려 하고 학의 다리를 자르려 하는 사람들이다. 이런 사람들은 하필 글의 추뉴(樞紐)만을 골라서 먹칠을 해 놓기가 예사다. 이런 짓들은 옛날의 재래식 공동변소의 낙서와 무엇이 다른가.

어느 대학 선생이 국어사전의 틀린 곳을 지적한 적이 있지만 그분이 지적한 것 밖에도 틀린 것은 더러 있다. 이를테면, '삼성(三省)'을 "하루에 세 번씩 자신이 한 일에 대해 반성함."이라고 되어 있는 국어사전은 틀렸다. '세 번'이 아니라 '세 가지'다.(曾子曰吾日三省吾身爲人謀而不忠乎與朋友交而不信乎傳不習乎. ―『論語』「學而第一章」)

석과불식(碩果不食)을 "[큰 과실은 다 먹지 않고 남긴다는 뜻으로] '자기의 욕심을 버리고 자손에게 복을 끼쳐 줌'을 이르는 말."이라고 한 국어사전의 해석도 사이비 해석이다. "[큰 과실은 먹히지 않는다는 뜻으로] 궁상반하(窮上反下)의 씨앗이 되는 이치를 상징적으로 표현한 말."이라는 정도로 설명하는 것이 핍진하다. 『주역』(周易) 박괘(剝卦)의 상구(上九)는 장차 복괘(復卦)의 초구(初九)로 반전하기 때문이다. 따라서 碩果不食에서 不食을 정자(程子)는 不見食으로, 주자(朱子)는 不及食으로, 정약용은 不爲所食으로 해석하는 등 선철의 주석은 모두 국어사전과는 달리 "먹히지 않는다."라고 피동으로 해석한 것이다.

邪(사/야) 자와 耶(야/사) 자가 통용되는 경우가 있기는 하지만, 간장막야(干將莫邪)에서의 邪를 耶로 표기한 국어사전은 틀렸다. 莫邪는 본디 사람 이름이기 때문이다. 『순자』(荀子)의 「성악편」(性惡篇)이나 『오월춘추』(吳越春秋)의 「합려내전편」(闔閭內傳篇)을 보면 모두 莫邪로 되어 있다.

欸乃聲을 애내성이라고 한 국어사전는 틀렸다. 애애성이 옳다. 乃자가 뱃노래를 뜻할 때는 '애'로 발음해야 하기 때문이다.

5. 천리마는 천리마다

비평은 어떠한가. 이원성은 「졸렬한 문장의 수필들」에서, "나무·풀·새·벌레·야생 동물을 모두 '미물'이라 했는데, 미물의 뜻은 ①변변하지 못하고 작은 물건, ②썩 자질구레한 벌레란 뜻인데, 나무·풀·야생 동물들을 미물이라 하는 것은 당치도 않다. 이는 스스로의 무지를 드러낸 것이라 하겠다."라고 했다.(『한국수필가』, 2005, 여름호) 풀이나 나무를 미물이랄 수 없다는 말은 틀리지 않았으나, '①변변하지 못하고 작은 물건'을 미물이라 했는데 그렇다면 몽당 연필이나 닳은 지우개 이 빠진 그릇 같은 것도 미물이란 말인가? '②썩 자질구레한 벌레'를 미물이라 했는데 그렇다면 새나 짐승은 미물이 아니란 말인가? ①과 ②가 모두 틀렸다. 미물은 반드시 '생명 있는 동물'이라야 한다. '생명 있는 동물'이리면 짐승이나 날짐승은 물론 때에 따라서는 사람도 미물이라고 하는 경우가 있는 줄을 알지 못하면서 가마가 솥더러 검정아 했다. 가소롭게도 이런 비평을 치켜세우는 것이 현재의 우리 수필문단의 한 수준이기도 하다.

한상렬은 「고뇌하는 존재의 상상력」에서, "혹시 옛 사람의 말을 좇아 담장(淡粧)한 미녀에 비기지 말게나. 세속 밖의 가인(世外佳人)이라던데 분을 칠한다고 되겠나?"라는 문장은 '세외가인'을 회피하지 않았는데 도리어, "화자는 흔히 말하는 '세외가인'이라는 상투적인 찬사를 굳이 피하고 있다."라고 얼토당토

않은 소리를 했다.(『한국수필가』, 2005, 겨울호)

　"…(전략)…그 옛날, 솔개에 채여 가던 가여운 우리 집 병아리들을 나는 여태껏 잊을 수가 없다. 병아리를 품고 한사코 솔개에 항거하다가 눈알이 뽑힌 어미닭을 떠올리면 나는 아직도 가슴이 아파 견딜 수가 없다. 솔개도 닭도 우리는 다 겪어 봐서 안다. 청학 백학이 구고(九皐)에서 울고 떼를 지어 훨훨 창공을 날았으면 좋겠다. 창공 드높이, 청학 백학이 가끔 무리지어 싸운다면 그것 또한 장관일 게다."라고 한 문장을 두고 평자 이병용이 「수필의 맛과 멋」이란 글에서 이르길, "'박수병의 청학 백학은……'는 최근 우리의 정치 상황이 '상생의 정치'에서 이탈하고 있음을 경계하면서, '병아리를 품고 한사코 솔개에 항거하다가 눈알이 뽑힌 어미닭'의 역할을 해결책으로 제시하고 있다."라고 한 걸 보고 나는 박장대소를 했다.(『月刊文學』, 2004, 9월호)

　한상렬의 데면데면함이나, '朴籌丙'을 '박수병'으로 두 번씩이나 잘못 쓰고,(籌를 틀리게 쓰는 까닭은 壽를 바르게 못 쓰기 때문이다. 문인이 '목숨 수' 자도 못 쓴대서야!) '병아리를 품고 한사코 솔개에 항거하다가 눈알이 뽑힌 어미닭'을 해결책으로 제시했다고 함으로써 학을 닭이라고 말한 이병용의 무례와 생트집은 내가 세상에 문명을 들날리지 못했기 때문일까? 문단에 어떤 세력도 부식(扶植)하지 못했기 때문일까?

　강돈묵은, "지나치게 옛 문헌에 의존한 나머지 자신의 말이 빈약하다. 많은 자료를 담아 놓아 보기에는 풍성한데, 무슨 요리인지 알 수가 없다.…(중략)… 작가의 것에 조미료로만 사용하는 것이 좋을 것이다. 선현들의 생각에 내 생각과 해석이 조미료가 된다면 지혜로운 수필쓰기라고 하기에는 어렵지 않을까 한다."고 했다.(『月刊文學』「수필의 글감 사냥과 요리」, 2008, 1월호)

　강돈묵의 위의 말들은 한마디로 덮으면 바보 돌 깨는 소리다. 강돈묵이 쓴

위의 비평문에서 문제가 된 수필 「漢江風雲」은 길이가 200자 원고지 21.9 매인데 작가의 말이 18.0 매이고 이른바 선현의 말은 네 사람을 합쳐서 3.9 매에 지나지 않는다. 18.0 매가 3.9 매의 조미료라고 했다. 18.0 매나 되는 작가의 도광(韜光)의 언어들을 빈약하다고 하고 3.9 매에 불과한 절제된 인용을 지나치게 옛 문헌에 의존했다 했다. 자신의 말이 빈약하다고 하는 그 말이야말로 강돈묵 자신의 지적 빈약을 드러낸 말인 줄 그는 모른다. 모르는 것이 뭐 자랑인가? 무슨 요리인지 알 수가 없으면 평을 하지 말든지 알 수 있도록 공부를 더 한 뒤에 평을 하든지 그랬어야 옳았다. "문인상경 자고이연"(文人相輕 自古而然—魏, 文帝)이라지만, 작가를 무시하고 모독하고 독자를 우롱하는 이 따위 논평을 대하면 수필 문단에도 비평이 있느냐고 자문하게 된다.

만사 만물이 그러하듯 글 또한 유변소적(唯變所適)이랄까, 오직 변화하는 곳으로 좇는다. 글에서 변화하는 곳이란 어딘가? 과거와 미래에 이어져 있는 것이 인간의 삶이듯이 의고(擬古)와 창신(創新) 곧 전통의 계승에서 새로움을 추구하는 곳일 거다. 도사득금(淘砂得金), 모래를 일어서 금을 얻을 일이요, 점철성금(點鐵成金), 쇠를 다루어서 황금을 이룰 일이다. 또 온고이지신(溫故而知新)이라야 한다. 여기서 '溫'(온)이라 함은 식은 밥을 버리지 않고 먹긴 먹되 데워서 먹는다는 뜻인 줄 아는 사람이 드물다.

「漢江風雲」이라는 이 글은 온고이지신이고자 한 글이다. 아름다움을 안으로 머금고 밖으로 드러내지 않는 '含章'(함장)이고자 한 글이다. 단순히 선현의 언어를 소개하고 설명한 것이 아니라 한 귀퉁이를 들어서 세 귀퉁이가 반응하도록 했다."(擧—隅不以三隅反則不復也—『論語』「述而」) 절제된 언어로 응축된 철학, 그 행간을 강돈묵은 읽지 못했다. 줄 바깥의 소리를 듣지 못하는 자가 어찌 거문고를 안다 하랴! 유마(維摩)의 일묵(一黙)이 만뢰(萬籟)와도 같다는 말 들어 보지도 못했나?

수필의 비평은 공평하지 못하다. 무문곡필(舞文曲筆)이다. 문단에 힘깨나 쓰는 사람의 글에 대해선 굽실굽실하다가도 한사의 천의무봉(天衣無縫)에는 먹칠을 한다. 평자의 안목이 없다. 해(亥)와 시(豕)도 분별할 줄 모르는 자가 자건(子建)의 솜씨를 나무란다. 말을 잘 아는 사람이 천리마를 보고 천리마라 해도 천리마는 천리마이고, 말을 잘 모르는 사람이 천리마를 보고 천리마가 아니라고 해도 천리마는 천리마다.

비속한 대중들 틈에서 인기를 얻는 사람, 이른바 향원(鄕原〈愿〉)은 덕의 도둑이라 했다.(鄕原德之賊也,『論語』「陽貨」) 대중이 미워하는 것도 반드시 살펴볼 것이며 대중이 좋아하는 것도 반드시 살펴볼 것이라고도 했다.(衆惡之必察焉衆好之必察焉) 향원의 죄를 묻는 논객이 문단에 있는가? 수필문단에 형안독수(炯眼毒手)의 정론(正論)을 나는 아직 보지 못했다.

6. 사이비 철학

비평이 철학 타령일 때도 있다. 철학 용어만을 쓴다고 해서 글이 철학성을 띠게 되는 건 아니라는 걸 모르진 않을 텐데, 남의 글에 철학 타령하길 좋아하는 사람 치고 철학 용어를 남발하지 않는 자는 드물다. 자신의 같은 글에서 아카데메이아(Akadēmeia, Academy(Plato's))의 학인이 되기도 하고 리케이온(Lykeion, Lyceum(of Aristotle))의 학도가 되기도 한다. 철학을 전공하지 않은 사람이 철학을 전공한 사람보다 철학 용어를 더 자주 쓰는 것 같다. 가장 많이 쓰이는 용어는 실존(existence/ Existenz)이라는 말인 것 같은데, 본질(essence/ Wesen)이라고 해야 할 경우에 실존이란 말을 쓰기도 하고, 실존이라고 해야 할 경우에 본질이라고 하는 걸 보면 실존철학에 대한 깊은 이해는 고사하고 본질과 실존은 서로 반대가 되는 말이란 것조차도 모르는 모양이다. 이런 철학이야 소가 다 웃겠다.

철학 용어나 철학자의 말을 인용하는 것은 사유의 깊이를 드러내게 마련이다. 이를테면, "어떤 철학자는 '생각함으로써 나는 존재한다.'고 선언하였다. 그렇다면 모과나무와 비둘기와 꿩은 생각이 없기 때문에 무존재가 되는 것일까?"라고 한 김시헌의 말이 그렇다.(『계간 隨筆』「無知」, 창간호, 서울:수필문우회, 1995)

"나는 사유한다. 그러므로 나는 존재한다."는 데카르트의 양언(揚言)은 직접적이고 직관적인 인식을 말하는 것이지, "모든 사유하는 자는 존재한다." "나는 사유한다." "그러므로 나는 존재한다."라는 삼단논법이 아니다. 우리들은 일체의 것을 의심할 수 있으나 우리들이 의심한다는 사실, 우리들이 사유하면서 존재한다는 것만은 의심할 수 없다는, 사유하는 존재의 확실성을 두고 그렇게 멋스럽게 표현한 것에 지나지 않는다. 데카르트의 이 말은, 이를테면 "나는 그녀를 사랑한다. 고로 나는 존재한다."라는 말은 그녀를 사랑하지 않으면 나는 무존재가 된다는 뜻이 아닌 것과 같은 이치의 말이다. 사람은 생각이 있기 때문에 존재하고 모과나무와 비둘기와 꿩은 생각이 없기 때문에 무존재가 되는 거냐고 한 김시헌의 주장은 누구보다도 수필에 철학을 강조하는 사람의 말이라고는 믿어지지가 않는다.

물론 글에 철학이 있어야 한다고 하는 말에서 철학이란 데카르트와 같은 철학자의 철학을 뜻하는 것이 아니라 '사상'을 일컫는 말이란 걸 내가 모르는 바는 아니나 그래도 그렇지, 군이 철학자의 철학에 대해 말을 하려거든 뭘 좀 제대로 알고 말을 해야 툭하면 철학을 입에 담는 사람으로서 체면이 서지 않겠나? 김시헌의 이 글이 실린 그 잡지는 철학하는 김태길 박사가 발행인이었으니 그가 김시헌의 이 글을 읽고 그 오류를 알아차리지 못했을까?

잘 알지도 못하면서 불교 용어를 떠들어 대는 사람이 한둘이 아니다. 앞서 말한, 하나의 미진(微塵) 속에 시방세계가 들어 있다고 말하는 「법성게」처럼 호호탕탕한 것이 불교란 걸 그들이 알고나 그러는지 모르겠다. 여기서 미진을 그냥 '작은 티끌'인 줄로만 아는 주제에 온갖 불교의 문자에 얽매여 거기에서 깨달음을 이루려 한다면 사문(沙門)이든 아니든 공부를 제대로 했다고는 할 수 없다. 불학의 표현을 빌린다면 한낱 '송장을 짊어지고 돌아다니는'(祇管傍家負死屍行) 사람에 지나지 않는다. 아마도 그들은 염라대왕한테 치러야 할 짚신 값(草鞋錢)이 꽤나 많을 것이다.

미진이란 불교 용어로서 외색진(外色塵)이라고도 하거니와 지금 우리가 말하는 전자, 핵자,(核子:원자핵을 구성하고 있는 '양자와 중성자'의 통칭.) 원자 같은 것을 일컫는 것이니 "하나의 미진 속에 시방세계가 함유되어 있다."라는 「법성계」의 말은 과학이 입증한 셈이다. 하지만 얼른 들으면 불교는 이처럼 호호막막하기 그지없어 보여서 빗나가는 소리를 조금 지껄여도 홍로일점설(紅爐一點雪)일 뿐이다. 알아볼 사람이 많지 않다. 법률전문가가 아닌 사람이 법률 용어를 쓰면 당장 밑천이 드러나는 것과는 매우 다르다. 따라서 별로 공부를 하지 않은 사람이라 하더라도 그다지 전문적이 아닌 불교 용어 몇 마디만 섞어 놓으면 꽤 유식해 보인다. 이것이 수필 쓰는 사람들 가운데 불자 또는 불교 철학자가 많아 보이는 주된 원인인 것 같다.

철학 타령하길 좋아하는 사람들의 염불 같은 소리를 가만히 듣고 있으면 정신이 어지럽다. 물(物)과 아(我), 영원과 수유, 유위와 무위, 그림과 여백, 삶과 죽음이 둘이 아니라는 어투다. 많이 들어 본 알쏭달쏭한 소리가 원효(元曉)의 화쟁(和諍) 논리까지 터득한 사람으로 보인다. 생하는 일도 멸하는 일도 없고, 끊어지는 일도 영속하는 일도 없고, 같지도 않고 다르지도 않고, 오는 일도 가는 일도 없는, 일체의 대립을 초월한 경지라고나 할, 소위 공(空)을 깨친 사람들인 듯도 싶다. 해공(解空)의 선사들. 공도 또한 공하다고 하는 필경불가득공(畢竟不可得空)까지도 효득했으렷다. 이 세상에 나온 것도 떠나는 것도 다 업보연기(業報緣起)일 뿐이니 즐거워할 것도 슬퍼할 것도 없이 때를 따라 편안하다고 떠벌린다. 반은 부처가 된 사람 같다. 이러한 경지를 해탈이라 해야 할지, 도통이라 해야 할지, 칠원리(漆園吏)의 이른바 현해(縣懸解)라고 해야 할지, 차라리 프리드리히 니체가 타기해 마지않았던 '천박한 박식'이라고 해야 할지, 아니면 한낱 딜레탕트의 흰소리라고나 해야 할지……. 허무를 떠벌리든 적멸을 들먹이든 무슨 소릴 하든 할말만 하고 얼른 물러나면 누가 뭐랄까? 현란한 문체로 글치레를 하거나 비 맞은 중이 담 모퉁이를 돌아가며 주절대듯 하니 짜증이 난다.

7. 나는 돌아앉아 거문고 줄이나 고르리

짜증이 나긴 해도 혼자 주절댈 때에는 그런대로 멀쩡하던 것이 조직화가 되면 어떠한 사상도 나빠지게 되는 모양이다. 문단의 사이비 또한 거의가 '패거리주의'에서 나왔다. 패거리를 지으니 타락하는가, 타락하기 위해 패거리를 짓는가. 수필 문단의 교초(翹楚) 행세를 하려는 것이 그들의 내심이다. 종사병(宗師病)에 걸린 사람들이다. 그들은 '신인추천'을 남발하여 패거리의 두목이 되고, 필문(蓽門)이 주문(朱門)이 되고, 모장(毛嬙)과 여희(麗姬)를 좌우에 두고, 별의별 요사스러운 짓거리를 한다. 이런 모리배의 독미(纛尾)에 들꾀는 발밭은 무리들의 교언(巧言)과 영색(令色)과 주공(足恭)을 보게나. 알랑방귀를 잘 뀌거나 분 냄새를 살살 풍기거나 하리놀거나 해서 문학상을 타기도 한다. "작은 산이 큰 산을 가리니, 멀고 가까운 땅이 같지 않음이네."(小山蔽大山 遠近地不同)라는 이 시는 정약용이 일곱 살 때 지었다고 한다. 작은 산이 큰 산을 가리게 하여 상을 탄 사람이나 그런 상을 준 사람의 책은 손에 닿자마자 거열에 처한다. 그럴 때면 흡사 바퀴벌레를 손으로 때려잡은 기분이 들어서 정말이지 그때마다 나는 비누로 손을 씻고는 한다.

수필계는 지금 춘추전국시대다. 제 소리 들어 보라고 야단법석을 떤다. 수필의 시대가 온다고 우 몰려 돌아다닌다. 독자가 시와 소설보다 수필을 선호하는 시대를 수필의 시대라고 한다면 그런 시대가 올는지는 모른다. 그러나 한음(翰音)을 보았겠지. 날갯짓 소리 하늘에 오르나 몸은 따르지 못하는 닭의 허장성세(虛張聲勢), 외화내빈(外華內貧)을 보았겠지. 성문과정(聲聞過情)이로다. 시와 소설을 압도하는 수필이 나오지 않는다면 수필의 시대는 한낱 닭일 뿐이다. 닭이 한 만 마리쯤 모인다면 그 소리 크기는 천둥소리만 할지는 모르지만 천둥소리는 아니다. 팔공산 꼭대기에 초라니패, 각설이패들이 들끓어 고샅소리며 장타령을 한다 해도 베토벤의 「합창(교향곡 9번)」이 될 수는 없는 법이다. "거문고 소리 맑으면 학이 저절로 춤추고, 꽃이 웃으면 새가 응당 노래한다."(琴淸鶴自舞 花笑鳥當歌) 나는 돌아앉아 거문고 줄이나 고르리.

수필계는 지금 백가쟁명이다. 방귀깨나 뀌는 사람이라면 수필 이론서 하나쯤은 내놓았다. "천하는 같은 곳으로 돌아가면서 길만 다르고 하나로 합치면서 백 가지로 생각하니 천하는 무엇을 생각하고 무엇을 걱정하는가."(天下同歸而殊塗一致而百慮天下何思何慮)라는 공자님 말씀을, 수필을 두고도 생각하게 한다.

오늘날 우리의 수필이 대체로, 그 품격은 고아(古雅)하지 못하고 그 정취는 창윤(蒼潤)하지 못하고 그 기상은 청고(淸高)하지 못하고 그 문장은 문채가 나지 않고 그 하는 말은 굽은 듯 적중하게 할 줄 모르고 그 주제는 벌인 듯 은미(隱微)하게 할 줄 모르는 까닭은, 수필 이론이 없어서가 아니라 수필 밖의 공부가 깊지 않기 때문이다. 비는 늘 비 아닌 데서 오는 법이다. 수필을 잘 쓰려면 이론서 같은 것을 쓸 생각은 하지 말 일이다. 수필 이론서를 쓰고 나더니 남의 흉만 잘 보고 정작 글은 이전보다 못 쓰게 되는 사람이 널려 있다. 젠체하는 교만이 글이 나올 구멍을 막아 버린 거다.

8. 현학적이란 말은

비평을 한답시고 자신의 눈높이에 맞지 않거나 표현이나 내용이 어려우면 '현학적'이라고 몰아세우기도 한다. 이것은 비평이 아니라 위장된 야유요, 오활한 둔사(遁辭)다. 그 야유와 둔사는 선의가 아니다. 검정빛이다. 솥뚜껑으로 자라 잡기 식이다.

'현학적'이라는 말은 표현이나 내용이 난해하다는 뜻이 아니라 "학문이나 지식을 뽐내는 (것)"이라는 뜻이다. 어려운 글을 현학적이라고 하려면 어려운 글이 동시에 뽐내려 한 글이라야 하는데 그런 경우도 없진 않겠지만 모두가 그럴까? 또 어렵다는 것은 상대적이어서 초등학교 생도의 눈에는 거의가 현학적인 글로 보일 거다. 현학적이라는 말로 남의 글을 탈잡는 사람 치고 현학적이라는 말의 뜻을 제대로 아는 자 나는 아직 보지 못했다. 어떤 말이 '현학적인 말'인가는 딱 정해져 있는 것이 아니다. 같은 말을 해도 학문이나 지식을 뽐내는 것으로 보이면 현학적인 것이 되고 그렇지 않으면 현학적인 것이 아니기 때문이다. 표도르 도스토예프스키의 『악령』을 두고 표현이든 내용이든 난해하다고는 해도 현학적이라고는 하지 않는다. 같은 말을 해도 문단에 힘깨나 쓰는 문학 징치쟁이나 대학 선생이 하면 철학이 되고, 문단에 세력이 없는 사람이거나 교사, 시간강사 같은 사람이 하면 현학이 되기도 한다.

9. 수필이 쉬워야 한다는 말은

시나 소설은 난해해도 좋고 수필은 난해하면 아니 되는가? 그런 식으로 말하는 사람도 있다. 황송문의 「수필을 어떻게 쓸 것인가」에서, "수필 독자들은 시나 소설처럼 어떤 심오한 철리(哲理)라든지, 가스똥 바슐라가 말한 바 있는 '순간의 형이상학' 같은 것을 원치 않는다. 그저 길 가는 나그네가 느티나무

그늘에서 잠시 쉬어 가는 기분으로 그렇게 읽는 것이 수필이다."라는 주장이 그렇다.(黃松文, 『수필창작법』, 서울:국학자료원, 1999) 이 주장은 결국, 독자가 원하는 글을 써야 한다는 말인데 독자의 취향이란 것이 천차만별임을 알고나 하는 소린지 모르겠다. 수필이 시나 소설처럼 심오한 철리를 수용하면 왜 아니 되는가? 수필이 문학이기 위해선 철학이어야 한다고 믿는다. 그 연장은 필연적으로 형이상학에 닿는다.

피천득이 그의 「수필」이란 글에서, "수필은…(중략)…심오한 지성을 내포한 문학이 아니요, 그저 수필가가 쓴 단순한 글이다.…(중략)…수필은 흥미는 주지마는 읽는 사람을 흥분시키지는 아니한다."라고 했다.(皮千得, 『수필』, 서울:汎友社, 1976) 이 말은 심오한 지성을 내포한 글은 수필이 아니며 수필가는 지성이 심오하지 않아야 하고 사람을 흥분시키는 글은 수필이 아니라는 소리로 들리는데 말이 되는 소린지 모르겠다.

대저 수필의 평이성을 표현에서 모색할 때 지양해야 할 것은 획일주의요, 내용에서 강구할 때 경계해야 할 것은 자기비하다.

수필이 평이해야 한다는 것은 누구에게나 이해되어야 한다는 말이 아니다. 표현이 쉬워야 한다는 소리지 사상까지 쉬워야 한다는 말이 아니기 때문이다. 표현이 쉬워야 한다는 말은 이를테면 바로 말해도 될 걸 멋을 부리겠다고 말을 뱅뱅 돌려서 얼른 알아듣지 못하게 한다든가, 유식하게 보이려고 자기 자신도 잘 모르는 '존재론' '형이상학' 같은 철학 용어를 겁 없이 쓴다든가, 글을 아름답게 보이게 하려고 미사여구를 늘어놓아 문맥을 어지럽힌다든가 하는 따위를 의미하는 말이지, 이를테면 절류(折柳), 청분(淸芬), 역린(逆鱗), 시참(詩讖), 상우(尙友), 우물(尤物), 무술[玄酒], 구실아치, 이아침, 길래, 굴타리먹다, 족자리, 귀때와 같은 말은 어렵거나 잘 쓰는 말이 아니니 수필에 쓰지 말아야 한다는 그런 뜻이 아니라는 걸 모르는 사람이 원로 가운데도 의외로 많다.

수필이 쉬워야 한다는 말을 오해하는 사람들 가운데는 수필에 쓰는 어투가 따로 정해져 있는 양 말하는 사람도 있다. 이를테면 '다음과 같다' '불구하고' '그러므로' 같은 말은 수필에 써서는 안 된다는 식이다. 글을 사십 년 이상이나 썼다는 사람이 이 지경이다. 논리는 글의 골격이란 걸 안다면 이런 말을 못할 거다.

모든 사람이 다 이해할 수 있는 글이란 평이한 것이 아니라 무가치하다. 남을 속속들이 이해할 수 없듯이 남의 글을 다 이해할 수 없는 건 당연한 이치다.

10. 음식 타령

신문 잡지 영화 라디오 텔레비전 등 매스컴에서 만사를 음식에 빗대어 떠드는 것은 차치하고라도, 「수필의 맛과 멋」이라는 이병용의 글에서처럼, "「수필의 글감 사냥과 요리」" "무슨 요리인지 알 수가 없다." "작가의 글에 조미료로만 사용하는 것이 좋을 것이다.…(중략)… 내 생각과 해석이 조미료가 된다면…(하략)…."이라고 한 강돈묵의 비평문에서처럼 글에서도 툭하면 음식 타령이다. 설마 아귀(餓鬼)가 들린 건 아닐 텐데 천박하게도 수필을 가지고도 음식의 맛에 빗대어 떠드는 사람들이 요즘 들어 부쩍 늘어났다. 누군가 한 번, 수필의 맛이니 멋이니 하고 나니 너도나도 덩달아 야단이다. 하기야 먹자 타령이 예로부터 없었던 건 아니다. 우리나라의 정체(政體)가 뭐냐고 물으면 자유 민주주의가 아니라 '먹자주의(뇌물)'라고 답해야 옳다는 풍자가 내가 고등학교에 다니던 자유당 정권 때부터 학생들 사이에까지도 연애 소문처럼 번졌다.

11. 학력 콤플렉스

정봉구는 「박연구(朴演求)의 인간과 문학」이란 글에서 박연구를 치켜세우길, "그는 책 한 권의 저작을 위해서 읽은 책들의 분량을 가지고 대학 졸업 몇 개 폭의 박학과 문학 지식을 과시한 바 있다. 과연이다."라고 치켜세웠다.(『隨筆公苑』, 1987, 봄호) 나는 박연구의 이런 글이 있는 줄도 모르지만, 박연구의 이 말은 학력 콤플렉스로 들릴 수도 있을 것 같고 한편으로는 대학 문전에 어정거렸을 뿐 공부를 제대로 하지 않은 나 같은 사람을 부끄럽게 만들기도 한다.

대학 졸업 몇 개 폭의 박학과 지식을 작가 자신이 과시하지 않더라도 감자를 캐 보면 감자를 알 수 있고 고구마를 캐 보면 고구마를 알 수 있듯이 작가의 글을 읽어 보면 누구나 금방 알게 된다.

12. 인격자의 꾸지람

"교사는 넘쳐나고 있지만 스승은 찾아볼 수 없습니다. 지식은 넘쳐나지만 지혜가 부족합니다. 사법고시 행정고시를 거친 사람을 만나보아도 그렇습니다. 눈이 맑지 못하고, 교만하고, 덕을 느낄 수 없고, 겸손하지 못하고, 인격이 느껴지지 않습니다." 정목일의 말이다.(『月刊文學』, 2009, 4월호, pp. 289~290) 이 말을 듣고 나는 돌팔매를 맞은 것 같았다. 나 또한 행정고시(보통고시) 출신이요, 내 딸은 교사이며, 아들은 사법시험 출신이기 때문만은 아니다. 눈이 맑고 겸손하고 후덕하고 인격을 갖춘 스승이며 판사 검사 변호사가 내 주위에 매우 많기 때문이다. 정목일의 이 말은 얼른 들으면 매우 불쾌하고 새겨들으면 무슨 콤플렉스에 푹 빠져 있는 사람의 벼르고 하는 소리 같이 느껴져 쓴웃음이 절로 나온다.

"인생 경지가 좋아야 수필 경지도 좋은 법이다.…(중략)…물질만능 시대인 현대엔 인격과 마음의 연마를 통한 인생 경지를 높이려는 노력이 부족함을 지적하지 않을 수 없다. 인격에서 향기가 나야 수필에서 향기가 나는 법이다". 이 또한 정목일의 말이다.(『月刊文學』, 2009, 7월호, p. 324) 높은 곳에서 내려다보고 질러대는 소리로 들린다. 귀가 따갑다. 속이 메스껍다. 정목일은 왜 이리 부르대는가?

13. 볼기에 살이 없으면

버릴까 말까 망설여지는 책이 있다. 이럴 때는 책을 힘껏 공중으로 집어던진다. 자빠지면 버린다. 엎어진 것은 부끄러운 줄이나 아는 것 같아서 잠시 그냥 두는 것이다.

자빠지는 책이듯 척하는 글이 있다. "낙목한천의 이끼 마른 수석(瘦石)의 묘경(妙境)을 모르고서는 동양의 진수를 얻었달 수가 없다." 이것은 조지훈의 말이다.(趙芝薰,『東問西答』「돌의 美學」, 서울:범우사, 1978) "이러한 순간을 느끼지 못한다면 그는 동양의 진수를 안다고 할 수 없으리라." "여기서 발길을 돌려 그냥 되돌아간다면 그는 무궁한 산정(山情)의 애무를 아는 사람이라 할 수 없으리라." 이것들은 김규련의 말이다.(앞의 말—金奎鍊,『강마을』「개구리 소리」, 서울:범우사, 1982 / 金奎鍊,『귀로의 사색』「개구리 소리」, 대구: 도서출판 그루, 2003 / 金奎鍊,『즐거운 소음』「개구리 소리」, 서울: 좋은수필사, 2007 // 뒤의 말—金奎鍊,『귀로의 사색』「거룩한 본능」, 대구: 도서출판 그루, 2003 / 金奎鍊,『즐거운 소음』「거룩한 본능」, 서울:좋은수필사, 2007)

위에서 김규련의 어투는 조지훈의 어투를 빼 닮아서 만약 구양수(歐陽修)의 눈으로 본다면 "어디서 얻어 왔느냐?"(何處得來)라고 물을 만하다 할 수 있겠다. 조지훈의 글은 오만해도 밉질 않고 탄력이 있지만 김규련의 글은 척하는 티가 눈에 거슬리고 탄력이 없다. 전자는 생화요, 후자는 가화이기 때문이 아닐까.

대저 척하는 것이 근본이 없어서 그런 사람이 있다면 그의 글은 맹자의 말마따나 오뉴월 소낙비와 같다. 크고 작은 도랑들이 다 차지만 그 물이 말라 버리는 것은 서서 기다릴 수가 있다. 이런 걸 두고 유협은 "볼기에 살이 없으면 그 걸음걸이가 머뭇거린다."(臀无膚其行次且:『周易』夬卦)라는 말로 통쾌하게 비꼬았다.(劉勰, 『文心雕龍』「附會」)

"어디서 얻어 왔느냐?"고 물을 만한 경우는 옛 사람의 시문이라고 해서 다르지 않다. 이를테면 도연명(陶淵明)의 「음주」(飮酒, 일명 雜詩)라는 시에서 "此間有眞意 欲辯已忘言"(이 사이에 참된 뜻이 있지만 말하려 하니 이미 말을 잊었다.")이라는 결구가 얼른 보면 사람을 놀라게 하지만 이 글귀는, 『남화경』의 "得意而忘言"을 시격(詩格)에 맞게 풀어 쓴 것에 지나지 않는다. 요즘 같으면 표절의 논란마저 있을 수 있겠지만 옛날에는 이런 것이 용인되었을 뿐만 아니라 도연명이 살았던 그 시대는 현학(玄學)이 시대의 풍조였음을 상기할 일이다.

14. 말을 주름잡으면

글은 마땅히 주름잡을 일이다. 글을 주름잡는다는 말은 이를테면 두 줄에 담을 내용을 한 줄에 담는다는 뜻이다. 아니다. 두 줄의 내용을 한 줄이 되게 덜어내는 것이다. 내용을 사진처럼 줄일 것이 아니라 그림처럼 덜 그려야 한다. 주름잡는 것은 생략이 아니다. 생략은 생략한 부분이 빈 채로 있지만 주름잡은 글은 치마 주름처럼 주름잡은 걸 펴면 오롯하다. 말을 주름잡으면 문장은 템포가 빨라질 수밖에 없다. 이것이 함축이다. 함축은 여향(餘香)의 어머니. 여향이 꽃의 품격을 말한다면 에밀레종이 에밀레종인 것은 여운(餘韻) 때문이다. 한갓 꽃이며 쇠북 같은 것이 이러하거늘 하물며 글이며 하물며 인간이겠는가.

접장들이나 종교인 특히 승려들의 글이 거의가 여항(여운)이 없는 것은 함축이 없기 때문이다. 그 대표적인 경우가 법정 화상의 글이다. 명작으로 꼽히는「무소유」를 비롯해서 십여 권이 넘는 그의 글은 거의가 높은 데서 내려다보고 하는 설교일 뿐이다. 잘 풀어 쓴 경전이라고나 할까. 문학이 아니다. 문학은 설명이 아니기 때문이다. 설명이 아니란 말은 주제를 말하지 말라는 뜻이지 내용을 설명하지 말라는 뜻은 아니다. 과일은 보이나 양분은 보이지 않는다. 문장은 보이나 주제 곧 중심 사상은 드러나지 않아야 한다. 양분이 과일 속에 숨어 있듯 사상은 문장 속에 감춰야 한다.

함축이 없는 것은 말을 주름잡을 줄 모르기 때문이다. 주름잡기는커녕 더 부연하고 누굴 가르치려 드는 것은 그들의 직업적 습성에서 말미암은 것이다. 그들의 글이 흔히 요설이 되고 템포가 느리고 주제넘거나 교만한 것은 이 습성 때문이다. 강의나 잔소리나 설법은 말을 주름잡지 말아야 효과가 더 좋을는지 모르지만 수필의 독자는 수강생도 아니요, 신도도 아니다. 요설과 강의는 독자를 지루하게 하거나 메스껍게 만든다.

요설과 강의는, 고도로 압축된 선사의 게송에서도 발견할 수 있다. 이를테면 의상대사의「법성게」에서 "하나의 미진 속에 시방세계가 함유되어 있고 일체의 티끌 속이 또한 이와 같다."(一微塵中含十方 一切塵中亦如是)라고 한 말에서 '일체의 티끌 속이 또한 이와 같다.'라는 말은 있으나 마나한 말이다. 췌사다. 하나의 미진의 속성은 당연히 일체 미진의 속성이기 때문이다.

말을 주름잡은 수필에는 시정이 감돈다. 작가의 언어를 벼리로 하고 독자로 하여금 그물을 엮게 하라.

15. 따라오게 할 수는 있어도 알게 할 수는 없다

『논어』「태백」(泰伯)의 "民可使由之 不可使知之"를 이항녕(李恒寧) 박사는 그의 『法哲學槪論』에서, "백성은 따라오게 할 수는 있어도 알게 할 수는 없다."라는 취지로 읽었다. "배성은 따라오게 할 것이요, 알게 할 것이 아니다."라는 종전의 sollen에서 sein으로 전도시킨 거다. 탁견이다. 백성뿐인가, 친구도 사랑도 그렇다. 친구도 사랑도 좋아서 하는 거지 다 알아서 하는 것이 아니다. 글 또한 따라오게 할 수는 있어도 다 알게 할 수는 없다. "文可使由之 不可使知之"라고나 할까.

16. 무언처(無言處)

글로써 말을 다하는 글이 없고 말로써 뜻을 다하는 말이 없다. 뜻이란 작가의 사상 곧 철학이다.

뜻은 형상의 앞에 있다. 특정한 꽃이 피기 전에 아름다움이라는 뜻이 먼저 있다. 꽃만 말하고 아름다움은 말하지 말라. 꽃이 피면 아름다움은 저절로 부처진다. 나무를 심기 전에 새가 먼저 있다. 나무만 말하고 새는 들먹이지 말라. 나무를 심어 놓으면 새는 저절로 찾아든다. 그런 뜻에서 글의 진경은 말하지 않는 곳 즉 '무언처'(無言處)에 있다고 말할 수 있겠다. 무언처로 하여금 말을 하게 할 줄 모르는 사람과는, 무언처가 하는 말을 들을 줄 모르는 사람과는 더불어 글을 논하지 말라.

e-mail _ goinginorder@hanmail.net

저자 약력

경북 예천 출생(갑술생)

호 一卉, 한풀

예천농고 졸업, 고교 재학중 제10회 보통고시 합격

    고려대학교 법과대학 법학과 졸업(1962)

    영남대학교 대학원 문학석사 학위(1999) 철학박사 학위(2001) 취득

1급 국가공무원 정년(1996)

영남대학교 대학원 철학과, 동 환경보건대학원, 동 평생교육원, 대구가톨릭대학교 철학과, 사단법인 담수
    회 등에서 철학 강의

대구한의대학교 사회교육원 객원교수(전) 대구향교 명륜대학 교수(전)

『隨筆公苑』 추천 완료(1984~1986)

    한국문인협회 주관, 문화공보부 문예진흥원 서울특별시 예총 후원,

    한강축제 문학작품공모 수필부문(최우수작 1, 우수작 2, 가작 5)

    최우수자 당선(1986). 수상작 「한강은 알고 있다」

한국주역학회 회원 한국문인협회 회원 국제펜클럽 한국본부 회원(선)

저서 『周易反正』, 『周易解釋의 네 가지 原理』, 『陰陽五行命理學』, 『누가 운명을 부인하는가』

논문 「丁茶山 易學에 있어서 易理四法에 대한 硏究」, 「周易의 卦에 대한 硏究」 등

수필집 『까치밥』, 『매화』, 『겁탈』, 『다산의 여자』, 『퇴계의 여자』, 『바람이 많이 불던 날』(선집)

시와 산문 『찔레꽃』